J.K. Rowling illustrations, images, manuscript pages and Harry Potter quotes © J.K. Rowling
Text © British Library Board and Bloomsbury Publishing Plc 2017
Book design © Bloomsbury Publishing Plc 2017
British Library images © British Library Board
Illustrations by Jim Kay © Bloomsbury Publishing Plc 2015, 2016, 2017
Illustrations by Olivia Lomenech Gill © Bloomsbury Publishing Plc 2017
Essays © Individual essayists 2017 with the exception of
Introduction – essay © British Library Board 2017 and Chapter Five – essay © ESA 2017
The moral rights of the author, contributor and illustrators have been asserted
Harry Potter characters, names and related indicia are trademarks of and © Warner Bros. Entertainment Inc.

This translation of *Harry Potter – A History of Magic: The Book of the Exhibition (adult)* is published by
People's Literature Publishing House by arrangement with Bloomsbury Publishing Plc

图书在版编目（CIP）数据

哈利·波特：一段魔法史/大英图书馆编；向寻，冬翌译. --北京：人民文学出版社，2024
ISBN 978-7-02-018451-4

Ⅰ.①哈… Ⅱ.①大…②向…③冬… Ⅲ.①儿童小说-长篇小说-小说研究-英国-现代 Ⅳ.①I561.078

中国国家版本馆CIP数据核字（2024）第018489号

策划编辑	王瑞琴
责任编辑	翟　灿　朱茗然
美术编辑	刘　静
责任校对	王筱盈
责任印制	苏文强

出版发行	人民文学出版社
社　　址	北京市朝内大街166号
邮政编码	100705
印　　刷	北京盛通印刷股份有限公司
经　　销	全国新华书店等
字　　数	100千字
开　　本	950毫米×1130毫米　1/16
印　　张	16
印　　数	1—10000
版　　次	2024年3月北京第1版
印　　次	2024年3月第1次印刷
书　　号	978-7-02-018451-4
定　　价	198.00元

如有印装质量问题，请与本社图书销售中心调换。电话：010-65233595

哈利·波特

一段魔法史

〔英〕大英图书馆 / 编

向寻 冬翌 / 译

人民文学出版社

目 录

展览简介　朱利安·哈里森 8

第一章　魔法旅程
　　　　朱莉亚·艾克莎尔 17

第二章　魔药学与炼金术
　　　　罗杰·海菲尔德 37

第三章　草药学
　　　　安娜·帕福德 69

第四章　魔咒学
　　　　露西·曼甘 99

第五章　天文学
　　　　蒂姆·皮克 119

第六章　占卜学
　　　　欧文·戴维斯 141

第七章　黑魔法防御术
　　　　理查德·科尔斯牧师 165

第八章　保护神奇动物课
　　　　史蒂夫·贝克肖 189

第九章　过去、现在与未来
　　　　斯蒂夫·科洛夫斯 233

附　录 248

展览简介

朱利安·哈里森　"哈利·波特：一段魔法史"展览首席策展人

J.K.罗琳的"哈利·波特"系列是享誉世界的现象级小说。这个系列的故事在全世界售出数百万册，被翻译成几十种语言，激励了无数老少读者。但是在这些读者中，有多少人会停下来思考哈利·波特的世界里最为核心的魔法传统呢？

"哈利·波特：一段魔法史"是第一个探索J.K.罗琳的故事中所蕴含的丰富多彩的魔法背景的大型展览，于2017年10月在大英图书馆开幕。"哈利·波特"系列中的人物和场景，从古代的护身符到中世纪的曼德拉草，从独角兽（它们确实存在）到咕咕冒泡的坩埚，都可以在历史记载和神话传说中找到原型。我们的展览用心地讲述了其中的一些故事，带领大家探索J.K.罗琳引人入胜的创作背后的灵感之源。

这次展览展出了许多珍贵的作品和文物，都与"哈利·波特"和魔法史相关。其中最重要的就是与J.K.罗琳有关的展品，包括《哈利·波特与魔法石》和《哈利·波特与死亡圣器》的珍贵手稿、作者亲手绘制的插图原件，以及为《哈利·波特与凤凰社》精心设计的情节计划表等等。这些珍宝中的每一件都展示着作者出色的创造力和高超的写作技巧，以及哈利·波特本人的持久魅力。

能够向大家展示艺术家吉姆·凯的一些插画原稿，我们感到十分荣幸。吉姆·凯为布鲁姆斯伯里出版社绘制了前三部[①]"哈利·波特"全彩绘本（《哈利·波特与魔法石》《哈利·波特与密室》《哈利·波特与阿兹卡班囚徒》），在国际上赢得了广泛赞誉。我们还要感谢插画家奥利维娅·洛米内科·吉尔，她为新的《神奇动物在哪里（全彩绘本）》绘制了插画。感谢他们的慷慨参与和支持。

同样让我们感到荣幸的是，这次我们可以展出一些大英图书馆无与伦比的馆藏珍宝，并从一个更广泛、更贴近魔法的角度去研究它们，而这对于其中的许多藏品来说都是新的尝试。展品包括希腊纸莎草、埃塞俄比亚幸运符、盎格鲁-撒克逊马人、中国甲骨、法国凤凰和泰国天宫图等等。"哈利·波特"的书迷们可以仔细阅读达·芬奇的笔记，惊叹于敦煌星图，并且在惊奇中与奥杜邦《美国鸟类》中的雪鸮邂逅。还要激动地告诉大家，除了大英图书馆自己的馆藏物品，我们也从多家机构与多位私人收

[①] 原书于2017年在英国出版。目前"哈利·波特"系列全彩绘本已出版至第五部，吉姆·凯均参与了绘制。

藏家那里借到了更多令人惊奇的展品。

"哈利·波特：一段魔法史"展览围绕着霍格沃茨魔法学校开设的课程展开，有魔药学（以及它更为高级的近亲——炼金术）、草药学、魔咒学、天文学、占卜学、黑魔法防御术和保护神奇动物课。展览的策展人通过专注于每一个主题展开研究，深入探索了千百年来的魔法。魔药制作、命运占卜、草药采集和隐身咒语都会在展览中与大家见面。在策展过程中，我们发现了许多展品背后有趣的故事。例如，你知道列奥纳多·达·芬奇相信太阳绕着地球转吗？你知道咒语"阿布拉卡达布拉"最初是用来治疗疟疾的吗？有多少人知道大英博物馆在1942年曾经获赠过一条"真正的"人鱼呢？坦率地说，占卜学中的一些内容近乎荒谬，比如《埃及老算命先生的最后遗产》中提到："男人屁股上的痣代表荣誉，女人屁股上的痣代表财富。"

"哈利·波特"的故事植根于流行了许多个世纪的传统。例如，故事中写到的预测未来就有着悠久的历史。大英图书馆馆藏中最为古老的物品是中国的甲骨，可以追溯到公元前1600年。这些古老的骨片被用于商朝宫廷的占卜仪式：为了预测即将到来的事件，人们在甲骨上刻字，然后通过金属棍使骨头受热、产生裂缝。随后，占卜师会根据裂缝的走向预测未来。这些看起来很不起眼的骨片中的一块，实际上是展览中能够精确追溯其年代的最为古老的物品。这块骨片的正面记录道，占卜师预测近期不会有重大事件发生。骨片的背面则记载着一次月食，发生在公元前1192年12月27日晚21时48分至23时30分（偏差不超过十七分钟），地点是中国的安阳。能以这种方式铭刻历史事件的甲骨，必须与当时发生的事情在同一时间存在。这样的文物在历史上被称为"龙骨"，突显了它们的魔法属性。

古老的炼金术是第一个故事《哈利·波特与魔法石》的核心。在这本书里，这颗神秘的石头被秘密地带进了霍格沃茨魔法学校，由一只名叫路威的可怕的三头犬守卫着，老师们也对它施加了一系列保护咒语。赫敏·格兰杰最早意识到尼可·勒梅是一个关键人物。赫敏、哈利和罗恩·韦斯莱一起在图书馆苦苦查阅了几个星期都没有结果，突然有一天，她在一本用来消遣的旧书里找到了线索。

"尼可·勒梅，"她像演戏一样压低声音说，"是人们所知的魔法石的唯一制造者！"

根据这本大部头的旧书，勒梅是一位著名炼金术士和歌剧爱好者，他当时已经六百六十五岁了，与妻子佩雷纳尔隐居在德文郡。"哈利·波特"的读者可能不知道，勒梅是一个真实存在过的人，他是一位富有的地主，生活在中世纪的巴黎，于1418年去世。展览中的一件明星展品就是历史上真实的勒梅墓碑，是从位于巴黎的法国国立中世纪博物馆借来的。

马人费伦泽在《哈利·波特与魔法石》中同样扮演了重要的角色。在禁林里，他救出了陷入危险的哈利。在后来的故事中，他来到霍格沃茨教授占卜学。在希腊神话中，喀戎是最伟大的马人，也是著名的医生、占星师。根据展览中的一本中世

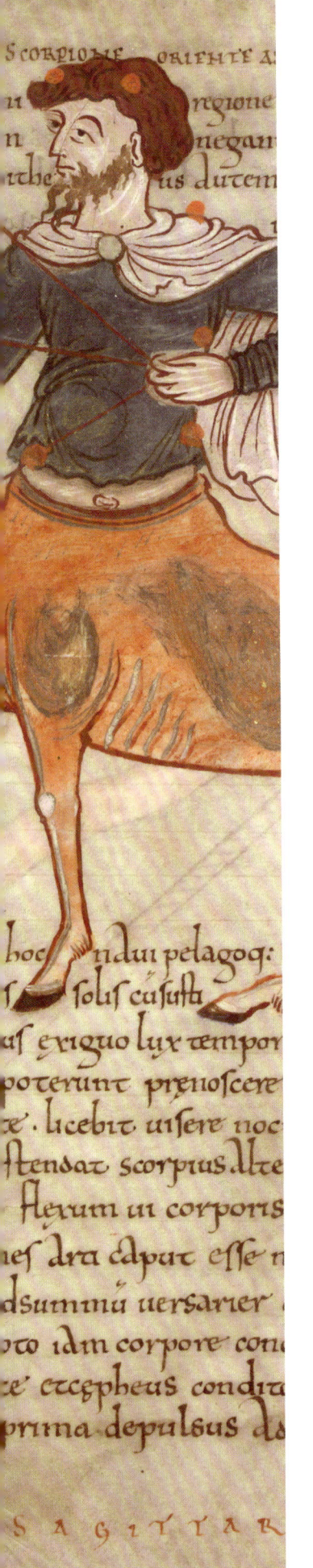

纪草药志，大矢车菊和小矢车菊都是因为喀戎而得名的。在这份手稿的插画中，马人喀戎将这些矢车菊交给了医药之神阿斯克勒庇厄斯。矢车菊是当时公认的治疗蛇咬伤的药物。我非常开心地向大家透露，我们还展出了我最喜欢的中世纪书籍之一：一本十一世纪的盎格鲁－撒克逊手稿，其中有一幅射手座的插图。"射手座"的名字来源于拉丁文中"射手"一词，在这本书里被描绘成一个留着胡须的马人，肩上披着一件白色的斗篷，向后拉着弓箭。这本珍贵的盎格鲁－撒克逊手稿是从另一个古老的时代幸存下来的，展示着我们的祖先对追踪天体运动的重视。

长久以来，人们一直将巫师与坩埚和扫帚联系在一起。"哈利·波特：一段魔法史"展览中展出了两口具有历史意义的坩埚，分别由大英博物馆和位于博斯卡斯尔的巫术与魔法博物馆慷慨借出。其中一口坩埚是在近三千年前制造的，十九世纪六十年代，人们在伦敦巴特西附近的泰晤士河里发现了它。虽然巴特西坩埚在不见天日的淤泥中埋藏了几十个世纪，但仍然神奇地被完好保存了下来。另一口坩埚就没有这么幸运了，它已经不再保持原样。一群现代的康沃尔郡女巫在海边用它熬制魔药时，坩埚发生了爆炸。1489年，在科隆出版的一本书中第一次出现了使用坩埚的女巫形象。在这幅图上，两位老妇人正在往一口大坩埚里放入蛇和小公鸡，试图召唤雹暴。这次展览展出的这两件坩埚藏品则让我们知道，这幅女巫图片所描绘的内容有其真实的历史渊源。更有趣的是，现在人们普遍认知中的女巫丑陋、憔悴和邪恶的形象，也可以最终追溯到这本极具影响力的出版物中。

我们一直相信，每个巫师都应该能够骑在扫帚上飞行。正如肯尼沃思·惠斯普在《神奇的魁地奇球》中指出的那样，"麻瓜们关于女巫的插图没有哪一幅不是画着一把扫帚的"。我们很高兴能在展览中展示一把传统的女巫扫帚，有着精心上色的手柄。它的前主人是德文郡马纳顿镇的奥尔加·亨特，她曾经将这把扫帚用于魔法活动。据传，每当月圆之夜，奥尔加就骑着这把扫帚在达特穆尔的黑托岩附近跳来跳去，让附近的情侣和露营者都感到很紧张。还有一本名为《兰开夏郡女巫史》的小书，里面提到英格兰的兰开夏郡这个地区"以女巫和她们奇怪的恶作剧而闻名"。书里除了有一张女巫开心地骑在扫帚上的照片外，这位匿名作者还宣称"兰开夏郡的女巫注重快乐地消遣和运动"，并且"她们比其他任何人都更擅长社交"。约克郡的女巫看到的时候可能要沮丧得骂人了。

"哈迷"们应该都很熟悉曼德拉草的危险特性。根据中世纪的草药志记载，曼德拉草具有巨大的药用价值。人们相信它们可以治疗头痛、耳痛和精神错乱等疾病。但是它们长着人形的根茎，被拔出时会尖叫。大英图书馆的一份十五世纪的手稿介绍了一种可以安全地收获这种植物的方法，用绳子一头系着曼德拉草，另一头拴在一条狗身上，接着吹响号角或用肉诱使狗向前跑动，由此拽出曼德拉草。有很多相关的图片可以和这份手稿一起展出，但是我们最终选择了一份带插图的十四世纪草药志，里面带有阿拉伯语译文，翻译自罗马军医佩达努思·迪奥斯科里德斯的

著作。迪奥斯科里德斯是最早区分雄性曼德拉草和雌性曼德拉草的人之一（或许我们应该重新将其命名为"偻德拉草"和"嫚德拉草"）。不过，对于我们之中的浪漫主义者来说有个坏消息，现代科学研究证明这种分类方法是错误的——地中海地区有不止一种曼德拉草，并不是同一种植物的两种性别。

此外，展览里也充满了人类进取和努力的故事。来自英国德比的约瑟夫·莱特的一幅宏伟画作展示了德国炼金术士亨尼格·布兰德发现磷的故事。这幅画作由德比博物馆和美术馆慷慨借出。布兰德原本试图制造黄金，他煮沸了大量尿液，失败后得到了副产品"磷"，而这并不是每个炼金术士的梦想。《奇草图鉴》的作者伊丽莎白·布莱克韦尔亲手为这本书绘图、雕版并手工上色，目的是筹集资金，将她的丈夫亚历山大从债务人监狱中保释出来。她在伦敦的切尔西药草花园绘画，亚历山大·布莱克韦尔帮助她鉴别每一株植物，直到她还清了债务。然而获释后，他回报给妻子的却是前往瑞典为国王腓特烈一世服务，最后因为政治阴谋以叛国罪被处决。这本令人心酸的《奇草图鉴》在"哈利·波特：一段魔法史"展览中展出，上面有伊丽莎白·布莱克韦尔亲笔写下的注释。

在现代人的角度看来，一些流传了几个世纪的魔法秘籍相当古怪。卡拉卡拉皇帝的医生昆图斯·塞莱努斯·萨摩尼古斯建议人们将咒语"阿布拉卡达布拉"做成护身符挂在脖子上，用亚麻、珊瑚石或者狮子的脂肪固定。埃塞俄比亚有一种咒语可以将人变成不同的动物，不过并没有解咒，如下所示：

> 用红色墨水将这些秘密的名字写在白色丝绸之上。若你想变成雄狮，就将丝绸系于头上；若你想变成巨蟒，就将它系于手臂；若你想变成雄鹰，就将它系于肩膀。

"哈利·波特"小说中有许多魔法生物。这些神奇动物中有许多是J.K.罗琳自己创造的，也有一些有历史原型。你知道吗，法国作家盖伊·德拉加尔德对凤凰进行了全面的研究，著有《凤凰的历史与描述》。大英图书馆收藏的版本是牛皮纸印刷的，里面有一张手工上色的插图，画着一只凤凰从燃烧的树里浴火而出。还有一部十三世纪的动物寓言集也非常详细地描述了凤凰"菲尼克斯（Fenix）"。根据这份手稿，这种神秘的鸟之所以被称为"凤凰（phoenix）"，是因为它的颜色是"腓尼基紫（Phoenician purple）"；凤凰的故乡是阿拉伯，寿命长达五百年。据说，凤凰衰老的时候，会用树枝和树叶搭建自己的焚身之地，然后用自己的翅膀扇动火焰，让大火吞噬自己。九天之后，它就能在灰烬中重生。

《哈利·波特与火焰杯》里，在三强争霸赛的第二个项目中，哈利在霍格沃茨的黑湖中遇到了一支人鱼合唱团。人鱼原本会在《哈利·波特与密室》的开头登场，但是后来罗琳改变了主意，重写了这一章节。在之前的草稿里，罗恩和哈利驾驶着会飞的福特安格里亚汽车坠入了湖中，而不是撞上了呼呼作响的打人柳。在湖里，他们看到了第一只人鱼：

> 她的下半身是巨大的鱼尾，上面的鱼鳞泛着钢枪般的金属色；她的脖子上挂着绳子串起的贝壳和卵石；她的皮肤是苍白的银灰色；眼睛在汽车的灯光中闪烁，漆黑的眸子里透着威胁的目光。

这段描述虽然从未出版，但与历史上关于男女人鱼的记载相呼应。根据记载，人鱼是一种邪恶的生物，喜欢引诱人们进入大海之中。我最喜欢的展品之一就是一条"人鱼"的标本，据称是十八世纪在日本捕获的。这个生物有着一双大大的眼睛，目不转睛地凝视着你；它张着大嘴，让人想起爱德华·蒙克的画作《呐喊》。然而事实上，这条人鱼只是一个赝品，是好事者用猴子的上半身和鱼的尾巴融合制成的。

任何关于"哈利·波特"世界的展览，如果没有提到最具魔法色彩的神话生物"独角兽"，都是不完整的。在《哈利·波特与魔法石》中，伏地魔依靠独角兽的血得以苟延残喘。根据中世纪的民间传说，独角兽的血液、毛发和角被认为具有药用价值。在神话中，这种生物外观各异、大小不一。拜占庭作家马努埃尔·菲勒斯的一首诗将独角兽描述为一种长着野猪尾巴和狮子嘴的野兽，而皮埃尔·波莫特的《药物全史》则描绘了五个独角兽的种类。有点讽刺的是，其中一种独角兽"匹拉索皮"长着两只角。

当我翻开一本动物寓言集，那里有一只想象中美丽绝伦的独角兽，已经匿身于此几个世纪；当我小心翼翼地展开一幅精美的卷轴，窥探到那里蕴含着魔法石的秘密；当我拿起一本几个世纪以前的草药志，沾染了古老草药的泥土之气芳香扑鼻……我不禁感叹这神奇的力量将我们的现实与古老的过去紧密连接，真实有形且触手可及。现在我邀请你来与我一起分享这难得的魅力。无论你是蜷缩在沙发上，膝上放着这本书，还是正在大英图书馆里探索，都有许多珍宝在等待着你。当你注视着"哈利·波特：一段魔法史"展览中惊人的手工艺收藏品时，我们希望你会像中了魔咒一样，沉迷其中，流连忘返。

朱利安·哈里森

当然，如果你想知道如何让自己隐形的话，根据一本十七世纪的手稿《名为〈知识之钥〉的所罗门王之书》，你只需背诵以下文字即可。大胆尝试吧，但如果咒语不起作用，请不要责怪我们！

斯塔本，阿森，盖比勒姆，萨尼尼，诺蒂，恩诺巴尔，拉波尼勒姆，巴拉米特姆，巴尔诺，泰古米尔，米勒盖里，朱尼内斯，赫尔玛，哈莫拉切，耶萨，瑟亚，瑟诺伊，赫南，巴鲁卡萨，阿卡拉拉斯，塔拉卡巴，布卡拉特，卡拉米，以您对人类的慈悲，让我隐形吧！

文章 © 大英图书馆理事会　2017年

sirena. onocentaur?

de sirenis et onocentauris.

De sirenis et onocentauris ita dicit ysaias propheta. Sirene et demonia saltabunt in domibus eorum. cuius figuram phisiologus ita disseruit. Sirene inquit aīalia sunt mortifera. que a capite usq; ad umbilicum figuram femine habent. Extrema pars usq; ad pedes. uolatilem imaginem tenet. atq; musicum quoddam dulcissimum melodie carmen canunt. p quod homines nauigantes decipiunt. ita ut sepe eos p auditum demulcentes sensumq; declinantes in soporem uertant. Et tunc ille uidentes eos sopitos. inuadunt et laniant carnes eorum.

魔法旅程

魔法旅程

朱莉亚·艾克莎尔

朱莉亚·艾克莎尔是海伊儿童文学艺术节的负责人，也是《卫报》的儿童图书特约编辑，并定期担任广播评论员。除了担任《卫报》儿童图书奖的评委会主席外，她还是布兰福德·博斯奖的创始人和主席。朱莉亚著有《"哈利·波特"小说指南》《青少年读物指南大略》《长大前必读的1001本童书》等书籍。2014年，她被授予大英帝国员佐勋章，以表彰她对儿童文学做出的贡献。目前她是大英图书馆公共借阅政策和参与部门的主管。

1990年，乔安妮·罗琳乘坐火车从曼彻斯特前往伦敦。在等待延误的火车的时候，她萌发了创作"哈利·波特"的想法。这个故事的主角是一个即将迎来十一岁生日的男孩，他即将在魔法世界里展开发现自我的冒险旅程。罗琳后来说："关于哈利的想法突然出现在我的脑海中。我没法告诉你是什么触发了这个灵感、为什么会想到这个故事。但我在脑海中清清楚楚地看到了哈利和巫师学校的样子。"就这样，二十一世纪最著名的小说角色哈利·波特诞生了。

罗琳从小热爱读书，同时她又是古典文学和欧洲文学专业的学生，很熟悉虚构作品中主人公常具备的特征，并且把这些套路用在了哈利身上。因此，故事的结构有些眼熟——孤儿哈利被狠心的亲戚抚养长大，获救之后被送到一所神奇的魔法寄宿学校，在那里他逐渐发现了自己不平凡的身世和命运。从本质上讲，罗琳的想法没有什么特别之处，任何有经验的读者都可能觉得他们以前读过这样的故事。但这些读者可不该这么想。罗琳对她的主人公的设想远不止于此。她在第一本书的开头就阐述了这一点。罗琳将那个孩子放在他的亲戚家门口，并借麦格教授之口说道："这些人永远也不会理解他的！他会出名的——一个传奇人物……会有许多写哈利的书——我们世界里的每一个孩子都会知道他的名字！"

然而，当《哈利·波特与魔法石》第一次出版时，没有人知道哈利的名字

和他的伟大命运。霍格沃茨魔法学校那惊人的奇妙之处被隐藏在书页里，没有表现出任何超乎寻常的迹象。出版商都喜欢令人兴奋的新作者和"高概念"的书籍，同样，出版商巴利·康宁汉姆在《哈利·波特与魔法石》出版之前就对这本书的品质表现出了极大的热情。他刚刚在布鲁姆斯伯里出版社建立了童书书单，正在寻找对儿童有强烈吸引力的故事。尽管《哈利·波特与魔法石》的故事篇幅很长，但他确信自己找到了想要的作品。整个布鲁姆斯伯里出版社都为这个精彩的故事激动不已，立刻着手开展宣传活动。为了获得业内推荐支持以及占据书店里更好的位置，《哈利·波特与魔法石》的印前校样被送到图书行业内各个环节相关人士的手里。我也收到过一份校样，读了很多遍。第一遍读是为了加入一个读书俱乐部而撰写文稿，俱乐部遴选委员会的成员都是成年人，他们都被这个故事中的魔法情节吸引，也喜欢上了哈利这个角色。不过受限于故事的传统主题，他们还是低估了它的独特性，也显然忽略了它巨大的潜力。这是一本有趣的书，我们认为它的目标读者会很喜欢。同时，因为这个故事本身十分精彩，更因为罗琳对这个故事的长远规划，我们想知道接下来会发生什么。

后来，这个故事被提交给雀巢聪明豆儿童图书奖参与评选，那时我又读了一遍。那时，这本书虽然还没有出版，但是已经有很多人在讨论它。业内开始将它看作一部"特别的"作品，主要是因为它的版权在美国卖出了六位数的价格，这对于作家的第一部小说而言是一个可观的数字。评审小组的成员也都是成年人，他们对这本书的反应非常热烈。罗琳的独创性受到了高度赞扬，大家都认为孩子们会喜欢它。事实也证明了这一点。几个月后，英国各地学校里的孩子们开始为1997年雀巢聪明豆儿童图书奖金奖投票，而这位刚刚崭露头角的不知名作家成为了最终的赢家。她的读者表达了态度。他们找到了一本自己喜爱的书，开始口口相传地分享这个故事。由此往后，整个"哈利·波特"系列也正是以这样别具特色的方式传播开来。

《哈利·波特与魔法石》正式出版时阵势不大，但反响很好。出版后两天，《苏格兰人》报纸上的一篇评论称哈利是"一个非常可爱的孩子，善良但不平庸，性格要强但总是富有同情心"。但是，这篇评论的作者拼错了罗琳的名字，当时她是如此默默无闻，以至于几乎没有人注意到。在那个时候，人们很难预知这本书会成为一部现象级的出版物，彻底改变人们对儿童文学的认识。更多的赞誉随之而来，包括《星期日泰晤士报》的一篇对其大加赞赏的文章。1997年7月，布鲁姆斯伯里出版社更是提前锁定了奥塔卡书店（现在是水石书店的一部分）的当月最佳图书。随着口碑的提升，这本书的销量开始增加。不过显然，此时还没有人能想到罗琳的书以后会出现在"必读"榜单中，而且会使更多的儿童图书获益。更没有人能够想到，这套系列书籍会让阅读成为一种归属和分享的体验，以此吸引更多的年轻人，并从此微妙地改变了出版行业的未来。

虽然在1997年，罗琳的读者只有一本书可以阅读，但是他们已经被书里所描绘的事物吸引：多种多样且富有创意的角色、霍格沃茨独特的一切，尤其是魁地奇球。因此，他们热切地期盼着第二本书。很久以来，人们认为作品的中心人物必须保持年龄不变，而罗琳做出了大胆而不同寻常的决定，她让哈利和他的朋友们在故事中长大，颠覆了从前的观点。就哈利的个人命运而言，这是完全合理的。对于读者来说，则是和哈利一起长大，将自己和整个小说紧密地联系在了一起。这是一个可以与之一同成长的故事，一个与自己的心智成长保持同步的故事，这让读者对这个故事产生了归属感，也使得这个故事成为了读者的心灵港湾。

所以，麦格教授的预言实现了。

哈利·波特不仅在故事中成为了传奇，而且在现实世界中也成为了传奇。罗琳为读者提供了一个全新的游戏场所，那里充满丰富的想象力、生动的冒险和真挚的感情。她把自我认知、父母之爱、勇敢的品质、成长的不安全感以及更多的想法，都巧妙地包装在魔法的外壳里。这魔法击中了她的读者，让他们深深着迷。

朱莉亚·艾克莎尔

文章 © 朱莉亚·艾克莎尔 2017年

大难不死的男孩

在吉姆·凯的这张素描草稿中,哈利·波特戴着眼镜,镜梁上缠着胶带,黑色的头发总是乱糟糟的。他看着旁边,眼睛里闪烁着顽皮的光芒,这总让人想起他同样淘气的父亲。在这个阶段,画像还没有上色,因为吉姆·凯经常使用数字化的方式给原始图层上色,所以我们看不到哈利遗传自母亲莉莉的绿眼睛。这张画像完美地描绘了哈利·波特在故事开始时的稚嫩和天真,但是他看起来也可能拥有一个奇妙的秘密。吉姆·凯的画像让我们回想起哈利在故事中的成长——从懵懂的孩童到勇敢反抗伏地魔的年轻人。

➤ 哈利·波特画像,吉姆·凯绘
由布鲁姆斯伯里出版社提供

> "吉姆·凯画出了一个栩栩如生的小男孩,看起来既天真又脆弱。然而,他大大的眼睛富有深意,暗示了表面之下隐藏着有深度的人格。我们感觉到哈利·波特还有更多的东西需要我们去发现……"
>
> 乔安娜·诺丽奇
> 策展人

哈利抬头看着他那张凶狠、粗野、面貌不清的脸,他那对甲壳虫似的眼睛眯起来,露出一丝笑容。

"上次见到你,你还是个小娃娃。"巨人说,"你很像你爸爸,可眼睛像你妈妈。"

《哈利·波特与魔法石》

梗概

哈利·波特和他的姨妈、姨父还有表哥生活在一起，因为他的父母在一场车祸中丧生——至少他们一直是这样告诉他的。德思礼一家不喜欢哈利问问题，事实上，他们对哈利整个人都不喜欢，尤其反感那些发生在他身边的古怪事情（哈利自己也无法解释原因）。

德思礼一家最害怕的事情是哈利发现自己的真实身份。正因如此，在哈利十一岁生日前夕收到信件的时候，他们不允许他读这些信。然而，德思礼一家要对付的可不是普通的邮递员，在哈利生日当天深夜，大块头鲁伯·海格闯进了门，以确保哈利能够读到自己的信。海格没有理会被吓坏的德思礼一家，而是告诉哈利他是一名巫师。哈利在信中得知，他已经被霍格沃茨魔法学校录取，学校一个月后开学。

令德思礼一家勃然大怒的是，海格告诉了哈利关于过去的真相。原来哈利额头的伤疤并不是来自车祸，而是黑巫师伏地魔留下的印记。伏地魔杀死了哈利的父母，却不知为何无法杀死当时只是婴儿的哈利。在秘密地生活在全国的巫师中间，哈利非常出名，因为正是他奇迹般的死里逃生导致了伏地魔的垮台。

于是，从来没有过真正的朋友和家人的哈利在魔法世界开始了新的生活。他和海格一起去伦敦买齐了霍格沃茨要求的必备用品（长袍、魔杖、坩埚、初学者的书籍和魔药套装），然后，跟随着父母当年的脚步，他在国王十字车站（$9\frac{3}{4}$站台）登上了前往霍格沃茨的列车。

哈利与罗恩·韦斯莱（家里第六个去霍格沃茨上学的孩子，对自己只能用二手咒语书感到失望）和赫敏·格兰杰（全年级最聪明的女孩，也是班里唯一知道龙血全部用途的人）成为了朋友。他们在一起开始了魔法学校的课程——凌晨两点在最高的塔楼上学习天文学；在种植着曼德拉草和狼毒乌头的温室里学习草药学；在地下教室跟着讨厌的西弗勒斯·斯内普学习魔药学。哈利、罗恩和赫敏一起探索着学校的秘密走廊，学着怎么同恶作剧精灵皮皮鬼打交道，以及怎么对付一只愤怒的巨怪。最棒的是，哈利成为了一名魁地奇球星（这是一种骑在扫帚上玩的巫师足球）。

不过，最吸引哈利和他的朋友们的是四楼那条守卫森严的走廊。沿着海格（他不送信的时候是学校的猎场看守）不小心透露的线索，他们发现，唯一现存的魔法石被藏在了霍格沃茨，魔法石拥有点石成金和让人永生的力量。似乎只有哈利、罗恩和赫敏发现魔药课教授斯内普正计划着盗取魔法石——如果魔法石落在坏人手里就麻烦了，伏地魔拿到魔法石就可以恢复精力和法力。看来哈利要在霍格沃茨和杀死他父母的凶手面对面了，而他还不知道上一次自己究竟是怎么逃脱的……

作者的故事梗概

这是"哈利·波特"系列第一本书的故事梗概的原稿，罗琳将这份梗概用打字机打了出来，同《哈利·波特与魔法石》的开头几章放在一起，送给可能会感兴趣的代理商和出版商传阅。这份故事梗概也被提交给了布鲁姆斯伯里出版社，他们最终向罗琳提供了她的第一份出版合同。这份文件的纸页上有折角和茶渍，还有皱巴巴的抓握痕迹，显然经历过大量的阅读和处理。从最开始，霍格沃茨的课程设置就是让"哈利·波特"世界如此引人入胜的重要原因。在短短的几句话中，J.K. 罗琳让学习魔法听起来非常有趣。谁不想"凌晨两点在最高的塔楼上学习天文学，在种植着曼德拉草和狼毒乌头的温室里学习草药学"呢？

◁《哈利·波特与魔法石》梗概，
J.K. 罗琳创作（1995年）
由 J.K. 罗琳提供

《魔法石》的重要时刻

众所周知，在被布鲁姆斯伯里出版社接受之前，《哈利·波特与魔法石》的手稿曾被八家出版社拒绝。布鲁姆斯伯里出版社的编辑人员把J.K.罗琳的样稿做成卷轴的形式给同事们传阅，卷轴中包裹了"聪明豆"糖果，意指当时颇具声望的聪明豆儿童图书奖。布鲁姆斯伯里出版社的创始人兼董事长奈杰尔·牛顿把卷轴带回家，交给了他八岁的女儿爱丽丝。样稿写到了"对角巷"一章，爱丽丝读完后写下了自己的想法，这张可爱的便条被保存至今。之后她一直缠着父亲想要阅读余下的章节。爱丽丝的参与很关键：第二天，在出版社的签约会议上，主持会议的奈杰尔·牛顿批准了巴利·康宁汉姆关于《哈利·波特与魔法石》的出版提案，这是儿童图书出版史上公认的最成功的冒险。

▷ 《哈利·波特与魔法石》读书报告，作者是爱丽丝·牛顿（八岁）
由奈杰尔·牛顿（布鲁姆斯伯里出版社董事长）提供

这本精彩的书让我心潮澎湃。我觉得这大概是我这样八九岁的孩子的最佳读物。

爱丽丝·牛顿

哈利·波特和德思礼一家

哈利·波特的故事最早发生在女贞路4号，弗农和佩妮·德思礼的家。一天早晨，德思礼一家人醒来时发现小婴儿哈利被放在家门口的台阶上。这张全家人一起的画像上有德思礼先生和太太、他们的儿子达力，还有哈利。德思礼一家阴沉的表情和他们的侄子形成了鲜明对比。尽管哈利在德思礼家过着悲惨的生活，但他却是画中唯一露出笑容的人。和结实的亲戚相比，穿着宽松短袖上衣的哈利显得更加瘦弱。画上达力·德思礼抱着双臂，好像在生闷气，一个大大的猪鼻子让他看上去很惹人讨厌。弗农姨父瞪着眼睛站在后面，佩妮姨妈抓着达力的肩膀，那个姿势好像是在保护他。

> "这张早期的图画是罗琳在《哈利·波特与魔法石》出版前几年画的。这张画富有表现力，可以清楚地看出哈利并不属于德思礼家。"
>
> 乔安娜·诺丽奇
> 策展人

▲ 哈利·波特与德思礼一家画像，J.K. 罗琳绘（1991年）
由 J.K. 罗琳提供

霍格沃茨特快列车

这张由吉姆·凯绘制的精美插图是《哈利·波特与魔法石（全彩绘本）》封面的前期版本。这张插图展示了国王十字车站中繁忙的 $9\frac{3}{4}$ 站台。新学期刚开始，学生们正忙着登上霍格沃茨特快列车。哈利·波特站在一边，他的小推车上装满了行李，上面还放着他的猫头鹰海德薇，旁边是熙熙攘攘的人群，都是来送孩子上学的家长。霍格沃茨特快列车的烟囱顶部装饰着一个凶猛、会喷火的动物脑袋，车顶上还有一盏明亮的大灯，一只长着翅膀的小野猪坐在最前面，意指霍格沃茨的校名①。这段旅程标志着哈利正式离开了麻瓜世界的德思礼家，进入了魔法世界。

◁ $9\frac{3}{4}$ 站台试作，吉姆·凯绘
由布鲁姆斯伯里出版社提供

> 一辆深红色蒸汽机车停靠在挤满旅客的站台旁。
>
> 《哈利·波特与魔法石》

① 霍格沃茨的英文名称为"Hogwarts"，取自野猪"warthog"一词。

欢迎来到霍格沃茨

这幅带有注释的素描草图由J.K.罗琳亲手绘制，展示了霍格沃茨魔法学校的布局，还有邻近的湖中生活着的巨乌贼。在一同交给编辑的字条中，J.K.罗琳写道："这就是我想象中霍格沃茨的布局。"霍格沃茨的另一张地图也在故事中扮演了重要的角色，那就是活点地图。这幅手绘素描，是连接作者脑海中的想象世界和她最终呈现出的魔法世界的重要纽带。小说里大部分故事都发生在霍格沃茨——这是哈利开始了解魔法世界并最终实现自己命运的地方。

➤ 霍格沃茨草图，J.K.罗琳绘
由布鲁姆斯伯里出版社提供

> "建筑物和树木的位置都对'哈利·波特'系列的情节发展起着重要作用。作者坚持'打人柳必须要重点突出'，这凸显了打人柳在《哈利·波特与密室》和《哈利·波特与阿兹卡班囚徒》中的特殊地位。"
>
> 乔安娜·诺丽奇
> 策展人

他们跟随海格连滑带溜，磕磕绊绊，似乎沿着一条陡峭狭窄的小路走下坡去。……接着是一阵嘹亮的"噢——！"。狭窄的小路尽头突然展现出了一片黑色的湖泊。湖对岸高高的山坡上耸立着一座巍峨的城堡，城堡上塔尖林立，一扇扇窗口在星空下闪烁。

《哈利·波特与魔法石》

Forbidden forest is massive, stretches out of sight.
Southern approach over lake (castle stands on high cliff above lake/loch) — station's on other side)
To reach the school by stagecoach, go right round lake to front entrance at North.
Giant squid in lake.
Seats all around Quidditch pitch — 3 long poles with hoops on at either end.
There can be other trees/bushes dotted around lawns but Whomping Willow must stand out.

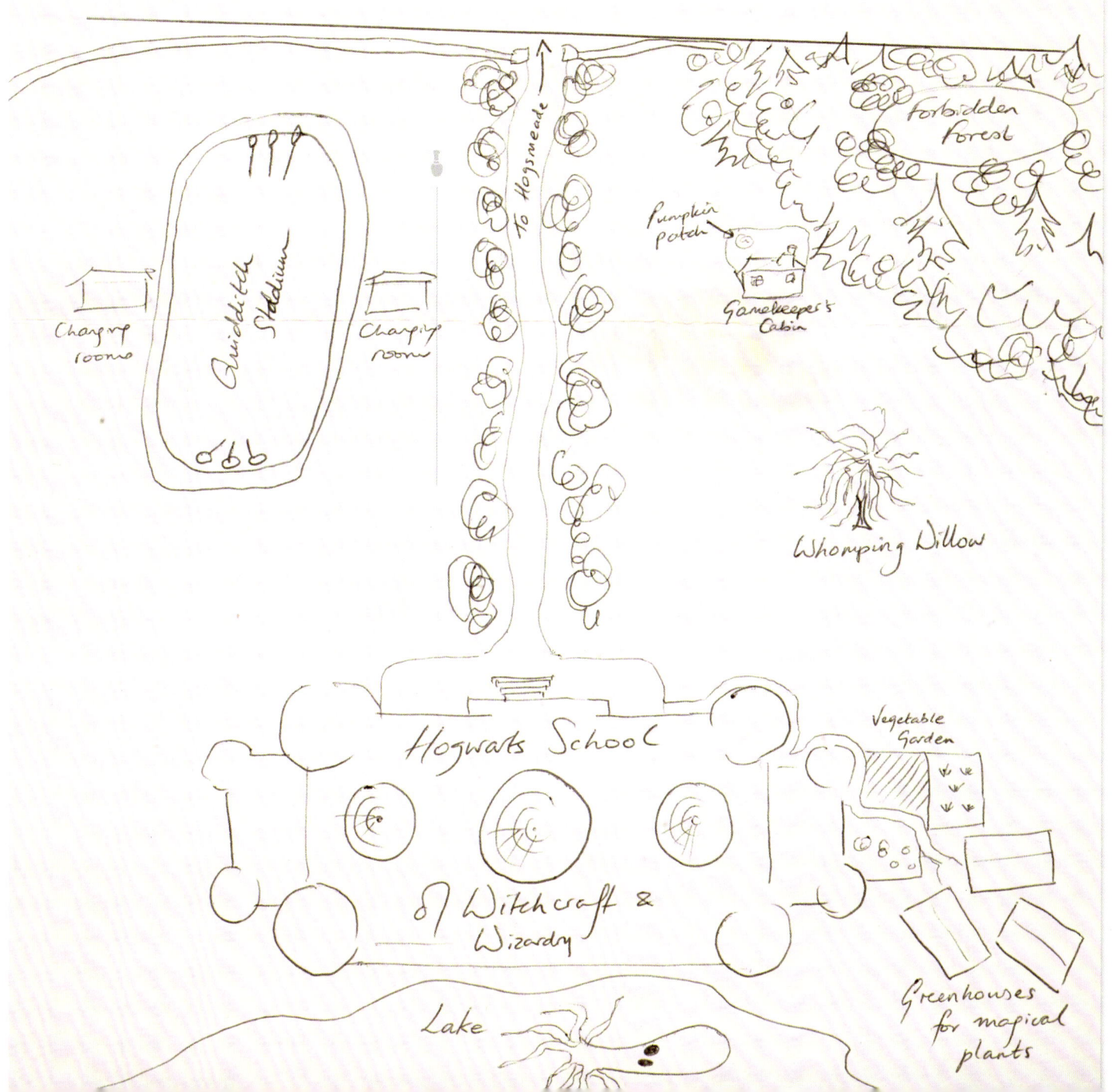

邓布利多教授

在这张阿不思·珀西瓦尔·伍尔弗里克·布赖恩·邓布利多的画像里,他明亮的蓝眼睛专注地望着右前方。桌子上放着滴水嘴石兽造型的花瓶,花瓶里有一枝干枯的银扇草,又称诚实草,以半透明的种子荚闻名。旁边还有一个小瓶子,里面盛的很可能是龙血,致敬了邓布利多发现龙血的十二种用途的伟大成就。图中还有邓布利多最爱的糖果——柠檬雪宝糖,他曾经用它作为进入办公室的口令。他未完成的编织物放在一旁,橙色的羊毛线卷曲着放在桌子上。吉姆·凯的画像表现了邓布利多性格的复杂性:他是一个强大而严肃的巫师,同时喜欢糖果和毛线编织。

◁ 阿不思·邓布利多教授画像,吉姆·凯绘
由布鲁姆斯伯里出版社提供

❋ "'阿不思'在拉丁语中是'白色'的意思,海格的名字'鲁伯'是'红色'的意思。他们两个作为哈利的父亲形象的设定,象征性地代表了炼金术里制造魔法石的过程的不同阶段。"

乔安娜·诺丽奇
策展人

麦格教授

米勒娃·麦格教授是霍格沃茨魔法学校的副校长,也是格兰芬多学院院长和变形课教师。在这张画像里,她穿着深绿色的衣服,头发向后盘成一个紧紧的发髻。这张画像捕捉到了她的智慧和务实的态度。她的眼镜低低地架在鼻子上,让她可以紧紧地盯着学生。麦格教授是一个注册的阿尼马格斯,她可以变成一只猫。成为阿尼马格斯是一个复杂的过程,包括要将曼德拉草的叶片放在嘴里含一个月。她的名字"米勒娃"来源于罗马智慧女神,她的姓氏却呼应了臭名昭著的苏格兰诗人威廉·麦格。把这样一个能力出众、富有才智的角色与一位糟糕透顶的诗人的姓氏放在一起,这种反差机智而幽默,整个"哈利·波特"世界里还有许多类似的设定。

◁ 米勒娃·麦格教授画像,
吉姆·凯绘
由布鲁姆斯伯里出版社提供

一个身穿翠绿色长袍的高个儿黑发女巫站在大门前。她神情严肃,哈利首先想到的是这个人可不好对付。

《哈利·波特与魔法石》

《诗翁彼豆故事集》

在最后一部"哈利·波特"小说中,邓布利多把自己的如尼文版《诗翁彼豆故事集》遗赠给了赫敏·格兰杰。它包含了多个在魔法世界中广泛流传的睡前故事,相当于麻瓜的童话故事。其中一个特别的故事是《三兄弟的传说》,在帮助哈利、赫敏和罗恩发现死亡圣器的过程中起到了至关重要的作用。死亡圣器指的是三件传奇的魔法物品:老魔杖、复活石和隐形衣。右图中这个版本的《诗翁彼豆故事集》由J.K.罗琳手写,封面用菱锰矿石装饰,象征着爱与平衡。最初它是送给巴利·康宁汉姆的礼物,他代表布鲁姆斯伯里出版社接受并出版了第一本"哈利·波特"。这本书里还有一些小插图,比如《兔子巴比蒂和她的呱呱树桩》里的树桩。

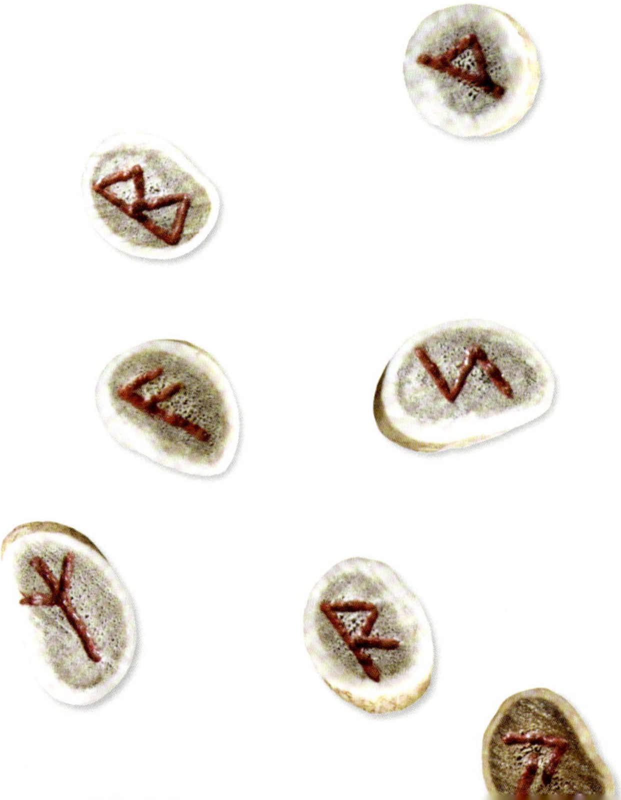

占卜如尼文

如尼文属于早期日耳曼语族的文字系统,大约从公元二世纪到十六世纪初在北欧的部分地区使用。如尼文一直以来被认为具有魔法属性。原始日耳曼语里,"如尼(Rune)"一词的词根是"如恩(run)",在古挪威语、古高地德语、古英语等使用这些字符的语言中,它的意思是"神秘"或"秘密"。尽管现在已经没有人使用如尼文书写,但是这些符号仍然在魔法活动中广泛使用。这些用来占卜的小圆片由鹿角制成,上面刻有红色的如尼文。在占卜中,人们需要将它们散落开,然后再加以解读。

◁ 刻有如尼文的鹿角圆片
由巫术与魔法博物馆(博斯卡斯尔)提供

◁ 《诗翁彼豆故事集》，
J.K. 罗琳著 ▽
由私人收藏家提供

Like good heed for this thy fire
The fire with water brent shall be
And water with fire wash shall be
Then earth on fire shall be put
And water with aire shall be knitt

And that shall make him fair & white
The which whiteness is forever abiding
Lo here is a very full finishing
Of the white stone & the red
Here is the very true deed

The Red Lyon

The mouth of Colleruck beware

The green Lyon

Here is the last of the Red. And the begining to put away the Dead. The Elixir Vitæ

thy father that Phœbus hight
sitteth so high in Majesty
his beames that shines so bright
places were they be

he is father of all things
tainer of life to crops & roote
causeth nature for to spring
th the wiffe being so the

he is salve to every sore
ing about this precious work
good heed unto this lore
it unto lewd & clerk

Divide thou Phœbus in many parts
With his beams that be so bright
And thus with nature him conjoin
The which is mirror of all light

This Phœbus know hath many a name
Which that is full hard to know
And but thou take the very same
The Philosophers Stone thou shalt not know

Therefore I councell thee ere thou begin

第二章

魔药学与炼金术

魔药学与炼金术

罗杰·海菲尔德

罗杰·海菲尔德是英国科学博物馆集团的对外事务主管，也是《"哈利·波特"中的科学：魔法是如何工作的》一书的作者。罗杰曾是《新科学家》的编辑和《每日电讯报》的科学编辑，还是第一个将中子从肥皂泡上反弹回来的人。他写过两本畅销书，也荣获了许多新闻奖项，其中最值得一提的就是英国新闻奖。

"你们到这里来为的是学习配制魔药这门精密科学和严格工艺。"

哈利·波特在霍格沃茨的地下教室里跟随斯内普教授学习魔药学。教室里摆放着木制桌椅、冒着蒸汽的坩埚、盛放魔药和药材的瓶瓶罐罐，还有黄铜天平等等。在西弗勒斯·斯内普的课堂上，哈利学习了艾草、河豚鱼眼、狼毒乌头，还有其他神奇的药材。

用来熬制魔药的坩埚是魔法最有代表性的象征之一。斯内普本人也为"那文火慢煨的坩埚冒着白烟、飘出阵阵清香的美妙所在"，以及"流入人们血管的液体，令人心荡神驰、意志迷离的那种神妙魔力"而深深着迷。坩埚的使用由来已久。例如，1861年，人们从泰晤士河打捞出一口用青铜片铆接而成的坩埚，制造的时间大约在青铜时代晚期至铁器时代早期，即公元前800至前600年。然而，使用坩埚的女巫形象，其实直到1489年才第一次出现在印刷品《女巫和女算命师》一书中。这本书是最早研究巫术的配有插图的专著。在书中的插图上，两个年长的妇女向坩埚里加入蛇和小公鸡，试图召唤雹暴。这本书影响了人们对自然和女性的态度。后来由于印刷技术的发展，这本书得以广泛传播，影响力进一步扩大。

麻瓜的世界中也有很多古老的书籍，上面记载着受到巫师青睐的药方。这反映出尽管"科学"和"魔法"是对立的，但是他们有着共同的目的：寻找疾病的疗法。《伯德医书》（伯德的英文单词"bald"又有"秃头"的意思，但这本书与生发无关，伯德是这本书最早的主人，他是十世纪时的一名盎格鲁－撒克逊医生）用古英语撰写，书中记载着很多一千多年前的古怪药方。你可以从中找

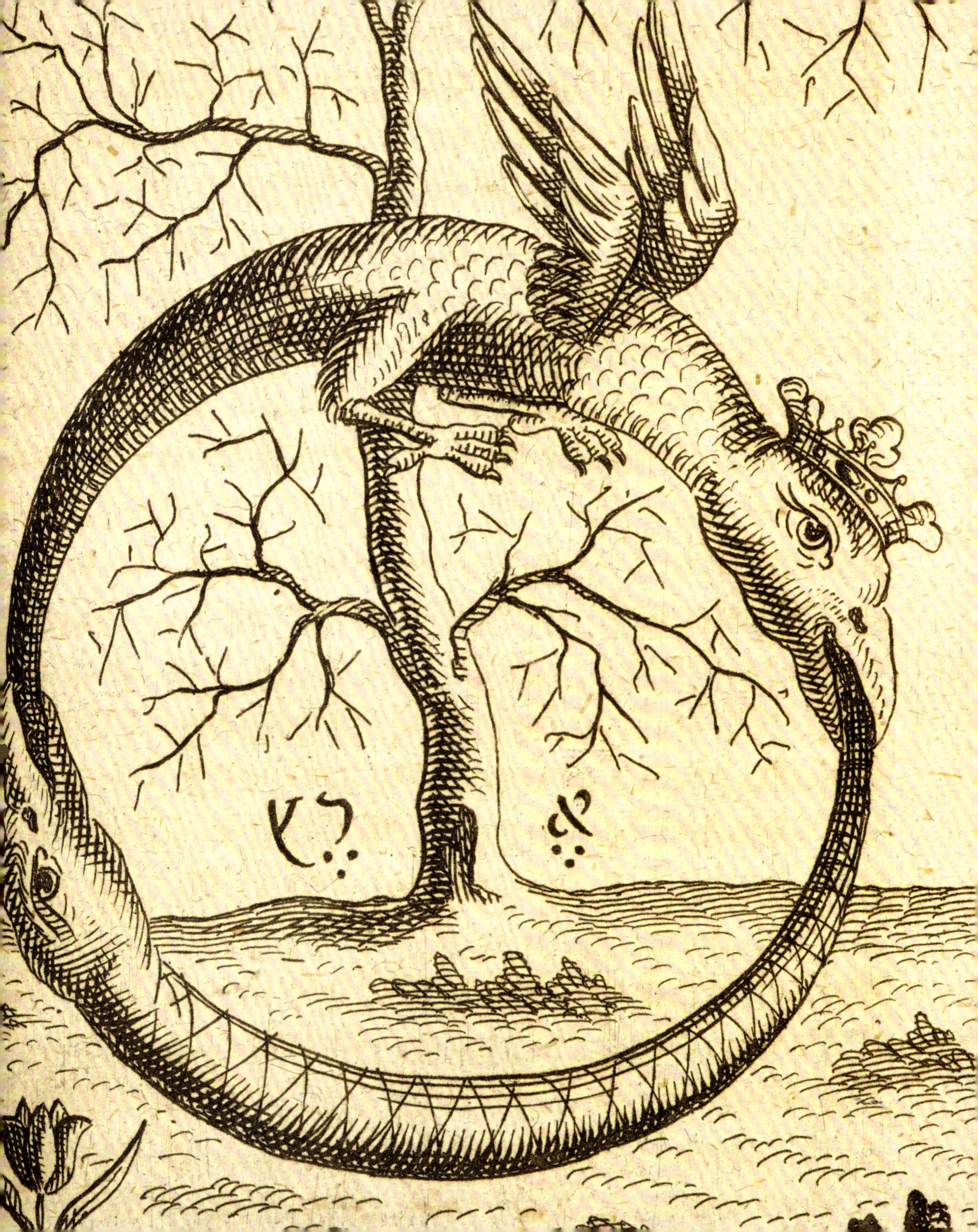

到各种各样的"用于解毒的药剂药品"。例如，书中记载了一种很容易操作的蛇毒解药：把耳垢涂在被蛇牙咬伤的伤口周围，并同时背诵圣约翰的祈祷经文即可。或许有人会好奇为什么过去的人们会相信这些看起来如此奇怪的疗法。其实这并不难理解。因为每年都有很多人被蛇咬伤，但只有极少数人因此丧命。如果每个被蛇咬伤的人都按照这个方法在伤口四周涂上耳垢并且同时念诵祈祷经文，其中绝大多数人会自行痊愈，他们就会认为这个方法是有效的，并且把这个偏方分享给他们的朋友。

在魔法世界里，斯内普曾提到过用"粪石"解毒。很久以前粪石就为麻瓜所熟知，至今仍在被一些麻瓜使用。粪石是从山羊或者羚羊的胃里取出、由头发或者其他无法被消化的材料组成的结石，被认为是一种解毒剂。"粪石"的名字由波斯语中的"解药"一词演化而来。根据1694年出版的《药物全史》一书的记载，粪石的药效强度取决于产生粪石的动物。解毒性能最强的粪石早已被主教、国王和名门贵族占有。十八世纪以来，粪石的解毒魔力被越来越多的人质疑，但是加州大学圣地亚哥分校斯克里普斯海洋研究所近期的一项研究表明，粪石中的矿物质成分和分解后的头发似乎可以与砒霜中的砷化物相结合。至于如何使用粪石解毒，哈利·波特的那本写满笔记的《高级魔药制作》中言简意赅地给出了以下建议：

只需在嗓子里塞入一块粪石。

如果你想长生不老，那么你就需要更为强大的东西了——魔法石，只有它具有这种转变能力，还可以把普通金属变成黄金。历史上，无数人前赴后继地踏上寻找魔法石的征途，其中包括古代中国的统治者和神圣罗马帝国的帝王，更别提成百上千的炼金术士了。他们无一例外地铩羽而归、求而不得。伏地魔也渴望得到这种长生不老之药。不过，在哈利·波特的阻挠下，黑魔头也无奈地成为了失败者中的一员。

占星师专注于研究人类与星星的关系，而炼金术士研究的是人类与地球自然的关系，这其中还融合了化学和魔法。炼金术没有通用的语言描述炼金的概念和过程。因此，炼金术士往往选择借用神话与占星术中的符号和标志，这使得哪怕最基础的炼金术秘方看上去都像魔咒一般难以理解。而制作魔法石的方法则是早期炼金术士坚守的秘密，他们故意用特殊的符号让它晦涩难懂。

不过，人们寻找长生不老药的努力也不算完全白费。通过认真研究炼金术士的公式、绘画和秘语，以及复原早期的实验过程，历史学家和科学家发现一些杰出的炼金术士为现代化学打下了坚实的基础。

在繁复精致的里普利卷轴上，作者描绘了炼金的过程，精美绝伦，极具象征意义。里普利卷轴以英格兰炼金术士乔治·里普利的名字命名，他同时也是约克郡布里德灵顿修道院的一名教士。里普利卷轴原卷作于十五世纪，现在已经遗失，如今尚存二十三卷复制本或基于原卷的修订本（其中一卷直到2012年才被科学博物馆确认）。整幅卷轴展开的时候，可以看到上面画着火龙和蟾蜍。此外，还有一个身穿长袍、蓄有胡须的男人（也许是里普利本人？），他手中握着一个炼金宝瓶。

在塑造尼可·勒梅的形象时，J.K. 罗琳巧妙地融入了历史事实。勒梅是十四世纪真实存在的历史人物。他的成就影响了包括罗伯特·波义耳和艾萨克·牛顿爵士在内的许多十七世纪的炼金术士。勒梅据说是魔法石的制造者（把一种元素转化成另一种元素虽然听起来很荒唐，但是1932年在剑桥大学的卡文迪许实验室，约翰·科克罗夫和欧内斯特·沃尔顿使用装置分裂了原子核，使得元素真正发生了质变）。据说，现实中的勒梅也是长生不老药的制造者，不过长生不老药看来并没有什么效果——历史记载尼可·勒梅于1418年去世，他的墓碑现在保存于巴黎的法国国立中世纪博物馆。

德国炼金术士亨尼格·布兰德也花了很多年研制魔法石。他最初的目标当然没有实现，不过，在1669年前后，他倒是成功从尿液中分离出了磷。他决定用希腊语中"光的承载者"一词来命名这种元素。他的发现在当时有很大的影响力，以至于一个世纪之后，来自英国德比的画家约瑟夫·怀特还将这一重要时刻记录在了他的画作《炼金术士，在寻找魔法石的过程中发现磷，并按古代化学占星家传统祈祷实验成功》上面。

1661年，罗伯特·波义耳所著的《怀疑派化学家》出版。在书中，他指出物质是由原子组成的。从此，炼金术开始向现代化学演变。在这之后，法国贵族安托万·洛朗·拉瓦锡和俄国科学家德米特里·门捷列夫也研究出了许多足以开启新时代的成果，元素周期表就是由后者在1869年总结发表的。现代化学的兴起使炼金术黯然失色，门捷列夫的元素周期表甚至可以预测尚未被发现的元素的性质。

在那之后的几个世纪里，麻瓜的科学在"找到证据，提出疑问，反复测验，短暂达成共识"这一严谨过程中蓬勃发展。举个例子，我们如今已经对不断增加的平均寿命习以为常。我们可以预测重要的化学反应，比如药物如何在人体内起作用；我们可以预测日食和月食，规划出航天器在太阳系中的飞行路线，以及预测天气；我们可以将科学运用到不同的领域，创造许多无与伦比的发明，从平板电脑和基因检测，到可以重复使用的火箭和互联网。这就是真正的魔法，就像亚瑟·C. 克拉克曾说过的，任何先进的科技与魔法并无两样。

罗杰·海菲尔德

文章 © 罗杰·海菲尔德 2017年

魔药学老师

哈利·波特对斯内普教授的第一印象是一个有着"一头油腻黑发、鹰钩鼻、皮肤蜡黄"的男人。在吉姆·凯的这幅画像中,斯内普无精打采地看着旁边,同时半边脸上挂着几分轻蔑的冷笑。瓶子里的鼹鼠代表了他为凤凰社做间谍的身份,手边的百合花象征着他对哈利母亲莉莉永恒的爱。剪刀指斯内普发明的黑魔法咒语"神锋无影"。他的衬衣上装饰着蛇的图案,领口处一个蛇形搭扣固定住他的斗篷。领结和桌子都是绿色的,与他所在的斯莱特林学院的颜色相互呼应。J.K.罗琳在其他地方解释过,在"哈利·波特"小说中,绿色通常代表黑魔法。

◁ 西弗勒斯·斯内普教授画像,吉姆·凯绘
由布鲁姆斯伯里出版社提供

在开学宴会上,哈利就感到斯内普教授不喜欢他。第一节魔药课结束的时候,他才知道自己想错了。斯内普教授不是不喜欢他,而是恨他。

《哈利·波特与魔法石》

"这张正式的画像捕捉到了斯内普教授轻蔑的表情。哈利在第一本书中非常不信任斯内普,而散布在他面前的物体则暗示了这个人物的复杂性和他在故事中扮演的重要角色。"

乔安娜·诺丽奇
策展人

魔药课

《健康花园》是中世纪欧洲第一本印刷版的博物学百科全书，内容涵盖了植物、走兽、飞鸟、游鱼和矿石。原拉丁语书名为"Ortus Sanitatis"，译为"健康花园"。在这幅手工上色的木刻版画中，一位魔药大师正在指导一群学生。这幅画出现在一章的开头部分，该章的标题是"De Lapidibus"，意思是"关于矿石"。画上的魔药大师身穿白色貂皮衬里的灰色斗篷，左手拿着一根棍子，他的助手在他面前举着一本打开的魔药配方书。

> "《健康花园》是一本重要的科学书籍，不过这幅版画同样充满了绝妙的人文细节。画面中的师生正在工作。可是，学生们对老师的关注程度值得怀疑。"
>
> 朱利安·哈里森
> 首席策展人

◁ 《健康花园》，雅各布·梅德巴赫著（1491年，斯特拉斯堡）▽
由大英图书馆提供

燃烧的火焰和沸腾的坩埚

尽管坩埚与女巫的联系至少可以追溯至六世纪,但是直到1489年,乌尔里希·莫利托撰写的《女巫和女算命师》出版后,这一主题才被大众广泛接受。这本书是最早的配有插图的关于巫术的专著。书中包含了第一幅描绘女巫使用坩埚的印刷版图片。图中,两位老妇人正在往一口冒火的坩埚里放入蛇和小公鸡,试图召唤雹暴。这本书传播广泛,加深了人们对女巫行为的刻板印象。莫利托曾经向奥地利大公和蒂罗尔伯爵西吉斯蒙德三世发表了《女巫论》,因为后者一直希望可以取缔巫术及其相关的邪恶活动。

◁《精美图说:女巫与女算命师》,乌尔里希·莫利托著(1489年,科隆)
由大英图书馆提供

"我并不指望你们能真正领会那文火慢煨的坩埚冒着白烟、飘出阵阵清香的美妙所在,你们不会真正懂得流入人们血管的液体,令人心荡神驰、意志迷离的那种神妙魔力。"

斯内普教授,《哈利·波特与魔法石》

"这本书里的木刻插图具有巨大的影响力。妇女们围绕在一口坩埚周围的景象已经成为了人们心中巫术的代表符号,这种认知已经持续了几个世纪。不是每个人都能读懂文字,但是每个人都能看懂图片。"

亚历山大·洛克
策展人

巴特西坩埚

坩埚是最有代表性的巫术象征之一。它们形状各异，大小不一，在历史上有着不同的用途，其中包括熬制魔药。图中这口精美的坩埚不一定与女巫有关，但仍然有一段迷人的历史。它铸造于将近三千年以前，由七块薄薄的青铜片铆接而成。这口坩埚工艺精细巧妙，可能属于一个富裕的主人。大约在1861年，在它被制成两千多年以后，这口坩埚被人从伦敦南部的巴特西地区附近的泰晤士河中打捞出来。

"巴特西坩埚从时间的磨砺下幸存了下来。即使到了今天，它仍然保持着极佳的状态。这口坩埚不太可能是意外掉进泰晤士河的。它很可能是作为还愿物品被放进河里的。"

朱利安·哈里森
首席策展人

赫敏把新的配料扔进坩埚，兴奋地搅拌起来。"两个星期之内就能熬好。"她高兴地说。

《哈利·波特与密室》

▽ 巴特西坩埚（约公元前800年—前600年）
由大英博物馆提供

中世纪的医学

很少有哪部手稿有《伯德医书》这样奇特的名字：它的英文名"Bald Leechbook"，字面意思是"秃头的水蛭之书"。它以第一任主人的名字命名，书上写着"伯德拥有这本书，他命令希尔德主持编纂"。在这本书里，伯德尝试将盎格鲁-撒克逊世界和地中海世界的所有医学知识整合起来。这一章的开头是"用于解毒的药剂和药品"，主要讲的是被毒蛇咬伤之后的解毒剂。其中一种方法是将"三便士重的水苏"放入盛满葡萄酒的三个碗中，然后给被咬伤的人服下。另一种治疗毒蛇咬伤的方法是在伤口周围涂抹耳垢，并诵读圣约翰的祈祷文。不要在家里尝试这种方法！

> "科学家们陆续测试了一些伯德的药方，他们发现其中的一些内容并不荒谬，反而可以应用在现代医学的实践中。甚至有一种药方对耐甲氧西林金黄色葡萄球菌（即MRSA）有治疗作用。"
>
> 朱利安·哈里森
> 首席策展人

斯内普把他们分成两人一组，指导他们混合调制一种治疗疖子的简单药水。斯内普拖着他那件很长的黑斗篷在教室里走来走去，看他们称干荨麻，粉碎蛇的毒牙。几乎所有的学生都挨过批评，只有马尔福幸免，看来马尔福是斯内普偏爱的学生。

《哈利·波特与魔法石》

➢ 《伯德医书》（十世纪，英格兰）
由大英图书馆提供

ꞅealꞅe clǣnꞅian ꝥ dolh
ꞅalꝼ wiþ cancꞃe. ᵹenim
þe læt ꝼeoꞃþan to ꝼletu
ꝼiꞅc on ꝼætꞃe. Nim ꞅiᵹel
in ꝼæꞃline. doclǣne. cnua
þeꞃe buꞇꞃan doon þan
ꞅpiꝺe. aꞅeoh ƿel þuꞃh clað
anꝺ ꞅƿaðle. æꞃund on
þan. ⁊ meðoƿyꞃt mio þe
ꝼeaꞃð. cuneᵹleꞅꞃe mio þo
la ᵹecnua to duꞅte. do hunne
iᵹ do beᵹea þin ƿela ᵹemenᵹ
ꞅun on ðone cancꞃ ne do

XLV.

aꞅ ⁊ læceꝺomaꞅ. betonican
ınul. peꝺic. cnua on ealaꝺ
atꞃe. betonican ⁊ þaꞅma
oon haliᵹ ƿæꞇeꞃ ꝺꞃinc ꝥ
a. Uð celeu atꞃe. peꝺic
iᵹþe nan man atꞃe
leu atꞃe. biꞅcop ƿyꞃt

ni þe ꝼeaꞃð ⁊ elehꞇꞃe. ⁊ ꞅpꞃinᵹ ƿyꞃꞇ mo þe
eoꝼoꞃ þꞃoꞇan. ⁊ elaꞇan. aƿylon ealað ꞅeleꝺꞃ
ᵹelome. Giꝼ nǣððꞃe ꝼlǣman þone blaca
ꞅniᵹl aꝼeꞅꞇ on haliᵹ ƿæꞇeꞃ ꞅeleꝺꞃincan o
hƿæꞇhƿeᵹu þæꞃ þe ꝼꞃia ꞅcoꞇꞇam come. E
pꝼᵹ bꞃæꝺan ᵹe ᵹniꝺ ꞅpi þe ꝺꞃinc on ƿine.
næð þan bꞃǣ betonican ꝥ te þꞃy ꝼinᵹaꞅ ᵹ
pᵹꞃ don þꞃy bollan ꝼulle ƿineꞅ ꞅeleꝺꞃin
p Iꝼ næð þan bꞃǣ ꞅꝥ ꝼiꞅ læꞅꞅe aꝼꞃun cnu
ƿin ᵹe minᵹeð ᵹoð biþ to ꝺꞃincanne. V
næð þan bꞃǣ ꞅꝥ cele ꞅo mie ᵹe ꞅuipu laꝺ o
ce on naht neꞃꞇiᵹ. III. bollan ꝼulle. Pi
næð þan ꝼlæᵹe ꞅpꞃinᵹ ƿyꞃꞇ ⁊ eoꝼoꞃ þa n
eoꝼoꞃ þꞃoꞇan. biꞅcop ƿyꞃꞇ ƿyꞃꞇ to ꝺꞃinc
p Iꝼ þon þe mon hꞃeᵹe aꞇoꝼ. ᵹenim þa hƿaꞇ
hunan ᵹe ƿyꞃꞇe micelne ꝺæl ⁊ næðꞃ ƿyꞃꞇ
cnua to ᵹeꝺꞃe. ⁊ ꞅpꞃinᵹ ꝥ ꞃæap ðo ƿineꞅ hꞃ
mel oñ ᵹele ꝺꞃincan. Piꝼ næð þan ꝼlæ
nim pᵹ bꞃæꝺan ⁊ aᵹꞃimonian ⁊ næðꞃ
ƿyꞃꞇ ꞅele ᵹe nið ohne on ƿine ꝺꞃincan. ⁊
ƿyꞃꞇ ꞅealꝼe oꝼ þam ileu ƿyꞃꞇū. ⁊ nim þe

《哈利·波特与"混血王子"》

这两页是《哈利·波特与"混血王子"》的打印草稿,上面有J.K.罗琳及其编辑的批注。稿件第一页的故事发生在斯拉格霍恩教授的魔药课上,他向学生们展示了几种魔药,赫敏自然可以辨认出那些是吐真剂、复方汤剂、痴心水和福灵剂。星号标记的地方补充了赫敏喜欢的味道,包括"崭新的羊皮纸"的味道等等。第二页的内容是哈利查阅"混血王子"的《高级魔药制作》,想知道如何熬制更多的福灵剂。翻阅时,他注意到了"神锋无影"这个咒语,一直都很想尝试使用。不过后来,他才懂得使用一个不认识的咒语有多危险。

◁《哈利·波特与"混血王子"》草稿,J.K.罗琳及其编辑注(约2004年—2005年)▷
由布鲁姆斯伯里出版社提供

"这些页面上修改的痕迹,可以让我们深入了解编辑的过程。我尤其喜欢后期修改时额外加入的细节,比如'赫敏最喜欢的味道'这一点,使得这个角色变得更丰富了。"

乔安娜·诺丽奇
策展人

~~'How many times have we been through this?' she said wearily. 'There's a big difference between needing to use the room and wanting to see what Malfoy needs it for –'~~

~~'Harry might need the same thing as Malfoy and not know he needs it!' said Ron. 'Harry, if you took a bit of Felix, you might suddenly feel the same need as Malfoy –'~~

'Harry, don't go wasting the rest of that Potion! You'll need all the luck you can get if Dumbledore takes you along with him ~~to destroy a,~~ she dropped her voice to a whisper, ~~'horcrux'~~ so you just stop encouraging him to take a slug of Felix every time he wants something!' she added sternly to Ron.

'Couldn't we make some more?' Ron asked Harry, ignoring Hermione. 'It'd be great to have a stock of it... have a look in the book...'

Harry pulled his copy of *Advanced Potion-Making* out of his bag and looked up *Felix Felicis*.

'Blimey, it's seriously complicated,' he said, running an eye down the list of ingredients. 'And it takes six months... you've got to let it stew...'

'~~Dammit~~ Typical,' said Ron.

Harry was about to put his book away again when he noticed that the corner of a page turned down; turning to it, he saw the 'Sectumsempra' spell, captioned 'for Enemies,' that he had marked a few weeks previously. He had still not found out what it did, mainly because he did not want to test it around Hermione, but he was considering trying it out on McLaggen next time he came up behind him unawares.

The only person who was not particularly pleased to see Katie Bell back at school was Dean Thomas, because he would no longer be required to fill her place as Chaser. He took the blow stoically enough when Harry told him, merely grunting and

495

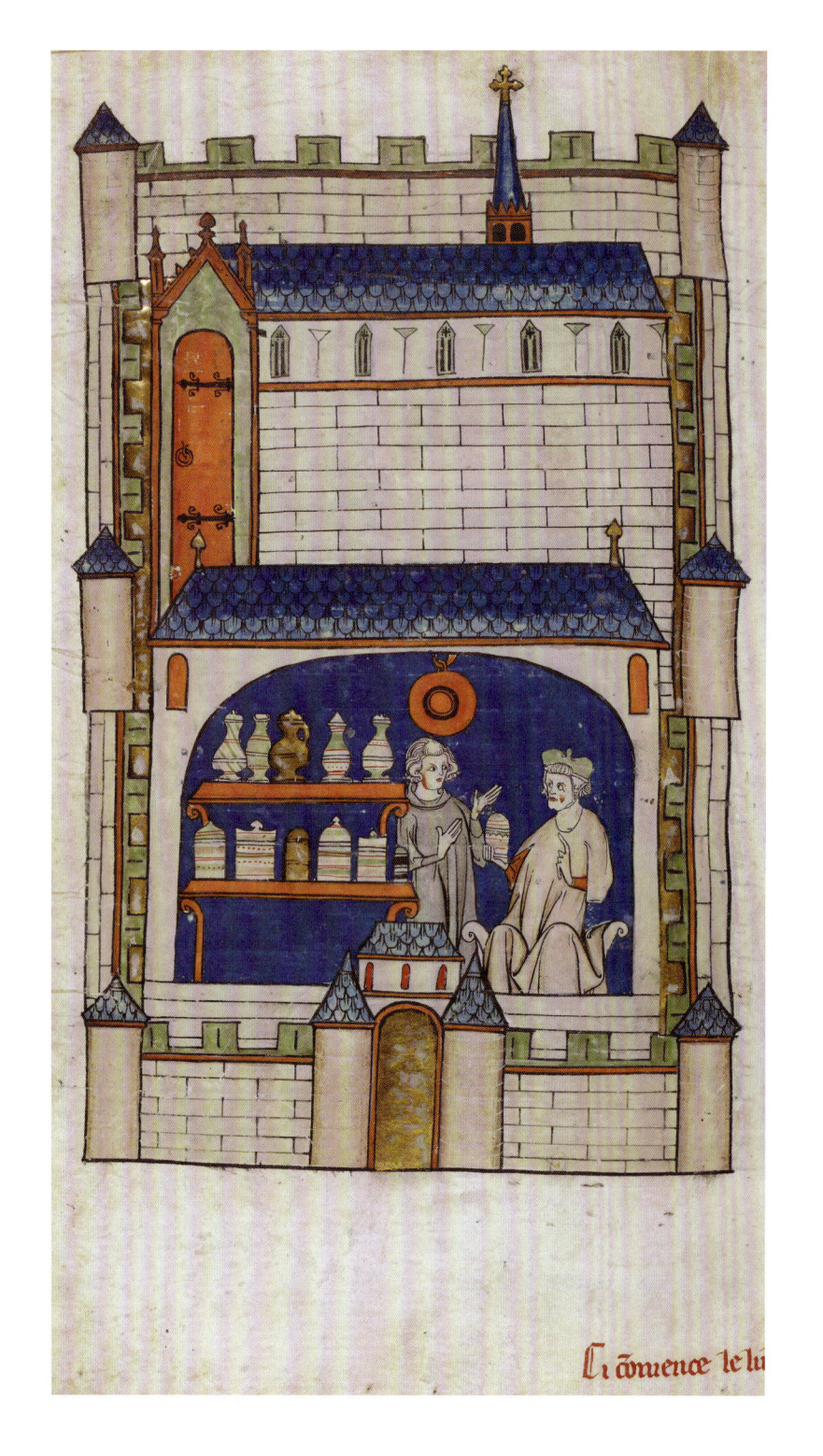

药店之旅

这幅传统药剂商店的插图出现在十四世纪的一份法国手稿中。这份手稿是为一位外科医生创作的。中间那个穿着灰色斗篷的人可能就是传统药剂师,他把一个带着条纹的罐子递给坐着的顾客。天花板的挂钩上挂着一个平底盘子,用来混合药材。这份手稿经过了很多人转手,从法国北部的亚眠地区一直来到了英格兰国王亨利八世的图书馆。最终,它被汉斯·斯隆爵士买下。他是内科医生兼收藏家,伦敦的斯隆广场就是以他的名字命名的。

◁ 外科医生手稿中的传统药剂商店插图(十四世纪,法国)
由大英图书馆提供

"传统药剂师是古代的医疗专业人员,为医生和病人配发药物,与现代药剂师的职责相似。这张插图中使用的蓝色颜料在数百年之后看起来仍然明亮而生动。"

朱利安·哈里森
首席策展人

传统药剂商店的标志

历史上，人们普遍认为独角兽的血、毛发和角具有极大的药用价值。由于产量稀少，它们非常昂贵。在《哈利·波特与魔法石》中，伏地魔依靠独角兽的血得以苟延残喘，而"独角兽的银角"可以用来制作魔药，在对角巷里每个要卖到"二十一加隆"。这只漂亮的独角兽雕塑是十八世纪一家传统药剂商店的标志。这座精致雕琢的标志物显示了这位传统药剂师的富有，也说明他拥有获得珍贵药材和奇异疗法的能力。虽然这支象牙白的角看起来像是属于一只真的独角兽，但实际上它是用独角鲸的长牙制成的。独角鲸又被称为"海上独角兽"，它的长牙经常以这种方式营销和出售。

◁ 独角兽头形状的药店标志（十八世纪）
由科学博物馆提供

"抓住一只独角兽很不容易，它们这种动物具有很强的魔法。我以前从没听说过独角兽受到伤害。"

《哈利·波特与魔法石》

野山羊

在哈利·波特的第一节魔药课上,斯内普教授问他:"如果我要你去给我找一块粪石,你会到哪里去找?"粪石是动物的胃里无法被消化的纤维形成的结石,被认为是毒药的解毒剂。人们也曾经在奶牛和大象的肚子里发现粪石,但是大部分的粪石都来自"野山羊"这种动物。根据1694年以法语首次出版的《药物全史》记载,粪石的药效强度取决于产生它的动物。例如,"从奶牛身上取出的粪石,其质量绝对不能与真正的野山羊粪石相提并论"。另一方面,"从猿类身上取出的粪石,只要米粒大小的两颗,就比产自山羊胃里的药用效果好得多。"

◁《药物全史》第二版,皮埃尔·波莫特著(1725年,伦敦)
由大英图书馆提供

"关于粪石有很多有趣的故事和轶事。人们吞下粪石的碎片,是希望治愈一些疾病。靠粪石来排毒并非异想天开,因为咽下粪石确实可能会导致呕吐。"

亚历山大·洛克
策展人

真正的粪石

粪石最早是在中世纪由阿拉伯的医生引入欧洲的。尽管人们时常对粪石的功效表示怀疑,但大众对粪石的高需求一直持续到十八世纪。富有的收藏家愿意花大价钱来购买最好的"石头",并且把它们保存在精美的盒子里。后来,在《哈利·波特与"混血王子"》中,哈利很好地应用了他学到的知识。他曾经注意到在他的那本《高级魔药制作》中有这样一句话:"只需在嗓子里塞入一块粪石。"在罗恩·韦斯莱喝下有毒的蜂蜜酒之后,哈利正是这样用粪石拯救了朋友的性命。

▼ 金丝盒中的粪石
由科学博物馆提供

"老天,多亏你想到了粪石。"乔治低声说。

"幸好屋里有一块。"哈利说,想到要是没找着那块小石头的后果,他不禁浑身发冷。

《哈利·波特与"混血王子"》

药剂罐

早在公元前1500年，古埃及人就认识到玻璃是一种极好的储存化学物质的容器。一来不会吸收内容物，二来不会和内容物发生反应。这些玻璃药罐使用这种古老的技术储存了几种药材。这个标着"Vitriol. Coerul."的罐子里面存放的是硫酸铜。标有"Ocul.Cancr."的罐子里存放的是"蟹眼"，是从腐烂的小龙虾的胃里取出的石质结晶，它竟然会被药剂师用于帮助消化！名为"Sang.Draco.V."的罐子曾经存放的是"龙血"，含有一种药性很强的红色树脂，这种物质至今依然被广泛应用于医学、巫术、艺术和炼金术等领域。

△ 一套药剂罐（十七世纪或十八世纪，西班牙？）
由科学博物馆提供

魔药瓶

这是吉姆·凯绘制的《哈利·波特与魔法石（全彩绘本）》中的一幅插图的草图，图上绘制了一排精致的魔药瓶。瓶身上有着丰富的细节，即使图片还没有上色，每个瓶子看起来也充满灵性。魔药瓶设计得精美华丽，让人不禁想象其中盛放的魔药会有怎样神奇的功效。

△ 魔药瓶铅笔素描，吉姆·凯绘
由布鲁姆斯伯里出版社提供

《七地之书》

阿布·阿尔卡西姆·穆罕默德·伊本·艾哈迈德·阿尔伊拉基著有以炼金术和魔法为主题的书籍。他所著的《七地之书》是已知最早的专注于研究炼金术图画的书籍。这幅插图据说出自一本"隐世之书",书的主人是古埃及传奇的圣贤国王——赫耳墨斯·特利斯墨吉斯忒斯。传说中特利斯墨吉斯忒斯掌握了炼金术的秘密,并用象形文字记录在墓室的墙壁上。在《七地之书》里,阿尔伊拉基从炼金术的角度解读了这幅图画中的所有元素。然而讽刺的是,这幅图画实际上没有任何意义。阿尔伊拉基不知道的是,这幅图画只不过复制了一座古代的纪念碑,该碑是为了纪念公元前1922年至前1878年统治埃及的国王阿蒙涅姆赫特二世而建的。

◁ 炼金术过程图,选自《七地之书》副本,阿布·阿尔卡西姆·穆罕默德·伊本·艾哈迈德·阿尔伊拉基著(十八世纪)
由大英图书馆提供

> "阿尔伊拉基又被称作'自然或白魔法大师'。他生活在十三世纪的埃及,当时的统治者是马穆鲁克王朝苏丹拜伯尔斯·奔杜格达里,即拜伯尔斯一世。"
>
> 宾克·哈勒姆
> 策展人

古代炼金术涉及魔法石的炼造，这是一种具有惊人功能的神奇物质。魔法石能把任何金属变成纯金，还能制造出长生不老药，使喝了这种药的人永远不死。

《哈利·波特与魔法石》

里普利卷轴（十六世纪，英格兰）
由大英图书馆提供

里普利卷轴

"里普利卷轴"是一卷神秘的炼金术专著的名字,卷轴的主要内容是一系列关于长生不老药的诗歌。卷轴的名字来自作者乔治·里普利,他是约克郡布里德灵顿修道院的一名教士,也是一名资深的炼金术士。据称,里普利曾在意大利以及现在位于比利时的鲁汶大学学习过炼金术。随后,他写了一本关于如何制作魔法石的书,名为《炼金化合物》。这卷手稿长约六米,以里普利的研究为基础,卷轴上绘有精美的图画,其中有火龙和蟾蜍,还有一只带翅膀的鸟,旁边写着:"赫尔墨斯之鸟乃吾之姓名,食吾羽翼使吾驯服。"卷轴的顶端画着一个身穿长袍、留着胡须的人,手持炼金宝瓶。在瓶身上可以看到两个人举起了所谓的"哲学之书"。

"很少有人见到过完整的里普利卷轴,因为这卷作品实在是太长了。卷轴的内容充满了象征意义,使用了大量代表炼金术过程的动物和图案进行装饰。"

朱利安·哈里森
首席策展人

《辉煌的索利斯》

这本于1582年在德国制作的手稿大概是所有关于炼金术的图绘手稿中最精美的一本。这本书里有一幅作品名为《辉煌的索利斯》，又称《辉煌的太阳》。《辉煌的索利斯》的作者不详，但经常被错误地认为是所罗门·特里斯莫辛。这个男人声称自己使用了魔法石来克服衰老。这幅画上的炼金术士手持一个装着金色液体的烧瓶。烧瓶里喷出了一段黑色的丝带，上面写着拉丁语"Eamus quesitum quatuor elementorum naturas"，意思是"让我们问问自然的四大元素"。

➤ 《辉煌的索利斯》（1582年，德国）
由大英图书馆提供

"与画面中央的人物同样令人印象深刻的是精美的金色画框，画框上精心地绘制了花卉、鸟类和其他动物的图案，其中有孔雀、牡鹿和猫头鹰。"
朱利安·哈里森
首席策展人

"一块石头能变出金子，还能让你永远不死！"哈利说，"怪不得斯内普也在打它的主意呢！谁都会想得到它的！"

《哈利·波特与魔法石》

炼金术士尼可·勒梅

在《哈利·波特与魔法石》中，哈利、赫敏和罗恩在霍格沃茨的图书馆里花了很多时间，试图弄清楚尼可·勒梅是谁。最后，赫敏拿出了一本被她忘到一旁，本想用来读着消遣的旧书。"'尼可·勒梅'，她像演戏一样压低声音说，'是人们所知的魔法石的唯一制造者！'"根据这部古老的巨著，勒梅是著名的炼金术士和歌剧爱好者，时年六百六十五岁，和妻子佩雷纳尔一起隐居于德文郡。而现实中，勒梅在中世纪的巴黎度过了自己的一生。据传言，他于1418年去世。勒梅是一个地主，也有关于他曾涉足图书交易行业的谣言。这幅画上是尼可和他的妻子佩雷纳尔委托制造的"圣洁无辜者"纪念碑，碑顶上描绘着勒梅夫妇和圣徒们一起祈祷的场景。

▽ 尼可·勒梅夫妇回忆录中的水彩插画（十八世纪，法国）
由大英图书馆提供

"尼可·勒梅是一个迷人的角色，是历史上的神话、传奇和哈利·波特的魔法世界之间的交汇点。我们对他的了解几乎都是错误的，真正的勒梅并不是炼金术士。但是在他死后，这个离奇的故事不知怎么就围绕着他的名字流传开来。"

朱利安·哈里森
首席策展人

尼可·勒梅的墓碑

真实的尼可·勒梅据传于1418年去世，他被埋葬在巴黎的屠宰场圣雅克教堂的墓地中。他的坟墓前竖立着这座中世纪的小巧墓碑。墓碑顶部刻着耶稣基督和他身边的圣徒彼得与保罗，此外还有太阳和月亮。用法语雕刻的主碑文下方刻着的人像就是死者本人。在J.K.罗琳的故事中，尼可·勒梅最终采纳了他的朋友阿不思·邓布利多的建议，同意应该销毁魔法石。勒梅夫妇"存了一些长生不老药，足够让他们把事情料理妥当的"，之后再与世长辞。

◁ 尼可·勒梅的墓碑（十五世纪，巴黎）
由法国国立中世纪博物馆提供

"对你这样年纪轻轻的人来说，这似乎有些不可思议；但是对尼可和佩雷纳尔来说，死亡实际上就像是经过非常，非常漫长的一天之后，终于上床休息了。而且，在头脑十分清醒的人看来，死亡不过是另一场伟大的冒险。"

邓布利多教授，《哈利·波特与魔法石》

《古老的化学工作》

尼克·勒梅被误传为炼金术士的根源是在他去世之后面世的生活记录。根据这些十六世纪和十七世纪的传说，尼可·勒梅做过一个具有预言性质的梦，在梦里他发现了一份珍贵的手稿，上面写着魔法石的真正制作方法。《古老的化学工作》一书据说是这份遗失的手稿的译本。这本书最早于1735年在德国出版，一般认为是由一位名叫亚伯拉罕·以利亚撒的拉比所著。在这幅插画中，一条蛇和一条戴着王冠的龙形成了一个首尾相接的圆圈。这样的画面在炼金术的文献里很常见，它象征着物质基础和精神世界的统一。这种统一被认为是制作魔法石的必要条件。

➤ 《古老的化学工作》，拉比亚伯拉罕·以利亚撒著（1735年，埃尔福特）
由大英图书馆提供

"《古老的化学工作》展示了如何制作魔法石，尽管学者们对这幅作品的真实性始终有争议，甚至有人质疑以利亚撒是否真实存在。"

亚历山大·洛克
策展人

"明白了吗？"哈利和罗恩读完后，赫敏问道，"那条大狗一定是在看守勒梅的魔法石！我敢说是勒梅请邓布利多替他保管的，因为他们是朋友，而且他知道有人在打魔法石的主意，所以才要求把魔法石从古灵阁转移了出来。"

《哈利·波特与魔法石》

遇见路威

    这是 J.K. 罗琳亲手绘制的素描原稿，图中纳威、罗恩、哈利、赫敏和加里（后来更名为迪安，并且从这个场景中删除）遇到了一只可怕的巨型三头犬。图中描绘的细节对应了每个学生各自的性格，比如纳威的兔子睡衣、罗恩的雀斑和赫敏的大门牙。这张早期的手绘图向我们展示了这些角色在作者脑海里的样子。这个场景原本打算作为第7章"德拉科的决斗"的一部分，后来被编辑到第9章，并更名为"午夜决斗"。只有沉着冷静的赫敏发现"路威"正在守卫着一扇活板门，这让哈利意识到他们找到了海格从古灵阁713号地下金库里拿走的神秘包裹的藏身之处。

➤ 哈利和他的朋友钢笔素描，
J.K. 罗琳绘（1991年）
由 J.K. 罗琳提供

刻耳柏洛斯

在希腊神话中，刻耳柏洛斯是一只可怕的三头犬，守卫着冥界的大门，阻止死者离开。关于刻耳柏洛斯有很多古老的传说，其中一个传说的主角是一对恋人——丘比特和普赛克。在这个故事里，普赛克被派去探索冥界。在那里，她必须用蜂蜜蛋糕引开可怕的大狗。这幅由爱德华·伯恩-琼斯创作的木刻版画是为威廉·莫里斯《地上乐园》一个豪华版本而设计的。十九世纪八十年代，奇斯威克出版社为这本书制作了校样，但随后又放弃了这个项目。这幅画中，伯恩-琼斯展现的是普赛克向流着口水的三头犬刻耳柏洛斯扔蛋糕的场景。

A 普赛克用蜂蜜蛋糕引开刻耳柏洛斯，爱德华·伯恩-琼斯绘（约1880年）
由伯明翰博物馆和美术馆提供

他们正面对着一条怪物般的大狗的眼睛，这条狗大得填满了从天花板到地板的所有空间。它有三个脑袋，三双滴溜溜转的凶恶的眼睛，三个鼻子——正朝他们这边抽搐、颤抖着，还有三张流着口水的嘴巴，口水像黏糊糊的绳子，从泛黄的狗牙上挂落下来。

《哈利·波特与魔法石》

炼金术士

几个世纪以来，对炼金术的研究吸引着世界各地的人们。1771年，来自英国德比的艺术家约瑟夫·怀特完成了他的画作《炼金术士发现磷》，并于1795年将其重新绘制。在这幅画中，怀特展现了一位炼金术士在两名年轻学徒的陪同下观察烧瓶的画面。烧瓶中正在熬煮大量的尿液，里面的磷在空气中开始自燃，烧瓶突然发出强光。人们通常认为，这一场景指的是1669年德国炼金术士亨尼格·布兰德在汉堡发现磷的经历。怀特画中的背景里有着哥特式的拱门、拱顶和窗户。因此，有人认为这个场景对应的是中世纪的教堂，为炼金术士的发现赋予了宗教意义。

> "怀特用这幅画作再现了发生在他出生前一个世纪的历史事件。值得注意的是，磷的发现是偶然的。布兰德和所有炼金术士一样，主要目标是找到黄金。"
>
> 朱利安·哈里森
> 首席策展人

▸《炼金术士，在寻找魔法石的过程中发现磷，并按古代化学占星家传统祈祷实验成功》，德比的约瑟夫·怀特绘（1771年—1795年）
由德比博物馆和美术馆提供

"你知道，魔法石其实并不是多么美妙的东西。有了它，不论你想拥有多少财富、获得多长寿命，都可以如愿以偿！这两样东西是人类最想要的——问题是，人类偏偏就喜欢选择对他们最没有好处的东西。"

邓布利多教授，《哈利·波特与魔法石》

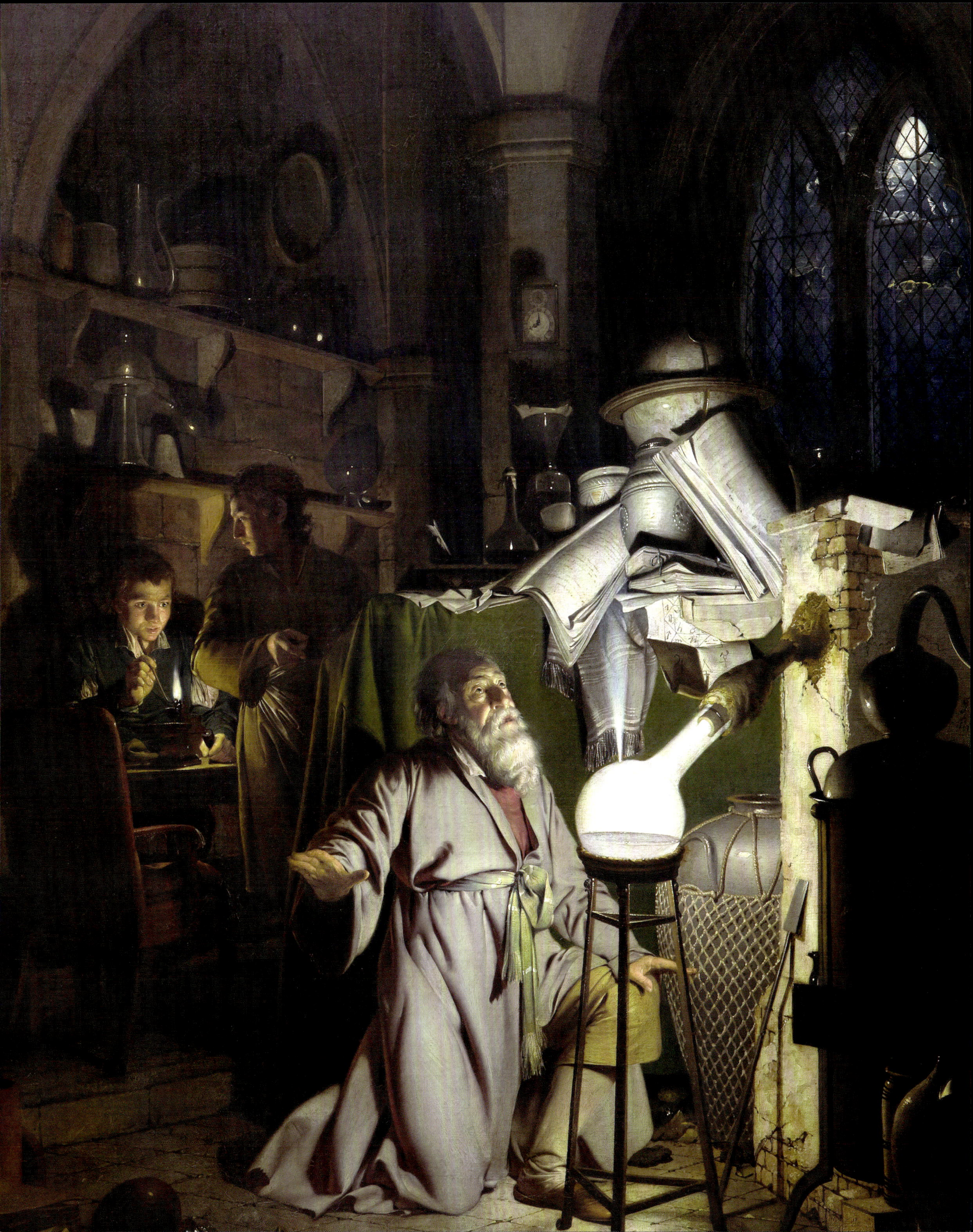

奇洛和魔法石

图中是 J.K. 罗琳在无格纸上用圆珠笔手写的《哈利·波特与魔法石》第 17 章"双面人"的草稿。这份草稿中的大部分对话内容与最终付印的版本一致，只有少许删减。当哈利发现盗窃魔法石的幕后黑手并不是他一直怀疑的斯内普，而是奇洛教授时，他反抗地说道："你还没有拿到魔法石……邓布利多马上就要来了。他会阻止你的。"在后来的编辑过程中，这句话和奇洛的回应被删掉了，二人之间对峙的场面有了新的安排。在最终出版的版本里，奇洛用绳子把哈利绑起来之后，就立刻告诉哈利是自己把巨怪放进了学校。

"J.K. 罗琳曾经表达过她非常喜欢撰写对话，而这份草稿告诉我们，对话中的微小变化对人物形象的塑造会产生巨大影响。"

乔安娜·诺丽奇
策展人

◁《哈利·波特与魔法石》第 17 章草稿，J.K. 罗琳亲笔书写 ▷
由 J.K. 罗琳提供

that ghost with ~~his head hanging off~~ the loose head tipped him off. Snape came straight to the third floor corridor to head me off... and you didn't get killed by the troll! That was why I tried to finish you at the Quidditch match — but blow me if I didn't fail again."

Quirrell rapped the Mirror of Erised impatiently.

"Dratted thing... trust Dumbledore to come up with something like this..." He stared hungrily into the mirror. "I see the stone," he said. "I'm presenting it to my Master... but where is it?"

He went back to feeling his way around the mirror.

~~A sudden thought struck~~ Harry's mind was racing, at this B moment, "What I want more than anything else in the world, ~~at this moment,~~" he thought, "is to find the stone before Quirrell does. So if I look in the mirror, I should see myself finding it — which means I'll see where it's hidden. But how can I look without him realising what I'm up to? ~~&~~ I've got to play for time..."

"I saw you and Snape in the forest," he blurted out.

"Yes," said Quirrell idly, walking around the mirror to look at the back. "He was ~~on~~ onto me. Trying to find out how far I'd got. He suspected me all along. Tried to frighten me — as though he could scare me, ~~when I~~ when I had Lord Voldemort ~~behind me~~ on my side."

"But Snape always seemed to hate me so much —"

"Oh, he does," Quirrell said casually. "Heavens, yes. He was at ~~school~~ Hogwarts with your father, didn't you know? They loathed each other. But he ~~never~~ didn't want you _dead_."

"And that warning burned into my bed —"

"Yes, that was me," said Quirrell, now ~~~~ feeling the mirror's clawed feet. "I heard you and Weasley in my class, talking about Philosopher's Stones. I ~~~~ thought you might try and interfere. ~~Ste~~ Pity you didn't heed my warning, isn't it? Curiosity has led you to your door, Potter."

"But I heard you a few days ago, ~~~~ sobbing — I thought Snape was threatening you —"

For the first time, a spasm of fear flitted across Quirrell's face.

"Sometimes —" he said, "I find it hard to follow my Master's instructions — he is a great man and I am weak —"

"You mean he was there in the classroom with you?" Harry gasped.

"He is with me wherever I go," said Quirrell softly. "I met ~~him~~ with him when I travelled ~~round~~ the world, a foolish young man, full of ridiculous ideas about good and evil. Lord Voldemort showed me how wrong I was. There is no good and evil. There is only power, and those too weak to seek it... Since then, I have served him faithfully, though I have let him down many times. He has had to be ~~~~ hard on me." Quirrell shuddered suddenly. "He does not forgive mistakes easily. When I failed to steal the stone from

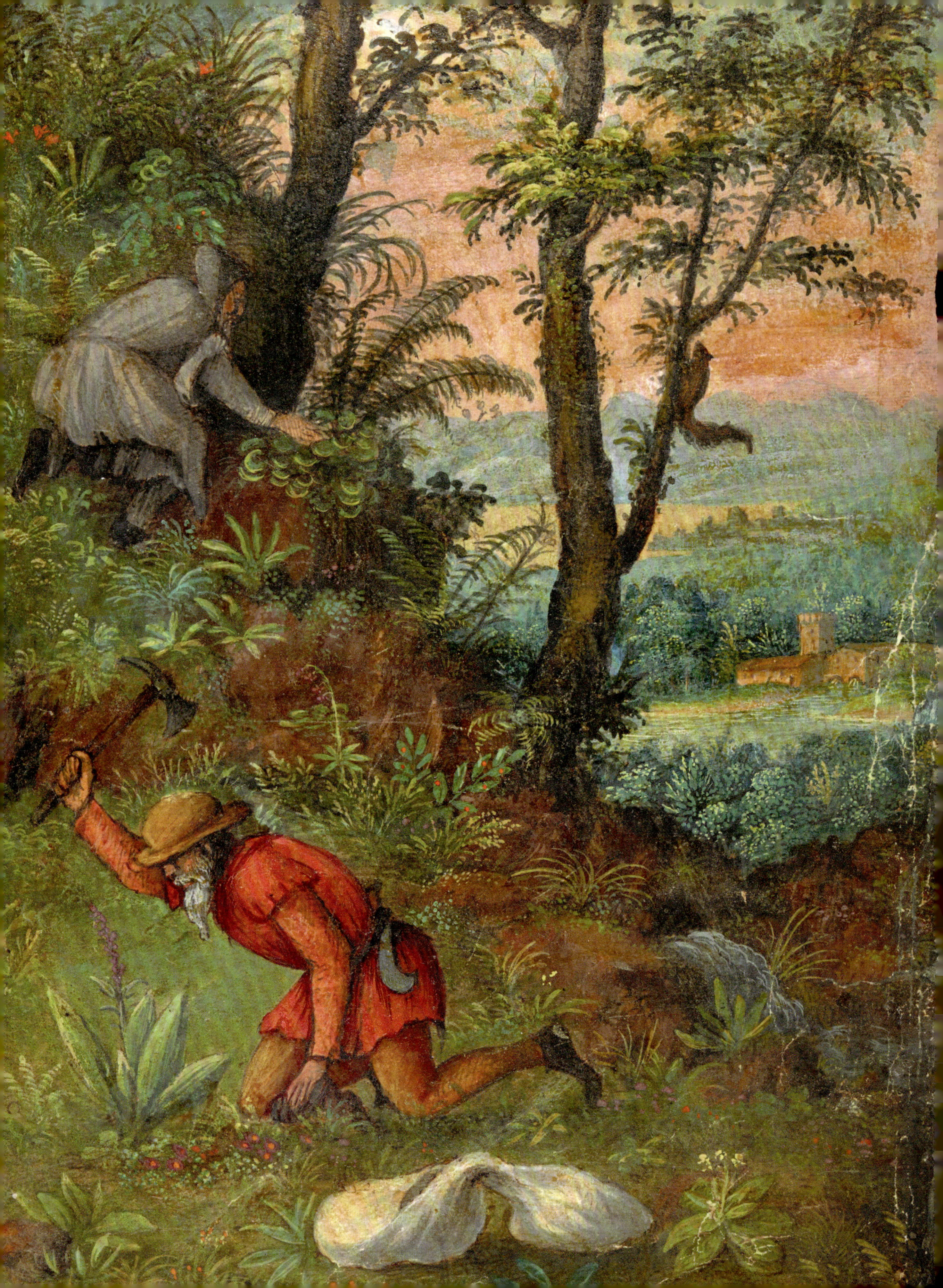

第三章

草药学

草药学

安娜·帕福德

安娜·帕福德的作品包括她的畅销书《郁金香》和刚刚出版的《山水风光》。此外,还有同样由布鲁姆斯伯里出版社出版的《植物的故事》。在这本书中,她思考了如何在植物的世界中寻找秩序,这是由古希腊人最早开始并延续至今的探索。安娜在多塞特郡生活了四十多年,在一片陡峭但洒满阳光的小山坡上种植花草,周遭长满了天南星和木兰花。

每当有孩子因为被带刺的荨麻绊倒而尖叫,我们就会寻找一片羊蹄叶,包住灼烧刺痒的皮疹。这可能是英国最后一个留存于世并广泛传播的植物小知识。通常,如果我们需要治疗,会去购买药片或包装昂贵的药水。但是大部分人都忘记了,我们也曾在牧场、河岸和树林中采集野草入药,无论最后效果如何。比如淫羊藿(barrenwort)、马兜铃(birthwort)和捕虫堇(butterwort),其中,把捕虫堇涂在奶牛的乳房上,既可以预防也可以治疗疾病。再如,星芹(masterwort)、远志(milkwort)和艾蒿(mugwort,学名 Artemisia vulgaris),后者在整个欧洲都备受推崇,人们认为它既有药用价值,又有魔法力量。每个人都知道"艾蒿请入房,妖精不上梁";甚至连埃克塞特大教堂的屋顶装饰上也雕有这种草药。刚才提到的植物的英文名里都有"wort",这个尾缀经常出现在英国本土植物的名称里,表明它们曾经被当作草药使用。

在霍格沃茨,研究植物及其用途的草药学理所当然是所有学生必须学习的七门核心课程之一。草药课的教师是波莫娜·斯普劳特教授,而菲利达·斯波尔撰写的《千种神奇药草及蕈类》是第一学年的规定教科书之一,哈利·波特在对角巷的丽痕书店里买到了它。

虽然麻瓜无法得到这本草药学通识课本,但是他们也可以和霍格沃茨的学生一样研究水仙、白鲜和艾草等植物。如果他们对这些感兴趣,那么就能回答出斯内普教授关于舟形乌头和狼毒乌头有什么区别的问题。这个问题的答案是:没有区别。它们是同一种植物,只不过在欧洲的不同地区有不同的名字。古希

I. Helleborus niger legitimus.

III. Leucoium bulbosum triphyllon Minus.

II. Leucoium bulbosum triphyllinum Maius Byzantinum.

V. Leucoium bulbosum hexaphyllon Minus.

IIII. Leucoium bulbosum hexaphyll.

腊人管这种植物叫乌头（akoniton），它在克里特岛和扎金索斯岛大面积生长。把乌头的根晾干并捣碎，就可以得到一种致命且效力极强的毒药，而且几乎没有解药。这种草药杀死一个人的时间与它被采集后过了多久等长，越新鲜的乌头起效越快。大约在公元77年，希腊医生迪奥斯科里德斯认为治疗乌头中毒的最佳方法是吞下一整只老鼠。

迪奥斯科里德斯是罗马军队的军医，在近东地区四处游历。他的著作《药物志》是一本类似于野外指南的书，可以帮助自己识别草药。此外，他还在其中总结了每种植物可以治疗的症状和疾病。在接下来的一千五百年里，这本书被尊为植物研究方面的终极权威。然而，这本手稿经过一遍一遍的抄写，到了中世纪的英国，其中的内容就像传话游戏一样，已经脱离了迪奥斯科里德斯简洁又实用的原作。《九种药草之诗》就是中世纪抄写员笔下流出的衍生之作中的典型一例，这本书中充满了魔法传说和盎格鲁－撒克逊人的迷信。比如，这本书把我们身侧突然的刺痛称作"精灵射箭"，并将其归因于邪恶的超自然力量；而治疗飞毒病（也就是我们现在所说的传染病）的方法是："将燃烧的橡木棍在身体的四个部分重击四下，造成伤口，使棍子沾上血再扔掉，最后将下述文字吟唱三遍……"

在过去，人们会提醒将要旅行的人，不带上艾蒿或圣约翰草（即贯叶连翘）就出门是十分愚蠢的。但是，仅仅带上这些草药也不够，他们必须将这些特殊的草药佩戴在左臂腋下才会生效。这样使用，可以帮助人们对抗第二视觉、幻术、巫术和邪眼。使用者还必须知道草药是在何时何地以及如何被采集的，因为草药的功效也受到采集仪式的影响。这一点对于曼德拉草的使用尤其重要。

过去人们相信"以形补形"，而曼德拉草的根多分叉，酷似人形，人们便认为其中含有强劲的药效。它原产于意大利北部和希腊，不过整个欧洲的药店都可以找到干燥的曼德拉草根。曼德拉草是一种药效强大的植物，既是致幻剂，又是被广泛推荐的止痛药，同时也是一种催情剂。据说将曼德拉草从地里拔出来时，它会不停地尖叫。中世纪的手稿里介绍了曼德拉草复杂的采集仪式，步骤必须被严格遵守，其中需要准备象牙制的工具，等待特定的月相，还得有几只饥饿的狗。我们或许会认为，对于植物的收割者来说，这是巧妙的保护措施。而在霍格沃茨，小巫师们有更机智的办法，他们在温室里处理曼德拉草时会戴上耳罩。

因为曼德拉草的价格过于高昂，假的曼德拉草不可避免地开始流入市场。德国植物学家莱昂哈特·福克斯说，市面上的假曼德拉草根通常是由美人蕉的根部雕刻仿制而成。英格兰草药学家约翰·杰拉德则认为假曼德拉草是由"除了吃喝之外几乎无事可做的闲人"用野生泻根仿制而成。

杰拉德所著的《草药全书》一书于1597年出版，书中详细介绍了许多种植物，大概比菲利达·斯波尔的通识读本里还要多。虽然他不过是抄袭者和骗子，但是他和他的书都获得了成功，因为当时的英国还没有任何支持植物学研究的学术基础，完全不比欧洲大陆的盛景——有直属于大学的植物园，有历史悠久的出版商发行的学术书籍，有循循善诱的教师，还有极其精美的植物图画，比如十五世纪的艺术家在意大利北部创作的作品等等。

杰拉德在他霍尔本的花园里种植了曼德拉草（不出所料，它们在冬天的霜冻中死掉了），他认为那些关于曼德拉草的迷信是"荒谬的故事"。然而，在他的书里，他却详细介绍了藤壶树，这是一种生长在奥克尼群岛的神奇植物。藤壶树不长叶子，却可以长出鹅。他甚至给它起了一个"正规"的拉丁学名"Britannica concha anatifera"。和其他观察者一样，杰拉德也是在试图解释一种尚未被理解的自然现象。当时并没有人知道许多鸟类每年都会迁徙。那么，神奇的鹅群到底是从什么地方突然冒出来的呢？在那样的时代背景下，藤壶树似乎提供了一种相对不错的解释。

我们这些可怜的麻瓜可能永远没有机会正确地了解跳跳球茎和打人柳的魔法特性。然而，一些古老的习俗仍然在流传。霍格沃茨的学生会学习有哪些植物和真菌可以保护他们免受黑魔法的侵害；而在我住的地方附近，人们偶尔也会在农舍的门廊上看见一束本地的花楸树枝，用来提防女巫。只是以防万一。

安娜·帕福德

文章 © 安娜·帕福德　2017年

霍格沃茨的草药课

霍格沃茨的学生们在城堡场地的温室里上草药课。这是吉姆·凯绘制的一幅工笔素描,画中是一座用来上草药学的温室,可以清晰地看到温室的棚架和玻璃面板。吉姆·凯曾经在英国皇家园林邱园工作。任何参观过邱园的棕榈温室、温带植物温室和高山植物温室的人,都会认出画中的这些温室是为不同植物设计的不同生活环境。

▽ 霍格沃茨温室,吉姆·凯绘
由布鲁姆斯伯里出版社提供

"吉姆·凯想象中的温室显然是围绕植物的需求设计的:一些植物挂在高处,一些植物攀上墙壁,一些生长在水里,还有一些分布在阴凉处。"

乔安娜·诺丽奇
策展人

> 哈利、罗恩和赫敏一同出了城堡,穿过菜地向温室走去,那里培育着各种有魔力的植物。
>
> 《哈利·波特与密室》

> 斯普劳特教授是一位矮墩墩的女巫，飘拂的头发上扣了一顶打着补丁的帽子，衣服上总沾着不少泥土，若是佩妮姨妈看见她的指甲，准会晕过去。
>
> 《哈利·波特与密室》

一位矮墩墩的女巫

　　这是 J.K. 罗琳早在《哈利·波特与魔法石》出版前七年绘制的斯普劳特教授画像。画中，斯普劳特教授周围摆满了会在草药课上讲授的植物。在霍格沃茨，草药课上不仅会学习普通植物，也会学习魔法植物。从其中一个花盆里爬出来的触须，是不是狡猾的毒触手，正想着要咬住什么东西？画中的斯普劳特教授戴着女巫帽，帽尖上有一只蜘蛛，可以帮助她消灭温室里以植物为食的害虫。

▲ 波莫娜·斯普劳特教授的钢笔素描，J.K. 罗琳绘（1990年12月30日）由 J.K. 罗琳提供

卡尔培波草药志

J.K. 罗琳为草药和魔药命名的灵感来源是传统药剂师尼古拉斯·卡尔培波所著的草药志。这本书于1652年以《英格兰医生》的书名首次出版。此后，这本书陆续出版了一百多个版本，也是北美地区出版的第一本医学书籍。卡尔培波的草药志包含一份详尽的本地药用植物清单，针对不同的疾病编制索引，并说明了最有效的治疗方式和治疗时机。卡尔培波是一名没有执照的传统药剂师。当时，很多医学专家认为只有他们自己才拥有在伦敦行医的资格，非常讨厌和嫉妒卡尔培波。后来，卡尔培波和皇家医学院发生了冲突，并于1642年因为被指控施行巫术而受到审讯，但随后被宣告无罪。

➢ 《英格兰医生和草药大全》，卡尔培波著（1789年，伦敦）
由大英图书馆提供

"卡尔培波希望社会上受教育程度较低的人也可以读懂这本书，因此他选择用英语而不是传统的拉丁语来写作。"
亚历山大·洛克
策展人

一星期三次，他们都要由一个叫斯普劳特的矮胖女巫带着到城堡后边的温室去上草药课，学习如何培育这些奇异的植物和菌类并了解它们的用途。

《哈利·波特与魔法石》

M. NICHOLAS CULPEPER Born 16. Oct. 11 m. P.M. 1616 DEPARTED this Life 10th of January 1654

魔法园艺工具

草药学是霍格沃茨所有学生的必修课程，体现了植物对魔法、医学和草药知识的重要性。图中这些园艺工具是由骨头和鹿角制成的，专门用来播种和收割植物。这些采摘工具必须完全由纯天然材料制作，这样它们才不会破坏被采集的植物。这些材料也具有重要的象征意义。比如，鹿角在鹿的头顶向上生长，人们因此认为鹿角制成的工具可以连接大地和更高等的精神世界。另外，鹿角每年都会自然脱落和再生，象征着更新换代的魔法。

◁ 鹿角和骨头制成的园艺工具
由巫术与魔法博物馆（博斯卡斯尔）提供

"这些工具已经被人们使用数千年了。人们采摘很多植物不仅是为了它们的药用价值，也是为了传说中的'超自然力量'。在这种情况下，采摘植物的仪式就显得极为重要。"

亚历山大·洛克
策展人

植物采集者

格拉多·西博是意大利的博物学家和插画家,他制作了这本手绘日记,视觉化地记录下了采集植物的旅行。早年间,他周游罗马、德国、西班牙和一些欧洲低地国家,但从1540年左右开始,他大部分时间都在意大利的罗卡康特拉达度过。西博的绘画作品因其对植物细致的观察和精细的着色而广受赞誉。西博不像其他的植物学家需要专门雇佣画手,他都是亲自绘制插图,还时常会画出自己工作的样子。这幅画中,两个男人正在意大利的山坡上采集植物样本,他们带着一把鹤嘴锄、一把镰刀和一个麻袋。

◁ 草药日记,格拉多·西博绘(十六世纪,意大利)
由大英图书馆提供

"哦,你们好!"洛哈特满面春风地朝学生们喊道,"刚才给斯普劳特教授示范了一下怎样给打人柳治伤!但我不希望你们以为我在草药学方面比她在行!我只不过是旅行中碰巧见过几棵这种奇异的植物……"

《哈利·波特与密室》

治疗蛇的咬伤

治疗蛇的咬伤最有效的方法是什么？根据这份十二世纪手稿的建议，伤者应该去寻找两种植物：大矢车菊（Centauria major）和小矢车菊（Centauria minor）。这两种矢车菊均得名自古希腊神话中的马人喀戎（centaur Chiron）。在古希腊神话中，喀戎是著名的医生、占星师。医药之神阿斯克勒庇厄斯是喀戎的学生，他在婴儿时期获救后，由喀戎抚养长大。在这张钢笔绘画中，喀戎将这两株植物交给了身穿宽松长袍的阿斯克勒庇厄斯，画中可以看到一条蛇正从他们脚下悄悄溜走。

➤ 草药志中的矢车菊
（十二世纪，英格兰）
由大英图书馆提供

> 星期三进行的是草药课考试（哈利觉得自己考得还算不错，只是被一株毒牙天竺葵咬了一小口）。
>
> 《哈利·波特与凤凰社》

nat nos ipsi experti sumus. **Ad uulña 7 Canceromata.** Herba Centaur maior contrita & apposita. tumorem fieri non patitur. **Ad suggillationes & liuores.** Herbe centauree suci puncti summe facit. **Ad uulña recentia.** Herbe centaurie puluis missus plagas conglutinat. ut etiam carnes coerescant ī centauria maior in aqua decocta. inde uulñ foueat̄. **Nomen herbe centauria minor.** Omoeos. Illebontes. Pphe. Coa heracleos. Egyptii. Amarach. Daci. Sirsozila. Itali. febrifugia. Alii. Fel tre. Romani. Amaritudo. Has herbas duas dicunt chirocentaurum iuenisse & eas asclepio dedisse. unde nom̄ centauria acceperunt. Hascit locis solidis & fortibus.

Ad uipere morsum. Herbe Centaurie minore contrita puluis e?au?

火龙与毒蛇

中世纪时期，许多学者会编写手稿笔记，供自己实际参考，他们会记录并画出不同植物的特性。这本精美的草药志于1440年左右在意大利北部的伦巴第绘制而成。它很有可能是为一位富有的地主编写的。笔记中每一页都绘有栩栩如生的植物图画，并附有简短的注释来解释植物的名称。在这幅画的右边，我们可以看到蛇根草。作者在旁边写下了这种植物的一些拉丁文名称——"dragontea（龙草）"，"serpentaria（蛇草）"和"viperina（毒蛇草）"，表明这种植物可以治疗蛇的咬伤。图中还有一条嘶嘶作响的绿色大蛇，盘踞在蛇根草的根部。它的左边栖息着一条咆哮的火龙，拉丁文名称是"Draco magnus（巨龙）"，它长着分叉的舌头和卷曲成结的尾巴。

▷ 草药志中的蛇根草
（十五世纪，意大利）
由大英图书馆提供

"今天，'蛇根草'这个词语用来指代多种具有药用价值的植物，例如车前草。很多人认为把车前草药膏涂在伤口上，可以加速伤口愈合。"

朱利安·哈里森
首席策展人

…ca. qō. dr̄. cozni. q̄
…rpicon dicit. sap̄ nō.
…t. udeng ul' euismō q̄
…uellas eu neza appelāt.

Dragontea. a'. serpentaria. a'. asclepias.
.a'. colubraria ul' interna a'. auricula asi
nina. a'. uas. a'. luf uocant.

Draco magnus.

Dragantui aho noīe
algitiri. a'. katira.s'.
sura. dr̄ tragagāti

杰拉德的草药志

约翰·杰拉德是一位英格兰草药学家，他最著名的作品是《草药全书或植物总史》。杰拉德在伦敦的霍尔本有自己的花园，他在那里种植了各种各样的植物，包括马铃薯等外来品种。《草药全书》中包含了超过一千八百幅木刻版画。其中只有十六幅是杰拉德的原创作品，其余的插图都是从一本六年前在德国出版的书上抄来的（并未引用致谢）。杰拉德记录下了英国珍稀植物的生长地点。在大英图书馆的这本《草药全书》中，它之前的主人在植物"婆婆纳"旁边写下了注释："这种草药可以治疗黄疸，还能利尿、健胃，对偏头痛和头晕也有疗效。"

➤《草药全书或植物总史——伦敦外科专家约翰·杰拉德收集整理》中的婆婆纳（1597年，伦敦）由大英图书馆提供

　　斯普劳特教授从腰带上取下一把大钥匙，把门打开了。哈利闻到一股潮湿的泥土和肥料的气味，其中夹杂着浓郁的花香。那些花有雨伞那么大，从天花板上垂挂下来。

《哈利·波特与密室》

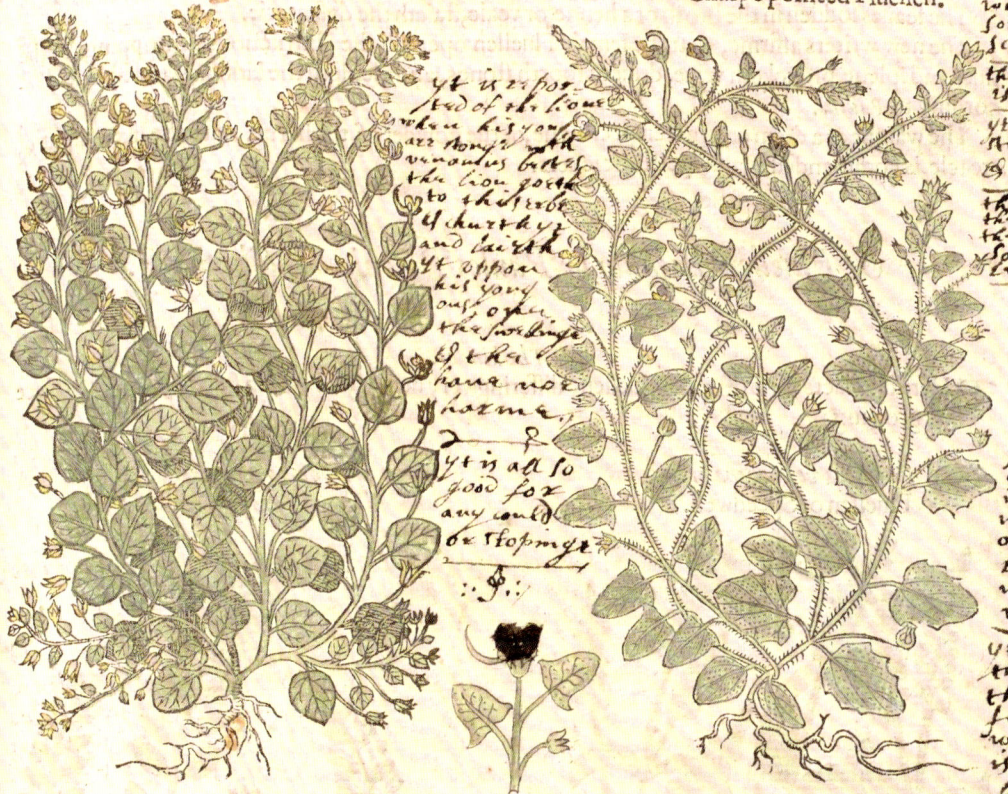

HISTORIE OF PLANTS.

1 *Veronica fœmina Fuchsij, siue Elatine.*
The female Fluellen.

2 *Elatine altera.*
Sharpe pointed Fluellen.

✱ *The place.*

Both these plants I haue founde in sundrie places where corne hath growen, especially Barley as in the fieldes about Southfleete in Kent, where within sixe miles compasse there is not a fielde wherein it doth not grow.

Also it groweth in a fielde next vnto the house sometime belonging to that Honorable gentleman Sir *Fraunces Walsingham*, at Barne-elmes, and in sundrie places of Essex; and in the next fielde vnto the churchyarde at Cheswicke neere London, towards the midst of the fielde.

✱ *The time.*

They flower in August and September.

✱ *The names.*

Their seuerall titles set foorth their names as well in Latine as English.

✱ *The nature and vertues.*

These plants are not onely of a singular astringent facultie, and thereby helpe them that be greeued with the dysenterie and hoat swelling; but of such singular efficacie to heale spreading & eating cankers, & corosiue vlcers, that their vertue in a maner passeth all credit in these fretting sores vpon sure proofe done vnto sundrie persons, & especially vpon a man whom *Pena* reporteth to haue his nose eaten most greeuously with a canker or eating sore, who sent for the Phisitions and Chirurgions that were famously knowen to be the best, & they with one consent concluded to cut the saide nose off, to preserue the rest of his face: among these Surgeons and Phisicions came a poore sorie Barbar, who had no more skill than he had learned by tradition, and yet vndertooke to cure the patient. This foresaide Barbar standing in the companie and hearing their determination, desired that he might make triall of an herbe which he had seene his master vse for the same purpose, which herbe *Elatine*, though he were ignorant of the name whereby it was called, yet he knewe where to fetch. To be short, this herbe he stamped, & gaue the iuice of it vnto the patient to drinke, and outwardly applied the same plaisterwise, and in very short space perfectly cured the man, and staied the rest of his bodie from further corruption, which was readie to fall into a leprosie.

约翰·伊夫林的植物标本

尽管约翰·伊夫林只是一名业余科学家，但是他对植物学和园艺学的研究做出了许多重要的贡献。他是第一个将"avenue（林荫大道）"一词引入到英语景观词汇中的人。他一生中大部分时间都在撰写一本园艺历史百科全书，可是最终没有出版。1645年，他在帕多瓦对植物学产生了兴趣，并在那里制作了这本风干植物标本册，里面的植物都是从城市公共植物园采集的。这本册子色彩鲜艳，其中包含了真正的植物标本，如多里安疗伤草、曼德拉草和嚏根草等等。哈利在魔药课上学习制作缓和剂时忘记加入的关键成分就是嚏根草糖浆。

> "伊夫林的朋友、日记作家塞缪尔·佩皮斯认为这个标本册相当有用。他觉得这本书'比其他草药志都好'。"
>
> 亚历山大·洛克
> 策展人

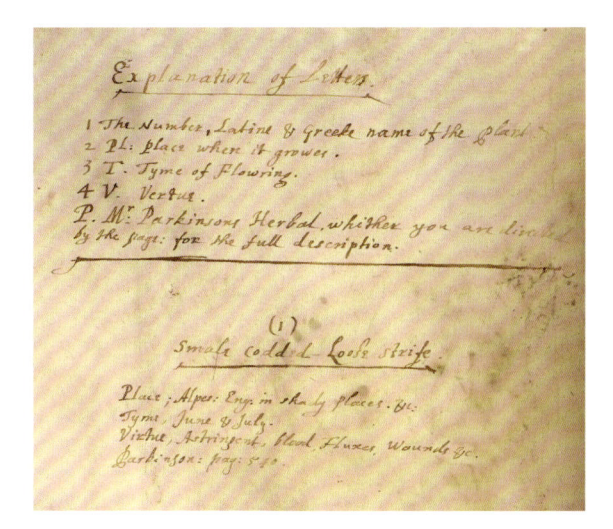

▲《冬季花园》，约翰·伊夫林著（1645年，帕多瓦）▶
由大英图书馆提供

《艾希施塔特花园》

1611年，巴伐利亚州艾希施塔特的王公主教约翰·康拉德·冯·杰明根委托他人为主教宫殿花园中的植物制作了这部详尽的概览《艾希施塔特花园》。这本书的制作者是纽伦堡的植物学家巴西利乌斯·贝斯勒，他不仅负责管理花园，也负责监督指导绘制植物插图的画家。绘制这本书是一项艰巨的任务，每种花都要按盛开的样子绘图，而每种花的花期还各不相同，一年到头不得停歇。书中包含三百六十七幅手工上色的版画，并且印刷在当时可用的最大纸张上。哈利·波特忘记在他的魔药"缓和剂"中加入嚏根草，但是贝斯勒却很熟悉这种植物。他在花园里种植了多种不同的嚏根草，其中一种是黑色嚏根草（Helleborus niger），自古以来就被用作药物，尽管现在人们认为它是一种毒药。

➤ 《艾希施塔特花园》，巴西利乌斯·贝斯勒著（1613年，阿尔特多夫）
由大英图书馆提供

> 他的心往下一沉。他没有加嚏根草糖浆，他让药剂沸腾七分钟之后，就直接执行第四条操作说明了。
>
> 《哈利·波特与凤凰社》

《奇草图鉴》

　　《奇草图鉴》的背后有一段不同寻常的故事。作者伊丽莎白·布莱克韦尔亲手为这本书绘图、雕版并手工上色，目的是筹集资金，将她的丈夫亚历山大从债务人监狱中保释出来。这本书在1737年至1739年间，每周发行一期，共包含五百种"最具实用价值且应用于医学实践的植物"图画。伊丽莎白在伦敦的切尔西药草花园绘画，然后将图画带去监狱，由丈夫亚历山大负责鉴别每一株植物。这本书让伊丽莎白筹集到了足够的资金保释丈夫。可惜，他最后去了瑞典，并在那里卷入政治阴谋，最终以叛国罪被处决。1758年，伊丽莎白在英国孤独离世。

➢ 龙莲属植物，《奇草图鉴，包含五百种最具实用价值且应用于医学实践的植物》（全二卷），伊丽莎白·布莱克韦尔著（1737年—1739年，伦敦）由大英图书馆提供

《植物神庙》

这本详尽的植物学著作被称为"失败的视觉盛宴"。该书的作者——内科医生兼植物学家罗伯特·约翰·索顿几乎因此破产。他希望《植物神庙》能够成为最出色的植物学出版书籍。因此,索顿运用了一系列现代印刷技术,还聘请了专业人士雕刻和上色,以二十八幅画作极具艺术张力地再现了来自世界各地的植物。这个项目让索顿在经济上损失惨重,尽管后来议会批准他售卖筹集资金的彩票,但他始终未能收回投资成本。

➤ 龙莲属植物,《植物神庙》,罗伯特·约翰·索顿著(1799年—1807年,伦敦)
由大英图书馆提供

"这朵精致的黑色花朵叫龙海芋(Dracunculus vulgaris),更难听的名字是'臭百合',它有一股腐肉的味道,可以吸引苍蝇为其授粉。"

亚历山大·洛克
策展人

从土中拔出的不是草根，而是一个非常难看的婴儿，叶子就生在它的头上。婴儿的皮肤是浅绿色的，上面斑斑点点。这小家伙显然在扯着嗓子大喊大叫。

《哈利·波特与密室》

▽ 曼德拉草习作，吉姆·凯绘
由布鲁姆斯伯里出版社提供

曼德拉草习作

在这幅吉姆·凯的素描草图中，有一棵幼年曼德拉草和一棵成年曼德拉草。植物根茎扭结在一起，构成了成年曼德拉草的身体，它的叶子像头发一样从头上长出来。在成熟的曼德拉草的叶子中间还会长出浆果。在吉姆·凯的想象中，主根形成了幼年曼德拉草的脊椎。这幅插画的灵感应该来源于生活——吉姆·凯曾经在英国皇家植物园林邱园当过研究员，而这幅画作的风格也参考了植物图书馆里常见的自然图解。

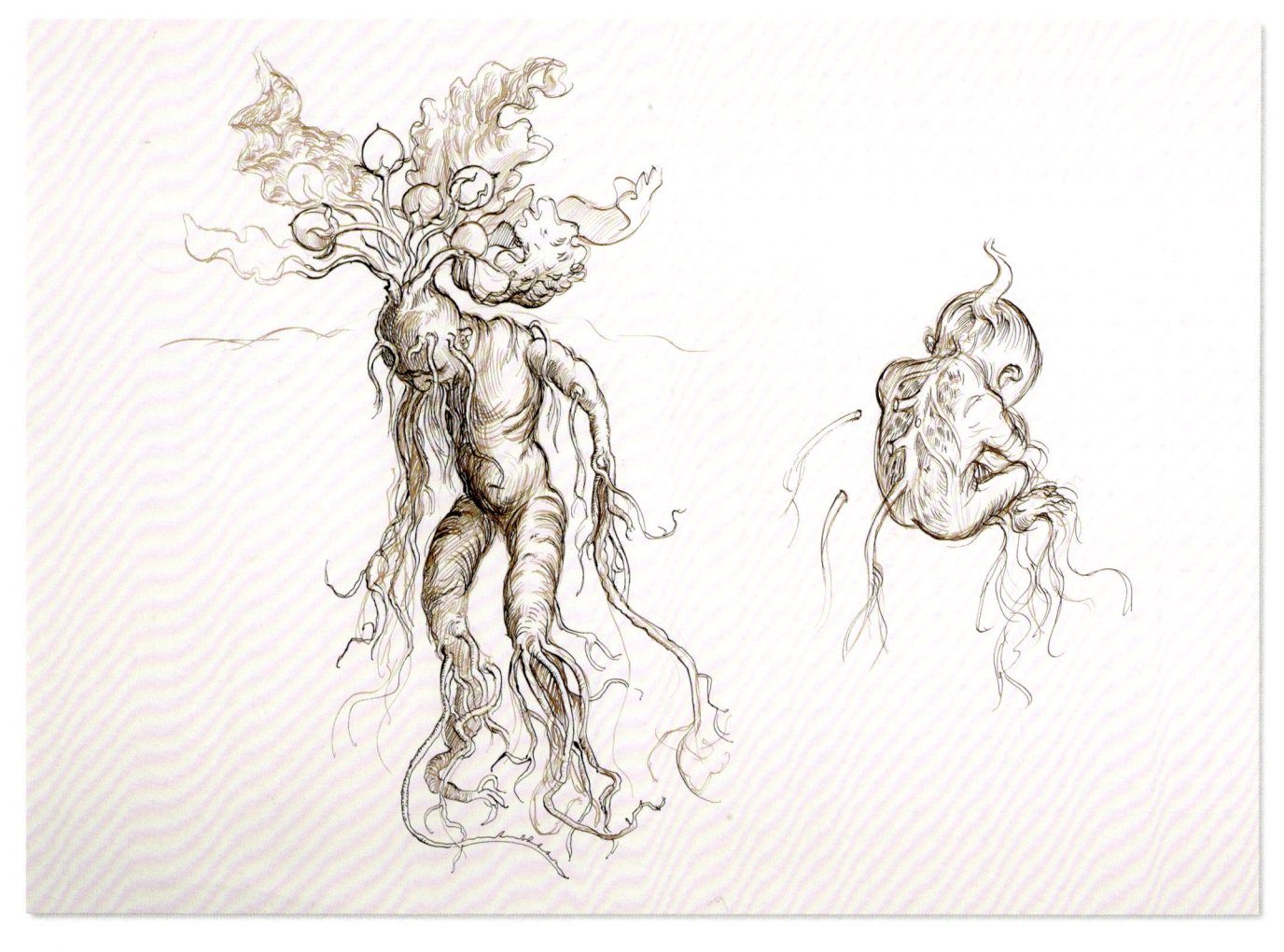

雄性与雌性曼德拉草

这份泥金装饰手稿中包含阿拉伯语版本的《药物志》第三卷和第四卷。《药物志》的作者是佩达努思·迪奥斯科里德斯，最早用希腊语撰写。迪奥斯科里德斯是一名植物学家和药理学家，在罗马军队里担任军医。这份手稿中包含至少二百八十七幅植物的彩色插图，还为其余的图画留出了五十二幅空白的画纸。如图所示，迪奥斯科里德斯是最早区分雄性和雌性曼德拉草的作者之一。或许我们可以改称它们为"俊德拉草"和"嫚德拉草"。事实上，会有这种区别是因为地中海地区有不止一种曼德拉草。

◁ 雄性与雌性曼德拉草，《药物志》（十四世纪，巴格达）
由大英图书馆提供

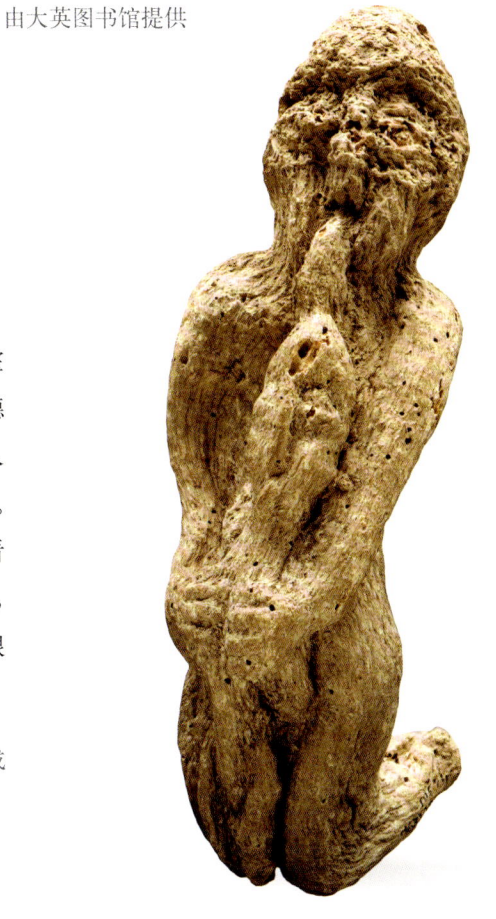

曼德拉草根

哈利和他的朋友们第一次见到曼德拉草是在第三温室，这里面有霍格沃茨最有趣也最危险的植物。而赫敏·格兰杰立刻就认出这是"曼德拉草，又叫曼德拉草根，是一种强效的恢复剂……用于把被变形的人或中了魔咒的人恢复到原来的状态……曼德拉草的哭声会使人丧命"。哈利、赫敏和罗恩见到的曼德拉草还只是幼苗，而这株曼德拉草标本看上去像是有胡子的老人。几个世纪以来，曼德拉草与人类形态的相似性，使得它们在很多文化中都被赋予了特殊的力量。现实中，曼德拉草的根和叶子有毒，会引起幻觉。

▷ 曼德拉草根（十六或十七世纪，英格兰）
由科学博物馆提供

采摘曼德拉草

根据中世纪的草药志记载，曼德拉草可以治疗头痛、耳痛、痛风和精神错乱等疾病。然而一直以来，人们都认为采摘曼德拉草是一件极其危险的事情。安全采摘这种植物最好的方式是先用象牙棒将它根部附近的土壤挖松，然后用绳子一头系着曼德拉草，另一头拴在一条狗身上，接着吹响号角，狗听到号角声就会向前跑动。另外，号角发出的声音还能掩盖曼德拉草恐怖的尖叫声。

➤ 图解草药志，乔万尼·卡达莫斯托绘（十五世纪，意大利或德国）
由大英图书馆提供

"这张图画前景中的曼德拉草有一个令人毛骨悚然的特征，那就是它的茎上长出了两只被切断的手，代表着这种植物可以在截肢手术中作为麻醉剂使用。"

朱利安·哈里森
首席策展人

"我们的曼德拉草还只是幼苗，听到它们的哭声不会致命。"她平静地说，好像她刚才只是给秋海棠浇了浇水那么平常。

斯普劳特教授，《哈利·波特与密室》

第三章　草药学 | 93

地精习作

在哈利·波特的世界里,花园地精(又叫花园工兵精)是一种害虫,如果不加以控制,它们会闹得不可收拾。地精大约一英尺高,它们会在花园里挖洞,在草坪上堆起难看的土堆。它们不太聪明,当韦斯莱家正在清除地精的时候,一些地精从洞里钻出来,想要看看外面发生了什么,不料却自投罗网,被扔到了花园外面。吉姆·凯准确地捕捉到了这种生物的丑陋样子:它们有着土豆一般的大头和一脸困惑的表情。

A 地精习作,吉姆·凯绘
由布鲁姆斯伯里出版社提供

小小的身体，皮肤粗糙坚韧，光秃秃的大圆脑袋活像一颗土豆。罗恩伸长手臂举着它，因为它用长着硬茧的小脚朝罗恩又踢又蹬。

《哈利·波特与密室》

一只地精

奥古斯特·海斯纳通常被认为是麻瓜世界这种花园地精雕塑的发明者。1872年，他在位于德国格拉芬罗达的工作室里开始制作地精，而这个工作室一直保留到了今天，仍在生产花园地精。图中这只地精制作于1900年左右，是典型的传统花园地精打扮，戴着尖尖的红帽子，留着长长的白胡子。在《哈利·波特与密室》中，罗恩提到麻瓜对花园地精的狂热，形容它们"像胖乎乎的小圣诞老人，扛着鱼竿"——确实和这个快乐的家伙没什么两样。

◁ 钓鱼的花园地精
(约1900年，德国)
由伦敦花园博物馆提供

魔鬼舌

这本有着精美插图的中文手稿里记载了各种有毒植物和药用植物。这张图片展示了一朵十分优雅的花，被称为"魔鬼舌"，也被称为"蒟蒻""魔芋""巫毒百合"或"蛇掌"。今天，魔鬼舌被用于制作减肥食品和面部按摩产品。这种外观奇特的花与地球上气味最臭的植物泰坦魔芋是同一属。

> 魔鬼舌，《毒草》（十九世纪，中国）
由大英图书馆提供

> 莉莉等佩妮走近可以看清了，就把手摊开来，花瓣在她手心里不停地一开一合，就像某种古怪的、多层的牡蛎。
《哈利·波特与死亡圣器》

毒草

蒟蒻開寶本草始著錄湖南山中有之雲南園圃尤多根大者重十餘斤形如芋而扁發莖宛似筍擢漸長色黑黃斑駁如染梢開三杈杈上分枝舒葉如芹菜葉春初忽有抽葶上作一長苞小者如錐大者如巨燭而抒上色黑紫深皺內空樗似鋪粉絮蓋其花也花下有跗如斜旗形外駁內赤旬餘即姜湘中曰鬼芋滇曰鬼廟又曰軟菜秋冬間採根拭去粗皮磨研成漿煮之用大匕攪和不令成餅俟熟用石灰水黠之待凝畫成塊味甘滑其芽又名鬼鼻五六月間以竹竿拍

第三章 草药学 | 97

"当心，韦斯莱，当心！"斯普劳特教授喊道，地上的豆子在他们眼前开花了。

《哈利·波特与阿兹卡班囚徒》

"草药在中国有着悠久的历史。根据传统，它起源于神话中的炎帝神农，他被认为是农业和医学的发明者，也是最早的医药学专著《神农本草经》的作者。①"

艾玛·古德莱弗
策展人

① 实为汉代众医学家托名"神农"所著。

...ed in that chapter; Sprincle yt also wth water; and yss yt be ne-
cessary to make a cyrcle, let suche an one be made as ys appoynted, a-
towching the same. Iff any other Ceremonyes be required in this e-
peryment doe them. when all these bee fynisshed, say thy coni-
tyon, wch thy Art doth teache thee, and in the ende thereof sayt
Pater noster, Rerax, Terson, Syletim, I adiure you by ye
holy name Ioth, he, Vau, wch is wrytten wth 12 letters
by this psente expresse, for wee may see the truthe; Ia, Ia, Ia,
ya, yah, cause thes spyrittes to showe vs our desyer. I coniure
aforenamed spyrittes, by all that is aforesayde, and by hym to whom
all creatures doe obay, that ymmediatly you showe vs the thinge
that we requyre; or else hym that toke yt awaye. Iff ys to doe
experyment, yt be requisite, to write letters and figures, they are
to bee wrytten, as ys pscribed in the seconde booke; note that by
whatsoeuer meanes, experymentes for thefte arr made or done, req-
yt ys, that there bee other experymentes besides this, as ys about sa...

Howe experyments to be invysible must bee preparedd, Cap. 7.

Yss thou wylt haue an experiment to bee invysible, yss yt yt be ne-
ded to write thy experiment, then write yt all in vyrgyn parch-
mente, and wyth pen and ynke, as shalbe appoynted in the chap-
ter off pen and ynke, yss furdremore a coniuration be requyred,
then before yor coniuration say, priuyly, as followeth.
Stabbon, Asen, Gabellum, Saneney, Noty, Enobal, Labo-
rem, Balametem, Balnon, Tygumel, Miltegaly, Ia-
neis, Heauma, Hamorache, Yesa, Seya, Senoy, Hen-
Barucatha, Ararayas, Taracub, Bucaral, Caram
by the mercy wsich you beare towardes mann kynde, make me to
invysible; Afterward make yor invocations, and yss you must make
a cyrcle, make such an one as is appoynted in the chapter off
makyng a cyrcle: yss you must wryte any figures, and letters
wryte such, as arr pscribed in the chapiter as towchinge cer-
noted, or fygured, yss you must wryte wyth any Clode, vse
such, as is also heareafter appoynted, when this is pparde
iff you must vse any coniuratio in ye ende off yt, saye as followeth

第四章

魔咒学

魔咒学

露西·曼甘

露西·曼甘是一名记者和专栏作家，曾在卡特福德和剑桥求学。她在剑桥就读于英语专业，又花了两年的时间完成了律师的培训课程。在拿到律师资格之后，她却立刻决定离开这个领域，转而选择在书店里工作，因为这让她感觉更加快乐。现在她不仅是《造型师》杂志的专栏作家，更是一名特约记者。她著有四本已经出版的作品，而她的第五本书《书虫：童年阅读回忆录》也即将出版。露西偶尔会参加广播和电视节目，不过她现在还没有勇气称自己为节目主持人。

总的来说，魔咒是一种妙不可言的存在。J.K.罗琳曾经说过，魔咒可能是"最具想象力的魔法形式，因为你是在为物品增加新的属性"，而不是彻底地改变它们。借用她的话来说，"把茶杯变成老鼠的是咒语（spell），而让茶杯跳舞的则是魔咒（charm）"。正因如此，"哈利·波特"中提到的大多数魔咒都为无聊的生活增添了愉悦的色彩，提供了便利。召唤咒（"飞来飞去"）使得巫师们永远不用像麻瓜一样经常因为找不到自己乱放的东西而困扰。除垢咒可以帮助巫师们摆脱单调乏味的家务。任何戴眼镜的人都渴望能够施展防水防湿咒，因为这个魔咒可以使镜片不被雨水模糊。而无痕伸展咒则会给你一个无限容量的手提包；如果你还年轻，没有意识到这个魔咒的价值——好吧，朋友，你有一天会懂的。

魔咒通常都是善意的（比如快乐咒、悬停咒、胳肢咒、泡头咒，以及用来反弹简单恶咒的铁甲咒等等），但是若巫师有意为之，这些魔咒同样也可以产生恶咒的效果。麻瓜世界的魔咒也是如此，例如最著名的那句"阿布拉卡达布拉"，这个古老的魔咒可能起源于公元三世纪，最初是用来附着在护身符上，来治疗疾病的。

不过通常来说，魔咒是易于掌控的简单咒语，在恰当的情况下可以温和地施展。巫师们通常只需要将魔杖一挥一抖就可以了（莉莉·波特的那根挥起来嗖嗖响的柳条魔杖就非常适合施展魔咒），当然，还要用正确的发音念出正确的咒语。在第一本书里，学生们在弗立维教授的课堂上学习让羽毛飞起来的魔咒。还记得赫敏教罗恩正确念出"羽加迪姆 勒维奥撒"（"那个'加'字要说得又长又清楚"）时惹出的麻烦吗？

11

12

在现实世界的历史中，人们想要获得魔法力量时，常常需要借助护身符、幸运符或特殊的石头。但是在哈利的世界里，这些辅助物品很少是必需的。

在"哈利·波特"系列中，魔咒为故事增添了很多阅读的乐趣。它们是哈利、罗恩和赫敏用来学习和掌握高级魔法的基石。J.K. 罗琳刻画每个魔咒时精心描绘的细节，都是她对整本书的用心策划的缩影。在哈利的世界中，随处可见令人愉悦的"自洽性"，而这在对魔咒的描述中也并不例外。魔咒学这种大体轻巧明快的科目，由身材矮小、声音尖细的菲利乌斯·弗立维（名字寓意也轻巧明快）来教授似乎非常合适。

这些入门级的魔咒，其效果的持续时间都很短，这一点是相当合理的（正因如此，我们在《神奇动物在哪里》一书中可以看到，法律规定鹰头马身有翼兽的主人必须每天施展幻身咒来隐藏他们的动物，确保它们不会在不合时宜的场合暴露）。可靠的创造者懂得限制魔咒的力量。比如，在韦斯莱双胞胎的商店里买到的拼写检查羽毛笔中的魔咒会逐渐变弱消失，就像我们在现实世界中购买的大多数物品一样，电量、墨水会慢慢用光，甚至连放屁玩具的放屁声也会逐渐变弱。人头狮身蝎尾兽坚韧的外皮可以抵挡大多数魔咒。如果巫师没有过人的智慧和努力，在施展隐形咒语时，把隐形区域扩展到施了魔法的物体之外是很难的——如果做到了这一点，这个小咒语的有效时间还会变得更短，在《哈利·波特与凤凰社》中，赫敏便注意到了无头帽的这一特性。这些细节都是 J.K. 罗琳为了维护魔法世界的内在逻辑所做出的努力，让这个世界神奇又可信。

正是由于大胆的冒险与创造和现实主义的结合，才使得 J.K. 罗琳的书籍如此成功。这是一个有自己的运行规则的世界，即使它与现实世界不同，我们也可以在想象中安居于此，并且安全地在其中漫游。你可以相信这个世界和它的作者永远不会破坏与读者的约定。所有的事情都会得到妥善的处理，过程不一定轻松，也不能保证没有悲伤，但它们都会合理地将其既有的体系贯彻下去。所有的读者都想要这样的世界，但是通常只有儿童读物的作家才值得信任，懂得履行这样的契约。所以"哈利·波特"才能让各个年龄段的读者都如此着迷，而且在未来也会一直如此。

L. Mangan

露西·曼甘

文章 © 露西·曼甘　2017年

欢迎来到对角巷

在《哈利·波特与魔法石》的开头，海格用雨伞轻轻敲了三下墙壁，打开了对角巷的入口。在这幅插图中，罗琳用六个步骤详细地描绘了魔法拱门出现的过程。这组完整的变化过程体现了罗琳为了让书中的魔法更贴近现实世界的逻辑所作出的努力。砖块通过重新组合变成拱门，要比拱门凭空出现更加合理。罗琳充满想象力的笔触，和她面对魔法细节时严谨的思考与说明，让魔法世界对众多读者来说显得既生动又真实。

▽ 对角巷入口，J.K. 罗琳绘（1990年）

由 J.K. 罗琳提供

他敲过的那块砖抖动起来，开始移动，中间的地方出现了一个小洞，洞口越变越大。不多时，他们面前就出现了一条足以让海格通过的宽阔的拱道，通向一条蜿蜒曲折、看不见尽头的鹅卵石铺砌的街道。

《哈利·波特与魔法石》

第四章　魔咒学 | 105

对角巷商店之旅

这幅精美细致的图画由吉姆·凯绘制，画中是对角巷沿街的商店。凹凸不平的鹅卵石道路和街牌下方的喷泉雕像体现了这条著名的街道的独特风格。在这幅画中，最前面的这家商店把琳琅满目的商品悬浮在店外——既然可以用魔法来装饰店面，那么就有无限发挥的空间！

A 对角巷，吉姆·凯绘
由布鲁姆斯伯里出版社提供

"吉姆·凯为这些商店取的名字机智有趣，同时也具有个人色彩。例如，'亮晶晶望远镜'的灵感来自他童年时常去闲逛的戏剧商店'萨利亮晶晶'。卖坚果的商店名叫'图坦坚果'，这个名字来源于从埃及法老图坦卡蒙的墓中取出的种子，这些种子存放在吉姆曾经工作过的邱园。"

乔安娜·诺丽奇
策展人

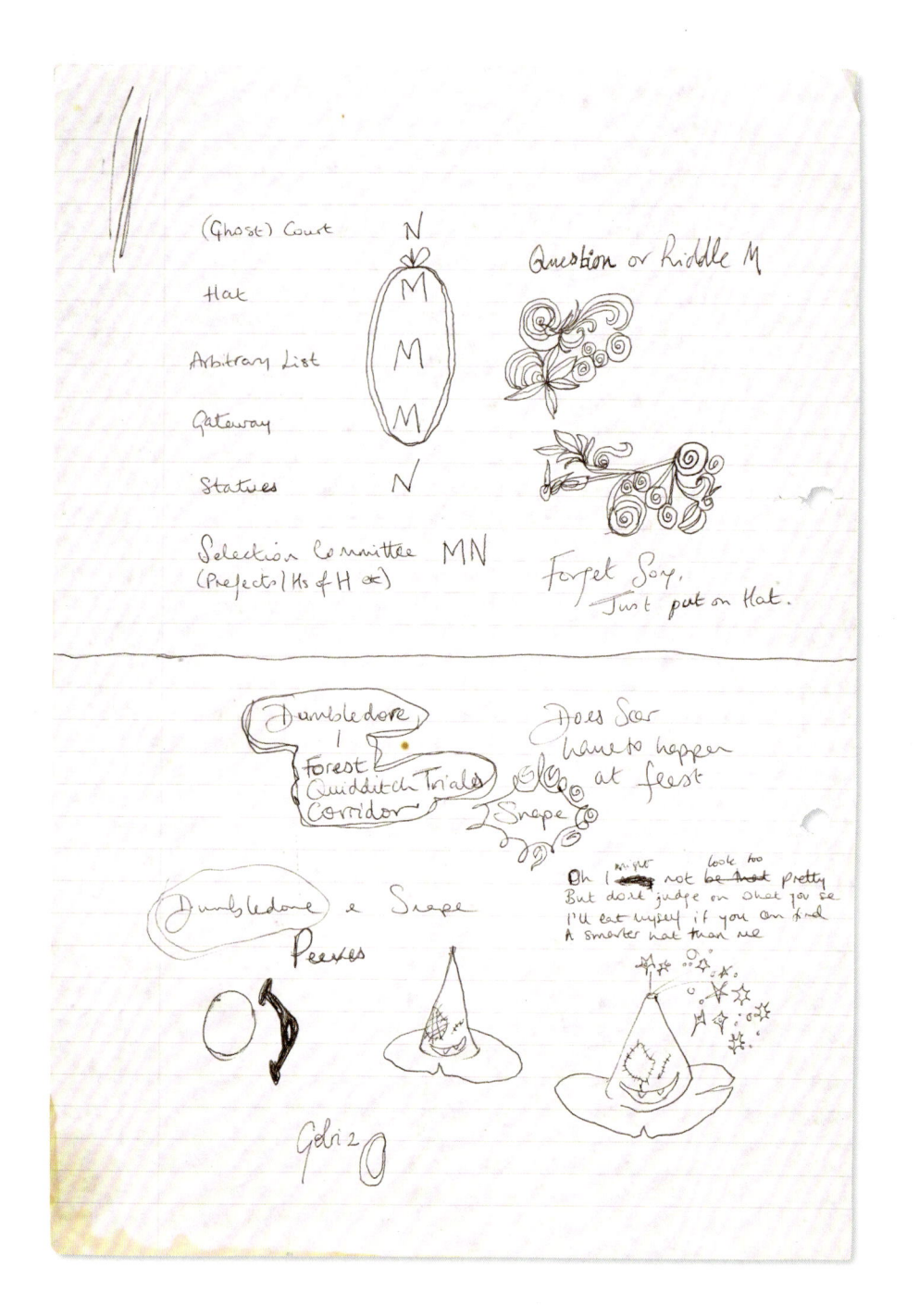

使用分院帽的决定

J.K. 罗琳用了五年的时间规划哈利·波特的世界和故事。她很确定霍格沃茨要有四个学院：格兰芬多、拉文克劳、赫奇帕奇和斯莱特林。每个学院都有自己独特的品质。然后，罗琳必须要决定如何把学生分配进各个学院。在这张手写的笔记上，作者列出了一些可能的分配方式。"雕像"的意思是城堡大厅里的四位创始人雕像会动起来，从面前的一群孩子里选择它们心仪的学生。其余的想法也体现在这张笔记上，包括：幽灵法庭、谜语、由级长选择学生等。笔记上还画着分院帽，它的上面有着破洞、补丁和一张咧着的嘴。

◁ 决定如何分院的笔记，J.K. 罗琳手写
由 J.K. 罗琳提供

"最后，我列举了所有可能的选人方法：点兵点将、抽签、由队长选人、从帽子里往外蹦名字——从会说话的帽子里往外蹦名字——戴上帽子——分院帽。"

J.K. 罗琳，Pottermore 网站

分院帽之歌

在霍格沃茨每学年开始的时候,新生都要通过分院帽进行分院。这是J.K.罗琳手写的《分院帽之歌》最初的草稿,由分院帽在哈利一年级的分院仪式上演唱。草稿上面有一些删减和修改,但是这些歌词大部分都保留在了最终出版的《哈利·波特与魔法石》里。

◁《分院帽之歌》,J.K.罗琳创作
由J.K.罗琳提供

"在分院仪式的开头,分院帽会唱一首歌,解释每个学院青睐的品质。分院帽每年都要创作一首新歌,不过直到哈利在霍格沃茨的第四年,他才又一次参与了分院仪式。"

乔安娜·诺丽奇
策展人

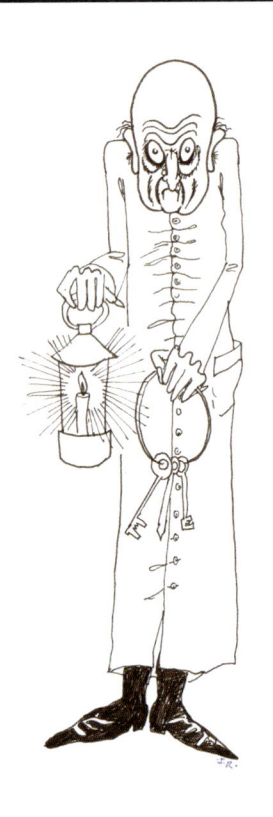

阿格斯·费尔奇

阿格斯·费尔奇是霍格沃茨的管理员,好几次差点抓住夜晚在校园里进行冒险活动的哈利·波特。而哈利能够顺利逃脱,多亏了他父亲詹姆·波特留给他的隐形衣。在J.K.罗琳的这幅手绘图中,费尔奇拎着一盏灯,可以让他发现晚上不睡觉、在城堡里乱晃的学生。画中,费尔奇的额头上有几道深深的皱纹,也许是多年来一直辛苦追赶调皮捣蛋的学生导致的。"阿格斯"这个名字来自希腊神话中长着许多眼睛的百眼巨人阿尔戈斯,他的绰号是"潘诺普忒斯",意思是"无所不见"。

◁ 阿格斯·费尔奇素描画像,
J.K.罗琳绘(1990年)
由J.K.罗琳提供

让我隐形吧

对于那些没有隐形衣可以继承的人,想要隐形必须另外想办法。《知识之钥》是一本魔法指导笔记,常常被误认为是所罗门王所著。这一页上记载着一个可以隐身的魔咒。因为这本书被学习魔法的学生广泛分享和传抄,所以目前有很多版本流传于世。这份手稿曾经属于英格兰诗人加布里埃尔·哈维。背诵这个咒语时一定要谨慎,因为《知识之钥》里并没有提到怎样可以显形!

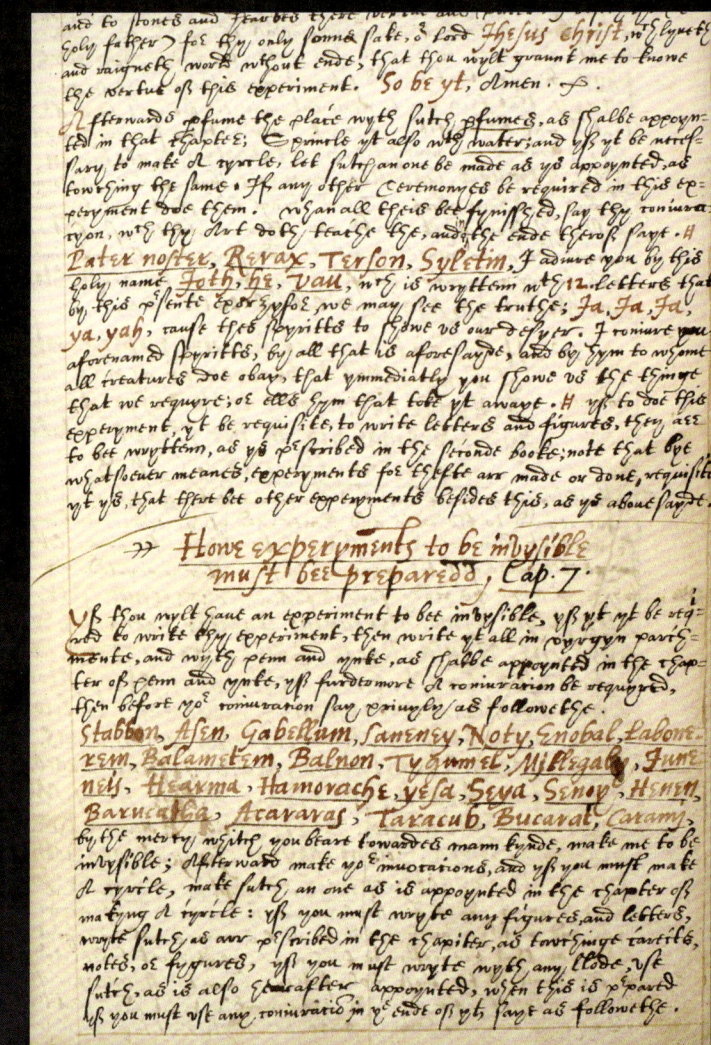

▷ "隐形实验前必做之准备",《名为〈知识之钥〉的所罗门王之书》(十七世纪,英格兰)
由大英图书馆提供

穿越钥匙云

　　这两张草图展示了吉姆·凯的创作过程，他首先用铅笔画出细节丰富的素描，然后用数字化的方式上色，或者把水彩画叠加到之前的图层上。在这里，你可以看到他精心设计了每一把钥匙的外形和颜色，力图还原《哈利·波特与魔法石》中描述的"五彩缤纷的小翅膀的漩涡"的样子。每一把钥匙都精巧细致，也都被菲利乌斯·弗立维教授施了魔咒。这些带翅膀的钥匙是霍格沃茨的教师们保护魔法石的措施之一。哈利利用他的飞行技巧抓住了躲藏在一群钥匙中的关键钥匙，打开了用魔法锁住的门。

　　他们每人抓起一把扫帚，双脚一蹬，升到半空，冲进了那一群密集的钥匙阵。他们拼命地又抓又捞，可是这些被施了魔法的钥匙躲闪得太快了，简直不可能抓得住。

《哈利·波特与魔法石》

➤ 带翅膀的钥匙习作，
吉姆·凯绘
由布鲁姆斯伯里出版社提供

奥尔加·亨特的扫帚

很少有比扫帚更能让人联想到西方女巫形象的魔法物品了。尽管这个传统印象最初源自异教徒的生育仪式，但是艺术作品和广泛流传的迷信让巫术和扫帚之间的联系更紧密，这也加剧了十六世纪和十七世纪人们对女巫的极端恐惧。图中这把彩色的扫帚曾经属于德文郡一位名叫奥尔加·亨特的妇女。每当月圆之夜，奥尔加就会骑着她的扫帚在达特穆尔的黑托岩周围跳来跳去，这让在附近约会的情侣和露营者都感到很紧张！

➤ 奥尔加·亨特的扫帚
由巫术与魔法博物馆（博斯卡斯尔）提供

女巫和她的魔宠

1621年，约克郡费斯顿的爱德华·费尔法克斯的小女儿安妮·费尔法克斯突然去世。安妮的两个姐妹和一个朋友指控一些当地妇女施行巫术。这些妇女被带到当地的巡回法庭受审，但是安妮的朋友随后承认整件事都是一场骗局，因此指控不能成立。尽管爱德华·费尔法克斯受到了法官的责备，但他仍然坚定地认为安妮的死是女巫造成的。这份手稿是控方对案情的陈述，后来的一位画家在其中加入了那些"女巫"及其魔宠的插图，其中包括："老玛格丽特·维特，寡妇，她的丈夫被刽子手处决。她的魔宠是一个畸形的东西，有很多只脚，毛发粗糙，像只猫一样大，不知道它叫什么名字。"

◂ 《巫术论述：费斯顿的爱德华·费尔法克斯先生的家人受巫术所害》（十八世纪，英格兰）
由大英图书馆提供

兰开夏郡的女巫

在这本《兰开夏郡女巫史》中，匿名作者指出：在英格兰，兰开夏郡"以女巫和她们奇怪的恶作剧而闻名"。兰开夏郡与巫术广为人知的联系起源于1612年著名的彭德尔审判，当时约有十九人被指控施行巫术。这场疯狂的女巫审判结局悲惨，大多数遭到指控的人都被处以绞刑。但是这本书的作者渴望用更加积极的角度来描绘兰开夏郡的女巫。这本书的插画是简单的木刻版画，包括图中这幅快乐的女巫骑上扫帚的画面。

➢《兰开夏郡女巫史》（1825年，考文垂）
由大英图书馆提供

"这幅插图中所附的文字说：'兰开夏郡的女巫们喜欢娱乐活动和运动'。难怪在《神奇的魁地奇球》中记载，第一场已知的魁地奇比赛就是在1385年的兰开夏郡举行。①"

亚历山大·洛克
策展人

① 此处表述似有误。根据《神奇的魁地奇球》，1385年，一支来自爱尔兰科克的魁地奇球队飞到兰开夏郡，彻底打败了当地的球队。这次比赛被扎亚斯·蒙普斯记述下来，而这次记述可以证实，魁地奇运动在十四世纪时已在爱尔兰发展完善。

正如每个学龄巫师知道的那样，我们骑在扫帚上飞行这个事实很可能是最不秘密的秘密。麻瓜们关于女巫的插图没有哪一幅不是画着一把扫帚的。……麻瓜们把扫帚和魔法必然地联系在一起，也并不令人惊讶。

《神奇的魁地奇球》

112 | 哈利·波特：一段魔法史

哈利和德拉科

哈利刚刚进入霍格沃茨时,魔法世界对他来说既新鲜又复杂。但是,在第一节飞行课上,从未接触过飞天扫帚的哈利竟然飞得非常自然流畅。麦格教授马上带他去见了格兰芬多魁地奇队的队长,哈利就这样成为了一个世纪以来霍格沃茨魁地奇球队里最年轻的找球手。在这幅吉姆·凯的画作中,哈利的斗篷飘动着,他的双手紧紧握住飞天扫帚,背景中被雨水模糊的德拉科·马尔福的身影正朝他飞来。

魁地奇比赛中的哈利·波特和
德拉科·马尔福,吉姆·凯绘
由布鲁姆斯伯里出版社提供

"吉姆·凯的这幅画栩栩如生地再现了哈利二年级时对阵斯莱特林队的那场魁地奇揭幕战。在比赛中,一只失控的游走球始终跟着哈利,最后打断了他的胳膊。尽管如此,哈利还是抓住了金色飞贼,赢得了比赛。"

乔安娜·诺丽奇
策展人

人群中喧声鼎沸,欢送他们起飞,十四名队员一起蹿上铅灰色的天空。哈利飞得比所有队员都高,眯着眼睛环顾四周,寻找金色飞贼。

《哈利·波特与密室》

魔法戒指

这张四世纪的莎草纸来自一本古希腊魔法手册。这本书里不仅记载了如何搜查小偷和了解他人隐秘思想的魔咒，还描述了如何制作一枚魔法戒指。首先，戒指的主人要在戒指上刻下一个魔咒"长埋此戒，诸事如意"，随后将戒指埋在地下，防止不希望看到的事情发生。在戒指上刻字并把戒指埋入土中之后，主人可以许下愿望，例如，不让情敌情场得意。除了一个多余的词语外，这个魔咒从两个方向读起来都是一样的。这也是许多魔法咒语众所周知的特点。

▶ 上面刻着"长埋此戒，诸事如意"的魔法戒指，古希腊魔法手册（四世纪，底比斯）
由大英图书馆提供

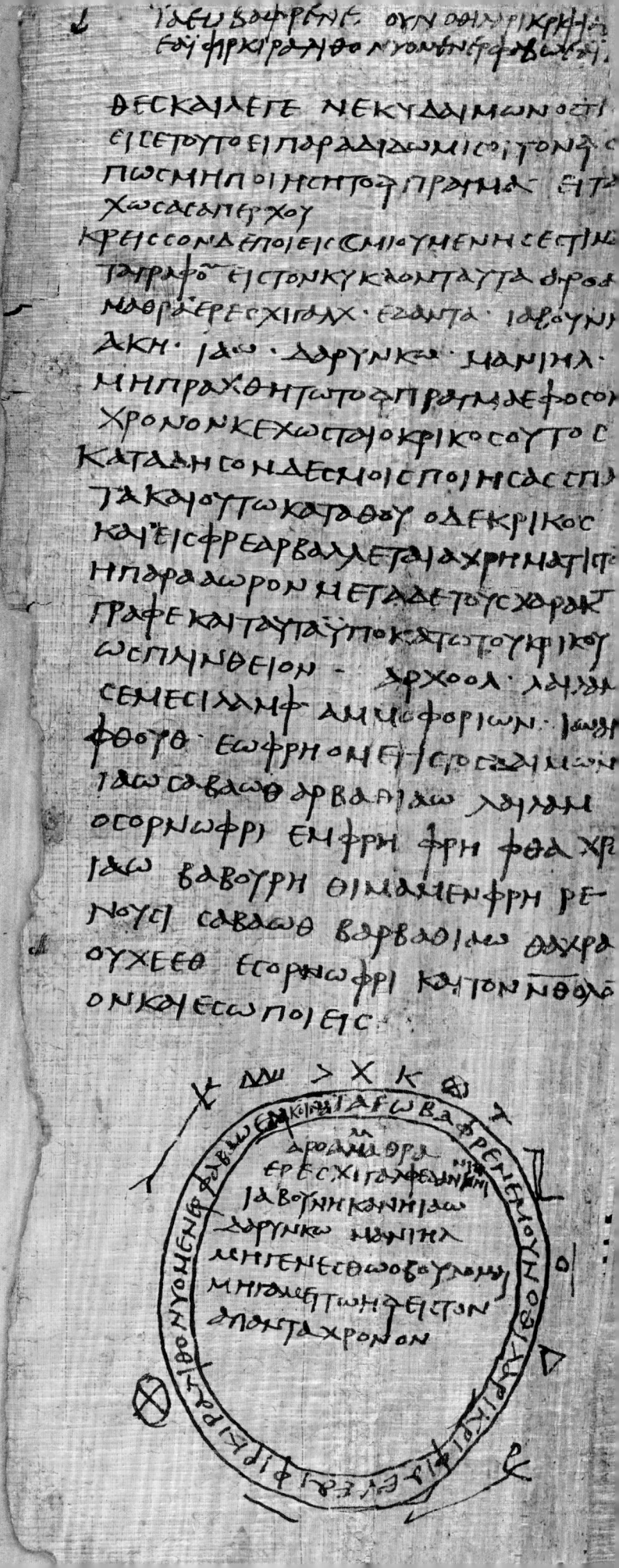

阿布拉卡达布拉

咒语"阿布拉卡达布拉"被历代魔术师用来从帽子里变出兔子。然而在古代，人们认为这个咒语具有治愈疾病的力量。它最早的使用记录出现在昆图斯·塞莱努斯·萨摩尼古斯撰写的《医学全书》中。塞莱努斯是卡拉卡拉皇帝的御医，他用咒语"阿布拉卡达布拉"来治疗疟疾。患者需要重复地抄写这个咒语，但每次都要少写一个字母，这样就会形成一个倒三角形，最后把这个图案当作护身符挂在脖子上就可以退烧。

"在这页手稿的页边，'阿布拉卡达布拉'的文字被人用红色墨水框了起来。塞莱努斯还建议，可以用亚麻、狮子的脂肪或珊瑚石来固定脖子上的符咒。"

朱利安·哈里森
首席策展人

➣ 《医学全书》（十三世纪，坎特伯雷）
由大英图书馆提供

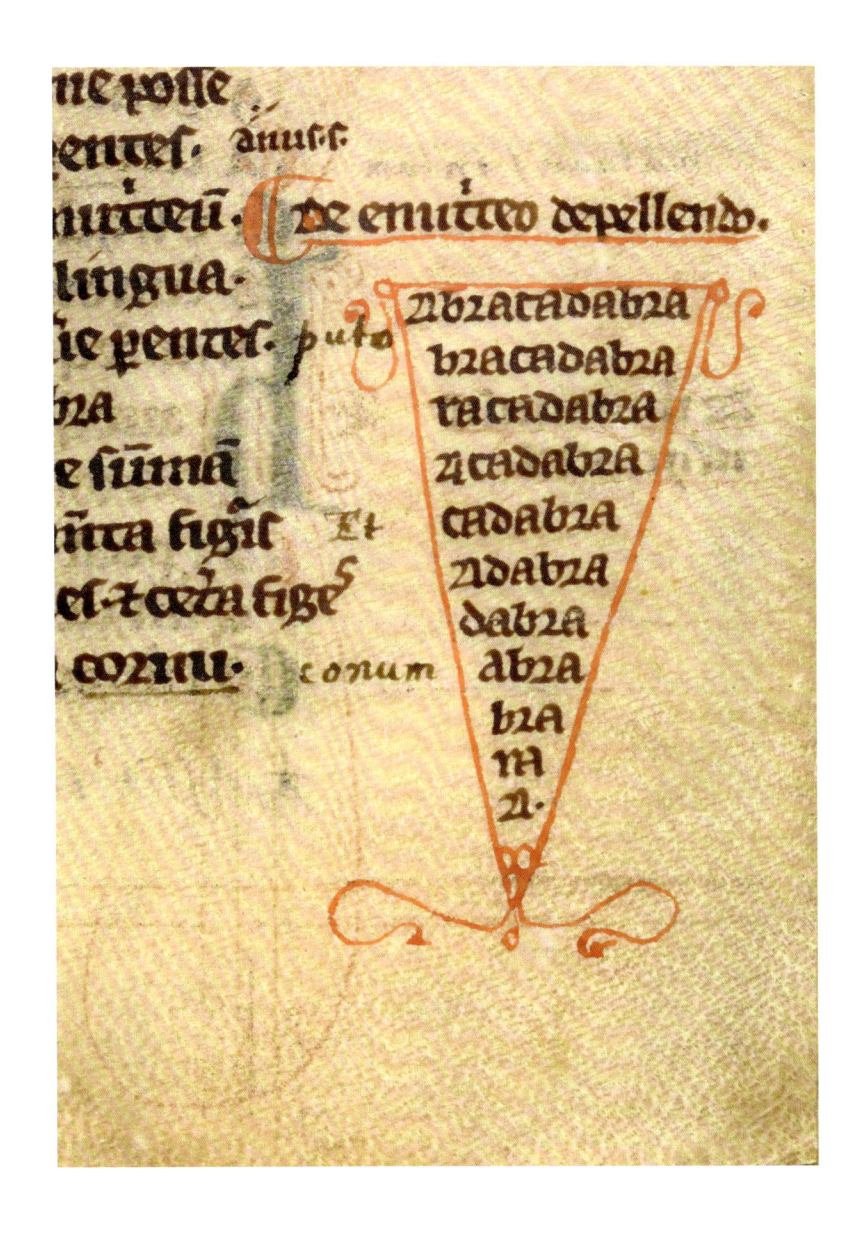

如何变成一头雄狮

在埃塞俄比亚，魔法师通常会学习各种魔咒、咒语、植物的名字及其特性，然后抄写在自己的手册里。图中的这一页就是从一本魔法配方手册里取出来的，上面包含了逆转魔法和束缚恶魔的咒语。其中一条咒语详细地记录了怎样将自己变成一头雄狮或其他野兽："用红色墨水将这些秘密的名字写在白色丝绸之上。若你想变成雄狮，就将丝绸系于头上；若你想变成巨蟒，就将它系于手臂；若你想变成雄鹰，就将它系于肩膀。"

➤ 将人变成雄狮、巨蟒或雄鹰的魔咒（十八世纪，埃塞俄比亚）
由大英图书馆提供

"变形术是你们在霍格沃茨所学的课程中最复杂也最危险的魔法。"她说，"任何人要是在我的课堂上调皮捣蛋，我就请他出去，永远不准再进来。我可是警告过你们了。"

麦格教授，《哈利·波特与魔法石》

爱情符咒

爱情魔药和符咒至今仍在世界各地被广泛使用。这种魔法有时甚至会出现在霍格沃茨，比如，斯拉格霍恩教授在课堂上曾经展示过正在熬制的痴心水，罗恩也曾意外误食了被罗米达·万尼加入了迷情剂的巧克力。图中展示的爱情符咒是在荷兰制造的，具有非常丰富的象征意义，赋予了这件物品魔法的力量。爱情符咒画在牡蛎壳上，以确保魔咒对象拥有生育能力。符咒是为一对姓名首字母缩写为"J"和"R"的情侣制作的，红色的线条将两个字母连在一起，一对相连的红心代表他们的爱情。字母上面是这对情侣的星座标志："♉"代表金牛座，"♊"代表双子座。

➤ 爱情符咒（二十世纪，荷兰）
由巫术与魔法博物馆（博斯卡斯尔）提供

"爱情符咒是否有效我们无从考证，不过正如斯拉格霍恩在他的魔药课上所说的，'爱情是不可能制造或仿造的'。"

亚历山大·洛克
策展人

"教授，很抱歉打扰您，"哈利尽量轻声说，罗恩踮着脚尖，企图越过斯拉格霍恩朝房间里看，"可是我的朋友罗恩误服了迷情剂，您能不能给他配点解药？"

《哈利·波特与"混血王子"》

TAVRVS
GEMINI
CANCER
LEO
M·A
LATITVDO LVNAE MERIDIONALIS
LATITVDO LVNAE SEPTENTRIO
M·D
S·D
SAGITTARIVS
CAPRICORNI
AQVARIVS
CAVDA

第五章

天文学

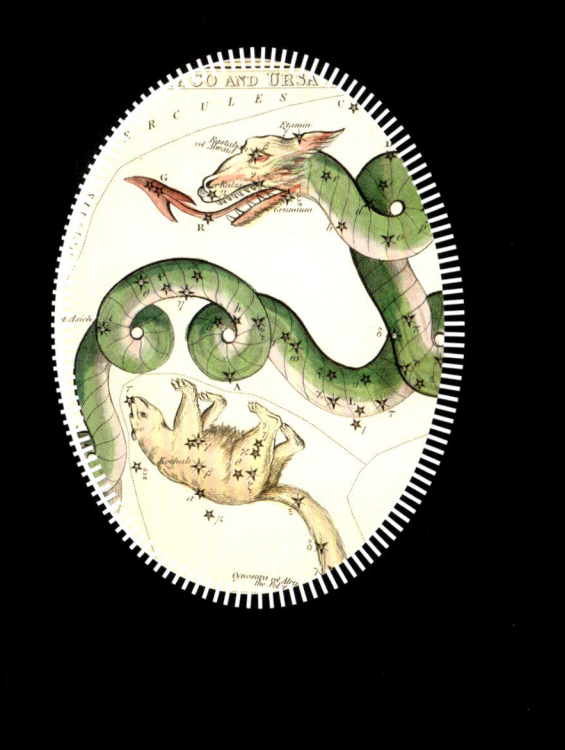

天文学

蒂姆·皮克

来自英国的欧洲航天局宇航员蒂姆·皮克毕生对太空充满热情，这份热情从儿时仰望星空和参观航展开始。作为一名试飞员，他从2009年开始接受宇航员的训练。从2015年12月起，他在国际空间站里工作了六个月。他在那里尝试了太空行走，进行了数百次科学实验，跑了马拉松，并且参加了有史以来最成功的、由宇航员支持的教育项目。

以鲜艳的绿色和红色光芒织就的帘幕在我们周围闪烁地跳着舞，偶尔会有光线射向意想不到的方向，就好像我们正在飞过一口熬制着神秘魔药的巨大坩埚。但这不是魔法，这种近乎催眠的灯光秀是一种自然现象，是我们在国际空间站里无数次飞越穿行、亲眼目睹的"极光"。当来自太阳的带电粒子沿着地球磁场线集中到两极地区时，就会产生这种效应。这些粒子撞击着高层大气中的原子，例如氧和氮，它们之间的相互作用产生了这样独特的颜色。尽管外表迷人，极光也有黑暗面。在极端事件中，这些粒子会干扰卫星和无线电传输，并在地球上造成停电。幸运的是，我们有观测太阳的航天器保护我们，为最不规律的太空天气提供预报。

当我们将注意力从极光上移开，我们也可以在空间站欣赏到星光熠熠的夜空，不过这里的夜晚非常短暂。我们的轨道前哨在距地球表面二百五十英里（约四百公里）的地方以超过每小时一万七千英里（约每小时两万八千公里）的速度行驶，因此绕地球一周只需大约九十分钟。这意味着我们每天可以看到多达十六次日出和日落。到了晚上，我们甚至可以看到漫无边际的群星，以及其中的尘埃云向我们的银河系中心移动的场景。从地面上，你也可以看到银河系、极光、恒星和行星，不过你可能需要一个咒语来清除云层！"哈利·波特"故事中许多人物的名字都来源于天文现象和天体，包括霍格沃茨天文学老师本人，奥罗拉·辛尼斯塔教授，还有安多米达、贝拉特里克斯、德拉科和小天狼星等等。你能在夜晚的天空中找到多少"哈利·波特"故事中提到过的星座和

ORBIS
COELESTIS
TYPUS

星星呢？

在天文课上学习恒星和行星的名称，研究它们的运动规律，这不仅是年轻巫师的重要课题，在历史上，麻瓜也对此深深着迷。古代的人们意识到天体运动似乎遵循着某种规律，因此他们会根据星星和月亮的位置来决定何时种植和收获庄稼，也会以此来导航。

古希腊天文学家喜帕恰斯（又译作依巴谷）是星图绘制的真正先驱之一。他仅凭裸眼的观察和简单的几何学，就记录了大约一千颗恒星的相对亮度和位置。两千多年后，欧洲航天局（ESA）启动了一项以他的名字命名的项目：依巴谷卫星。这是第一颗致力于恒星测绘的卫星，它记录了超过二百五十万颗恒星，对精密天文学领域的研究产生了深刻的影响。

今天，欧洲航天局在太空拥有一台更为强大的望远镜——盖亚空间望远镜。它正在以更高的精度对约十亿颗恒星进行编目，这个数量史无前例，甚至远远超过了我们的祖先最大胆的想象。借助盖亚传回的数据，天文学家就能够创建银河系的三维星图，不仅可以显示恒星现在的准确位置，还可以展示它们过去的运动轨迹，甚至推测它们未来可能出现的位置。这可能就像哈利在对角巷里看到过的那种"大玻璃球里的精美星系活动模型"。拥有这样的物品，就用不着再去上天文课了。我们可以想象这个模型中包含的丰富知识，就像盖亚正在制作的天文编目一样！

在课堂上，霍格沃茨的学生还必须学习一些关于太阳系行星和卫星环境的知识。在一次令人印象深刻的作业中，赫敏纠正了哈利和罗恩对木星卫星的错误了解。

> "木星最大的卫星是木卫三，不是木卫四……有火山的应该是木卫一……我想你肯定是把辛尼斯塔教授的话听错了，木卫二上覆盖着冰雪，而不是老鼠。"

学生们正在讨论的是木星最大的四颗卫星，这些卫星以天文学家伽利略·伽利雷的名字命名，被统称为伽利略卫星。1610年，伽利略用最早的简易望远镜发现了它们。他注意到，在不同的夜晚观测，四个光点的位置会发生变化，这表明它们正在绕木星飞行。你可以用一副好的双筒望远镜或简单的单筒望远镜来亲眼观察它们不断变化的位置，同时，用肉眼就可以看到木星。

欧洲航天局计划在2020年至2030年间发射木星冰卫星探测器，它的目标是木星的多冰卫星。虽然赫敏"木卫二上没有老鼠"的这个说法是对的，但这颗卫星仍是寻找地外生命的最佳地点之一，在它厚厚的冰层之下有可能是太阳系中最大的海洋。在地球上，水和生命息息相关，那么木卫二上会不会也有生命在它的海洋中遨游呢？木卫三也确实比木卫四更大，事实上，它是整个太阳系中最大的卫星，甚至与水星的体积相当。木卫三和木卫四上也可能有海洋隐藏在表层岩石下，欧洲航天局的新任务就是调查这些和行星大小相近的卫星的宜居性。

自《哈利·波特与魔法石》出版以来的二十年里，我们见证了天文学和太空探索领域的非凡进步。我们开展了很多项目来研究行星，在其他星球上登陆了探测器。我们的惠更斯号探测器于2005年在土星的卫星土卫六上成功登陆。2014年，罗塞塔号彗星探测器的菲莱登陆器成功登陆67P/楚留莫夫－格拉希门克彗星。我们还发射了多台强大的太空望远镜来研究许多奇异的现象，比如黑洞和爆炸的恒星，看不见却以神秘的方式影响着宇宙的运行方式的暗物质和暗能量，甚至是宇宙起源本身。我们不仅继承并延续了第一批先驱天文学家的历史遗产，还将在未来继续深入探索太空。

但是请记住，你无需成为专业的天文学家，更不必成为宇航员或巫师才能欣赏夜空的奇观。只要抬起头，就能拥有这种魔法的体验。

蒂姆·皮克

文章 © 欧洲航天局　2017年

霍格沃茨的课程与教师名单

　　这张手写的笔记是罗琳在创作《哈利·波特与魔法石》的时候，列出的霍格沃茨开设的课程及拟定的任课教师的名字。从中可以看出罗琳在逐渐完善哈利·波特所在的魔法世界的过程中，做出了哪些选择和修改。在更早的版本中，天文学教授的名字是"奥瑞利亚·辛尼斯塔"，后来改成了"奥罗拉·辛尼斯塔"。J.K. 罗琳经常使用拉丁文来命名人物和咒语。"奥罗拉"在拉丁文中的意思是"黎明"，也可以指地球磁极附近天空中出现的自然现象——绚烂夺目的极光。"辛尼斯塔"在拉丁文中的意思是"左手边"，此外，它还是蛇夫座中一颗恒星的名字。

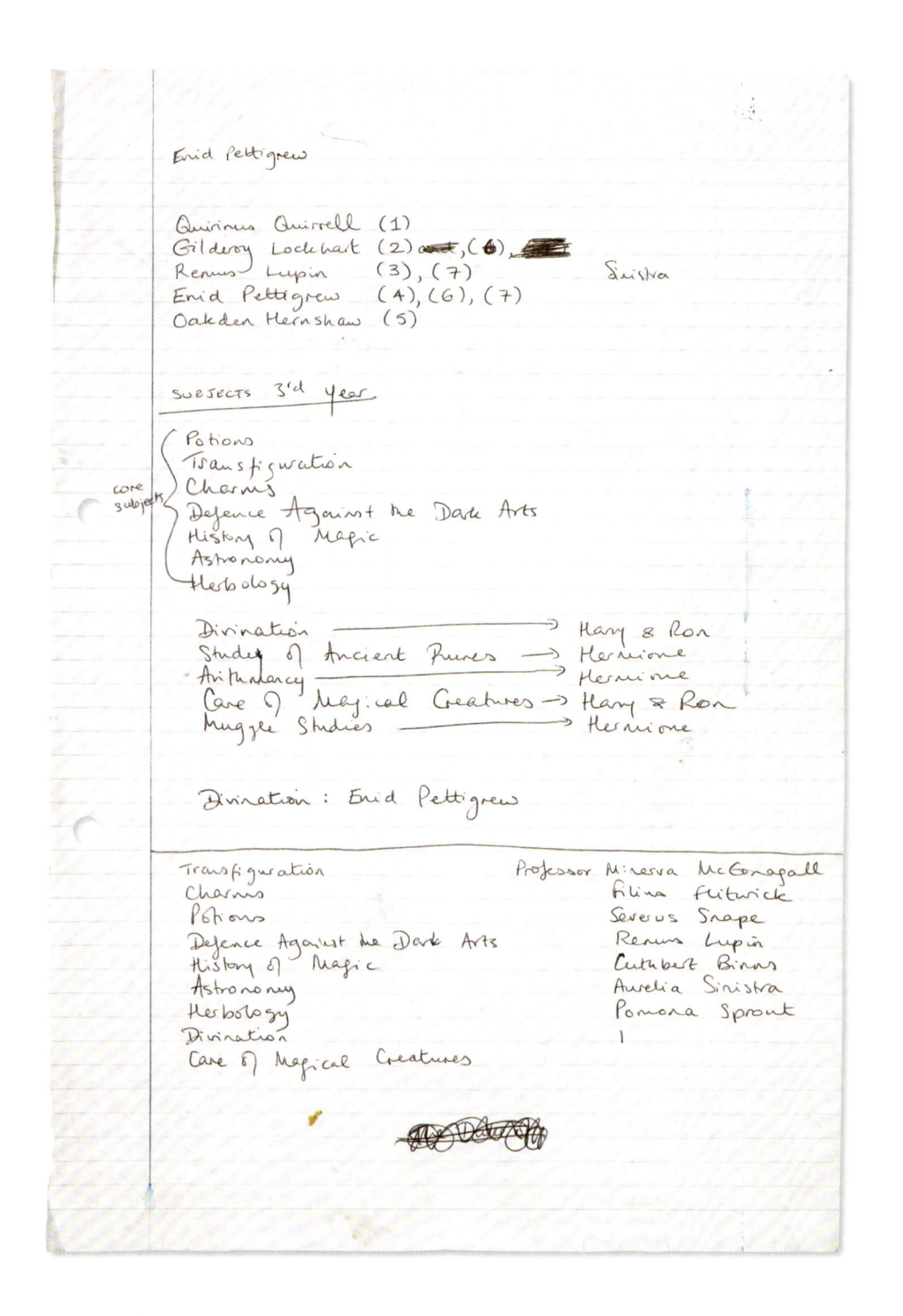

"黑魔法防御术课的教师名单上有一些没有出现过的角色，他们的名字对我们来说也很陌生，比如伊尼德·佩蒂鲁、奥克登·赫恩肖和迈勒·西瓦努斯，这些人都没有在最终出版的故事中露面。"

乔安娜·诺丽奇
策展人

◁ 霍格沃茨课程与教师名单，J.K. 罗琳手写 ▷
由 J.K. 罗琳提供

Transfiguration	♀	Prof. Minerva McGonagall
Charms	♂	Prof. Filius Flitwick
Potions	♂	Prof. Severus Snape
Herbology	♀	Prof. Pomona Sprout
D.A.D.A.	⚥	Prof. Remus Lupin
Astronomy	♀	Prof. Aurora Sinistra
History of Magic	♂	Prof. Cuthbert Binns
Divination	♀	Prof. Mopsus etc
Study of Ancient Runes	♀	Prof. Bathsheda ~~Vector~~ Babbling
Arithmancy	♀	Prof. Septima Vector
Care of Magical Creatures	♀→♂	~~Hagrid~~ Rubeus Hagrid
Muggle Studies	⚥	Prof.

Hippogriffs
Stormswift
Hothoof
Fleetwing

Gibberish
Gobbledegook
also check languages Greek etc
tongues/

Mylor Silvanus

Rosmerta "Good purveyor"
village woman?

---

1) Quirrell
2) Lockhart
3) Lupin
4) Pettigrew
5) Mylor pers. Oakden Hobday

最古老的夜空星图集

1907年，匈牙利裔英国考古学家奥莱尔·斯坦因在丝绸之路南部的沙漠中寻找文物。他来到了中国的敦煌，走进了一个被封存了足有数千年的洞穴。这是一个偶然而惊人的发现：这个洞穴是一个宝库，里面有超过四万份古代佛教经卷、绘画和文献。这份纸质卷轴也在其中，它是所有的文明中保存下来的最古老的星图集。在绘制这份星图集的时代，人们认为星星的运动反映了地球上的皇帝及其朝廷的运势。例如，日食可能意味着政变即将到来。卷轴上绘制了北半球裸眼可见的一千三百多颗星星。令人大为震撼的是，那时的人们仅凭观测就可以绘制出如此准确的星图。敦煌星图虽然是最古老的夜空地图，但依然可以和现代星图相媲美。

"敦煌星图集被完好地保存了下来，实在是了不起。更让人惊叹的是，它的绘制时间早在望远镜发明的几个世纪之前。这幅卷轴大约可以追溯到公元700年前后，它的细节和准确性都非同寻常。"

朱利安·哈里森
首席策展人

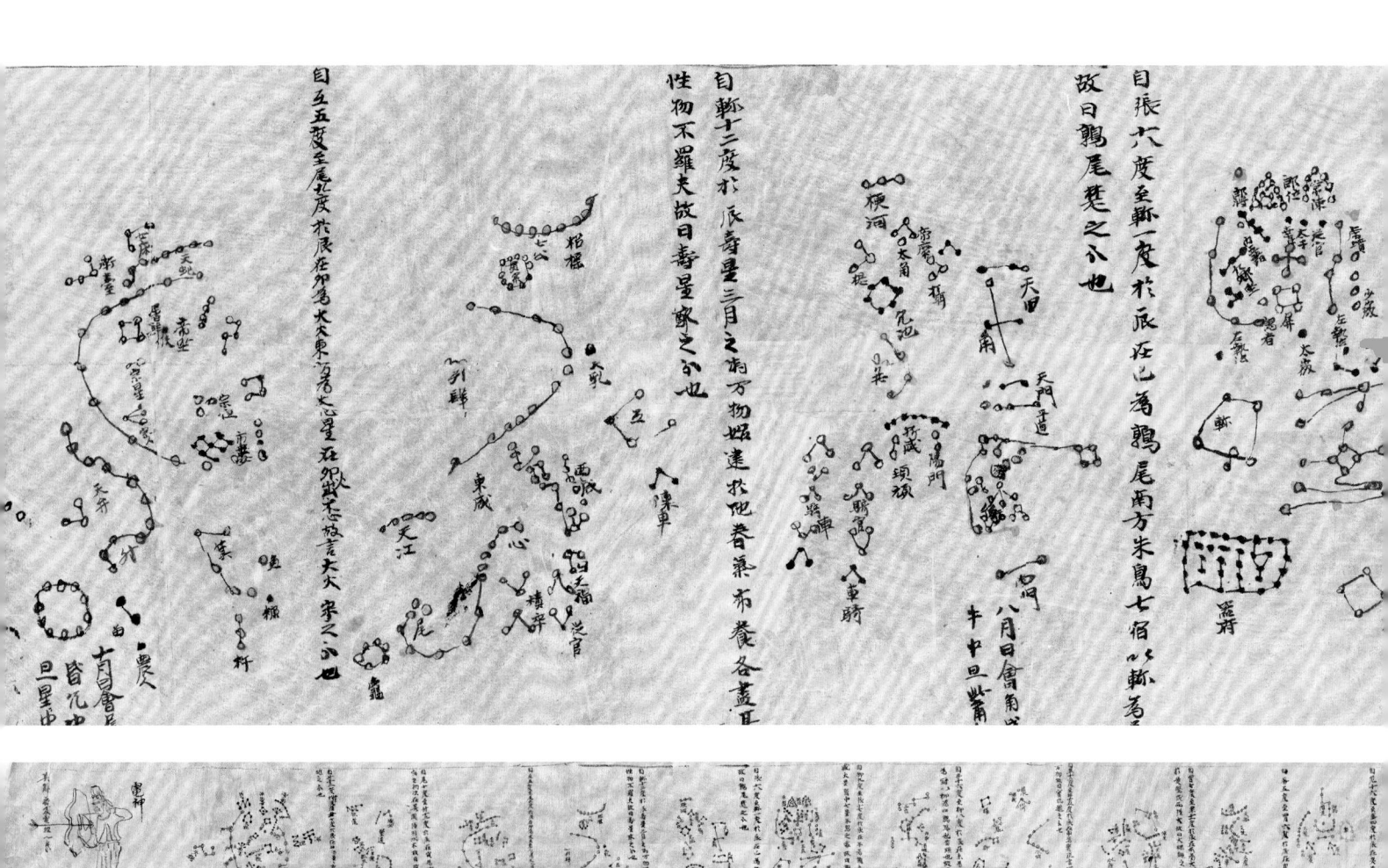

"躺在地板上,"费伦泽平静地说,"然后观察天空。对于能读懂星相的人来说,那里已经描绘出了我们各个种族的命运。"

《哈利·波特与凤凰社》

敦煌星图集(约公元700年,中国)
由大英图书馆提供

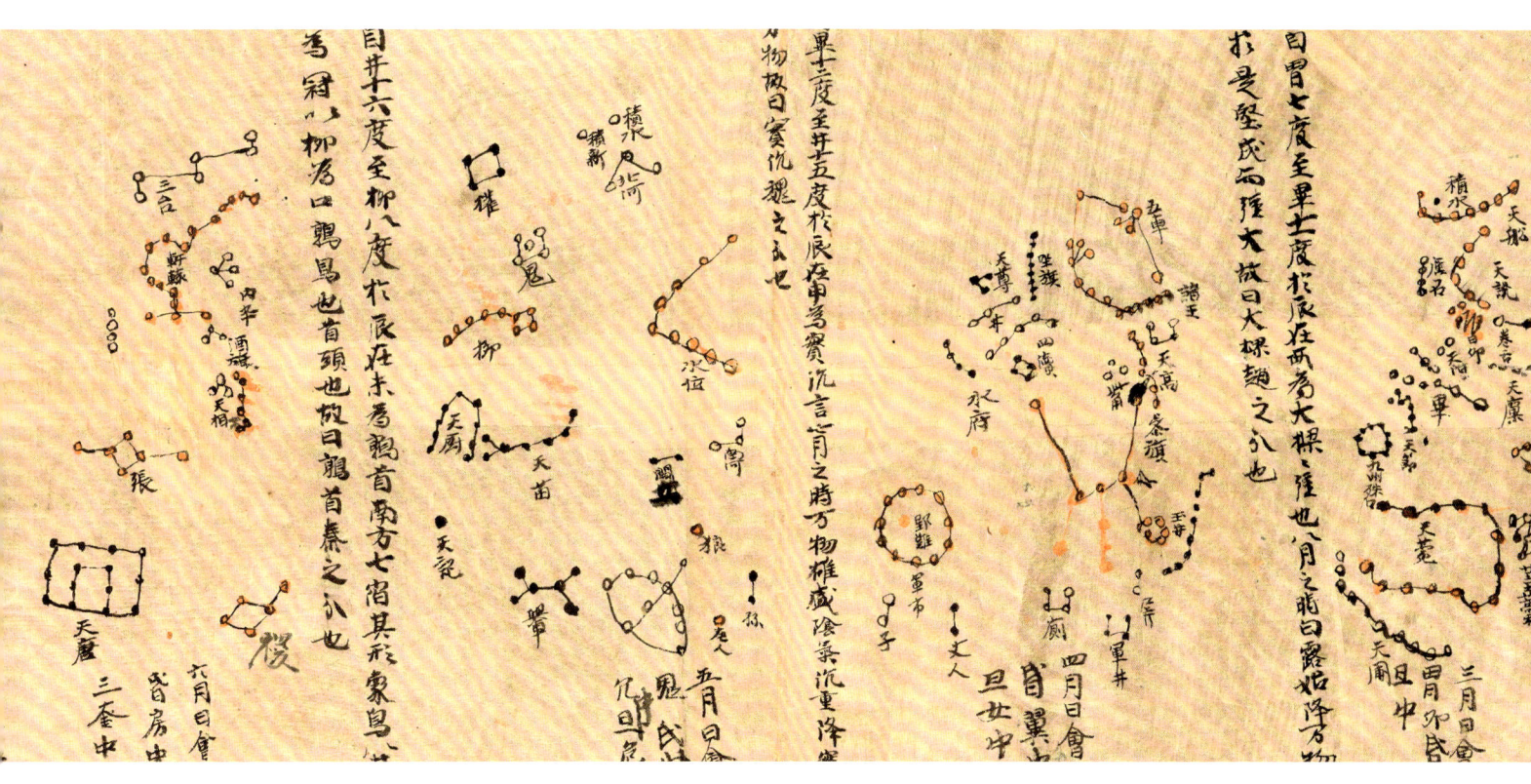

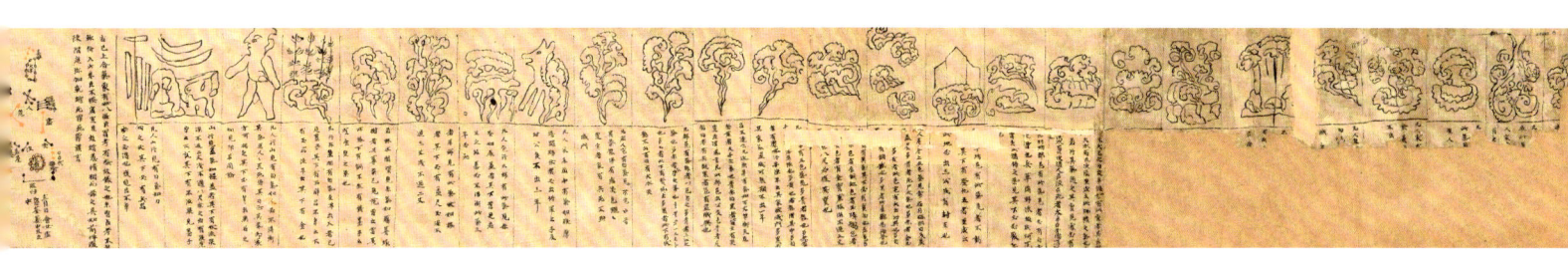

星语星缘

这是一份盎格鲁－撒克逊时期的手稿，其制作者通过巧妙的绘图让各个星座的形象跃然纸上。右边的页面上是一个马人，披风在他身后飘扬。他拉满弓箭，好像要射向左边那只试图逃脱的摩羯，即海山羊。马人代表射手座（Sagittarius），它的名字来自拉丁文的"射手"。这本书中的图画颜色非常鲜艳，让人很难相信是一千多年以前的人绘制的。这份手稿是在诺曼人入侵英格兰之前不久完成的，创作的地点可能在温彻斯特或坎特伯雷。这本既有丰富内容又有艺术价值的手稿应该是由一群人合作完成的，而他们的名字我们永远无从得知。每一幅图画都是先画在纸上，然后再由抄写员细心地在周围添上文字。

"唉，从马人那里总是得不到直截了当的回答。"海格恼火地说，"总是仰头看着星星，真讨厌。他们对任何比月亮离得近的事情都不感兴趣。"

《哈利·波特与魔法石》

A 一部盎格鲁－撒克逊杂集
（十一世纪，英国）
由大英图书馆提供

"这部盎格鲁－撒克逊杂集是一份极其漂亮的手稿。每个橙红色的圆点都代表一颗恒星，显示了它在夜空中的相对位置。画师随后在这些圆点周围作画，最后呈现出与星座同名的生物。"

朱利安·哈里森
首席策展人

PORRO SAGITTARIUS SCORPIONE ORIENTE ASCENDIT QUO ASCENDENTE OCCIDIT ORION ET CEPHEI

Pindarus quidem signum regione zodiaci circulus humillimus e' ppter
æquinoctialem. Quidam negant dicentes. Numquam centauros sagitta
usos fuisse. Sosithesus autem illum adstruunt filium illum musa rutam fuisse
habet stellas in capite ii in medicumine sagittae ii in
dextro cubito ii manu i in uentre i claram in dorso ii
in cauda i ingenu priori i in summo pede i
in posteriori genu i fiunt xiii.

Atque deciam sup hoc ndui pelagoq: uagatur
Mense sagitti potens solis cusutti net orbem
Ham idm cumminus exiguo lux tempore presto est
Hoc signum ueniens poterunt prenoscere nautæ
Iam ppe pcipitante licebit uisere nocti
Ut se se ostendens ostendat scorpius alte
Posteriore trahens flexum in corporis arcum
Iam sup hunc cernes dri caput esse minoris
Et magis erectu adsummu uersarier orbem
Cum se se orion toto idm corpore condet
Extrema ppe nocte et cepheus conditor alte
Lumborum tenus aprima depulsus adumbras.

SAGITTARIUS

刹那间，大黑狗靠两条后腿站了起来，把前爪搭在哈利的肩膀上，但韦斯莱夫人一把将哈利推向车门，一边压低声音说："看在老天的分儿上，小天狼星，你得更像一条狗的样子。"

《哈利·波特与凤凰社》

A 一部天文学杂集（十二世纪，彼得伯勒）
由大英图书馆提供

小天狼星布莱克

"哈利·波特"系列中许多角色的名字都来源于璀璨的星空，其中包括霍格沃茨的校友安多米达·唐克斯、贝拉特里克斯·莱斯特兰奇，当然还有他们的堂弟小天狼星布莱克。这份中世纪的手稿上画的是大犬星座，其中最著名的，也是在地球上看到的最明亮的一颗恒星就是天狼星，也叫狗星。在这份手稿上，大狗的形状被勾勒出来，里面填上了由罗马作家希吉努斯的诗句改编而成的拉丁文形体诗。

眼望穹苍

在过去，天文学家使用一系列设备来帮助他们绘制恒星的运动轨迹。这种精美的铜制器具被称为星盘，它可以用来绘制天空的二维地图，类似于哈利和他的同学们在天文学考试中要画的星象图。星盘还可以用来确定纬度，在伊斯兰世界中，很多人用它来确定圣城麦加的方向。这个精美的星盘上还镶嵌了白银作为装饰。

◁ 在叙利亚发现的星盘
（十三世纪）
由大英博物馆提供

著名的约翰·曼德维尔爵士是一位虚构的中世纪英格兰旅行家。故事中，曼德维尔曾经为开罗苏丹效力，还遇到过蒙古大汗。1357年，他决定定居下来，并写下自己的经历。这本游记非常受欢迎，被翻译成了多种欧洲语言。这幅图画是捷克语版《曼德维尔游记》中的插图。图中，一群天文学家正站在希腊的阿陀斯山上，用星盘和象限仪研究星星。象限仪是测量夜空中天体角度的一种特殊仪器。位于画面下方的其他人正用棍子在地上写下特殊的符号。

▷ 阿陀斯山上的天文学家微型画
（十五世纪，波西米亚）
由大英图书馆提供

旋转的球体

天球仪可以呈现地球上观测到的星星在天空中的位置。制作天球仪的技艺可以追溯到数千年前，第一台天球仪是古希腊人发明的。图中这个形制巨大的天球仪是由方济各会的僧侣文森佐·科罗内利设计的，他被认为是世界上最伟大的天球仪制造者之一。虽然他的大部分作品都在威尼斯制作，这件作品却是在巴黎完成的。这个天球仪由科罗内利与法国王冠雕刻师让·巴普蒂斯特·诺林合作完成，科罗内利负责提供设计图纸，诺林则负责在球体表面雕刻出美丽的星座图。

天球仪，文森佐·科罗内利与让·巴普蒂斯特·诺林制作（1693年，巴黎）
由大英图书馆提供

"这个令人印象深刻的天球仪直径为一百零八厘米，是科罗内利所有商业化制作的作品中最大的一个。诺林的雕刻让作品中充满了细节和动态，上面的动物、人物和神话中的生物在夜空中均有互动。"

亚历山大·洛克
策展人

一个大玻璃球里的精美星系活动模型也让他非常动心，如果买下来，就用不着再去上天文课了。

《哈利·波特与阿兹卡班囚徒》

机械的魔法

太阳系仪是太阳系的模型。这个精妙的机械装置由数学仪器制造商约翰·特鲁顿在伦敦制造。它显示了地球相对于月球和其他两颗行星的运动轨迹。模型的下方是一个多边形的木制底座，底座上方有一些弯曲的条带，标记了天体经度和纬度。太阳系仪一直在教学方面有所应用，甚至可以在对角巷里买到。在霍格沃茨，它不仅可以用于天文学的学习，同时也可以用于"行星占卜"。书中写道，西比尔·特里劳尼教授的太阳系仪十分美丽，里面有"燃烧的太阳、九大行星及它们的卫星悬浮在玻璃罩中"。

△ 微缩太阳系仪，约翰·特鲁顿制作（十八世纪，伦敦）由科学博物馆提供

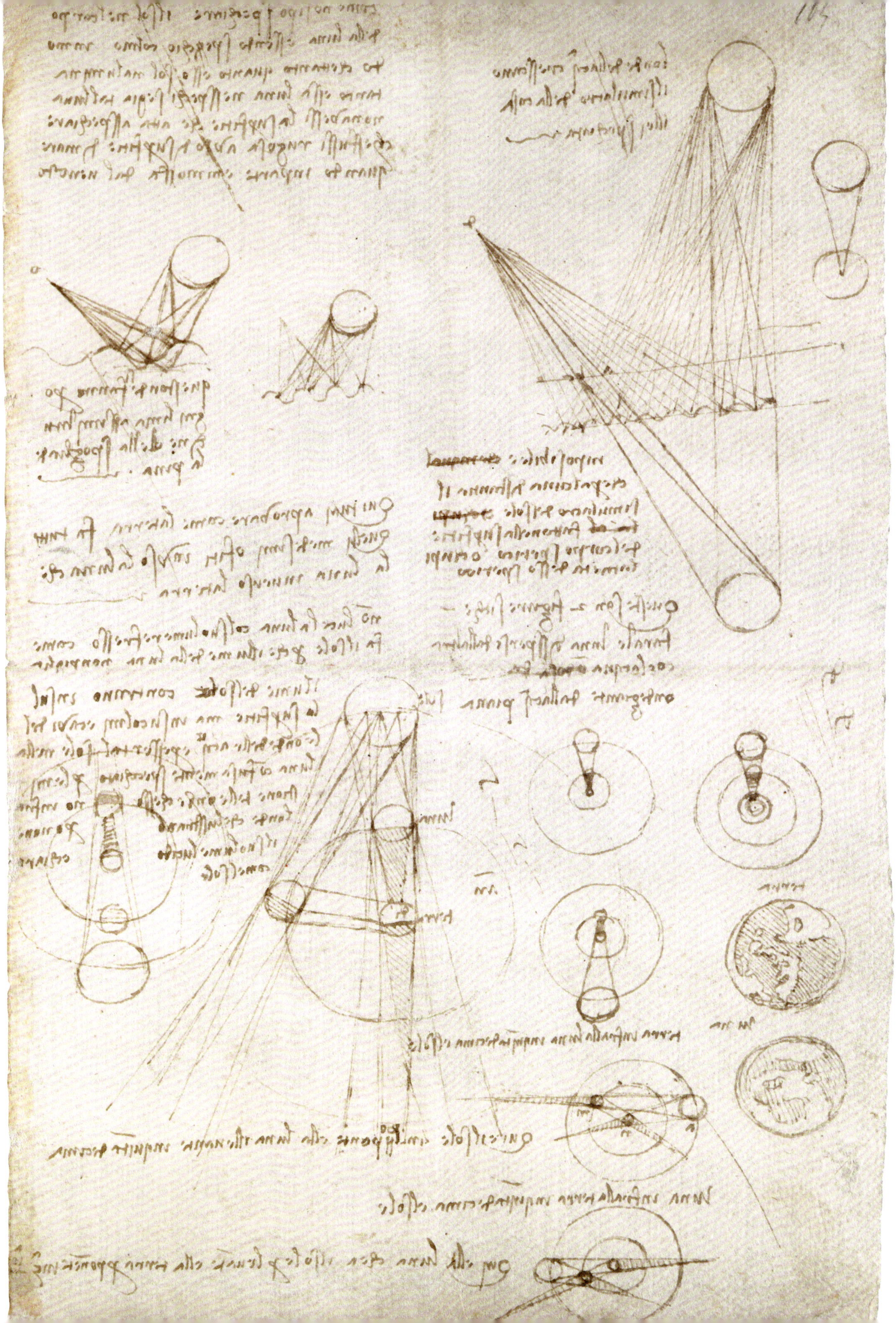

达·芬奇和月亮

列奥纳多·达·芬奇是发明家、科学家、艺术家，比他生活的时代超前了几百年。在他的职业生涯中，达·芬奇用奇怪的镜像文字记下了很多笔记，需要从右向左阅读。他的部分手稿被收集到名为"阿伦德尔手稿"的笔记本里，以其曾经的所有者阿伦德尔伯爵的名字命名。中间偏左的阴影示意图是达·芬奇根据太阳、月亮和地球的排列与光的反射绘制的。在他的画中，太阳和月亮围绕地球旋转，可见达·芬奇认同希腊天文学家托勒密的理论，认为地球是宇宙中心。达·芬奇还认为月球上覆盖着水，它的表面可以像凸透镜一样反射光线。

◁ 列奥纳多·达·芬奇的笔记本
（约1506年—1508年，意大利）▷
由大英图书馆提供

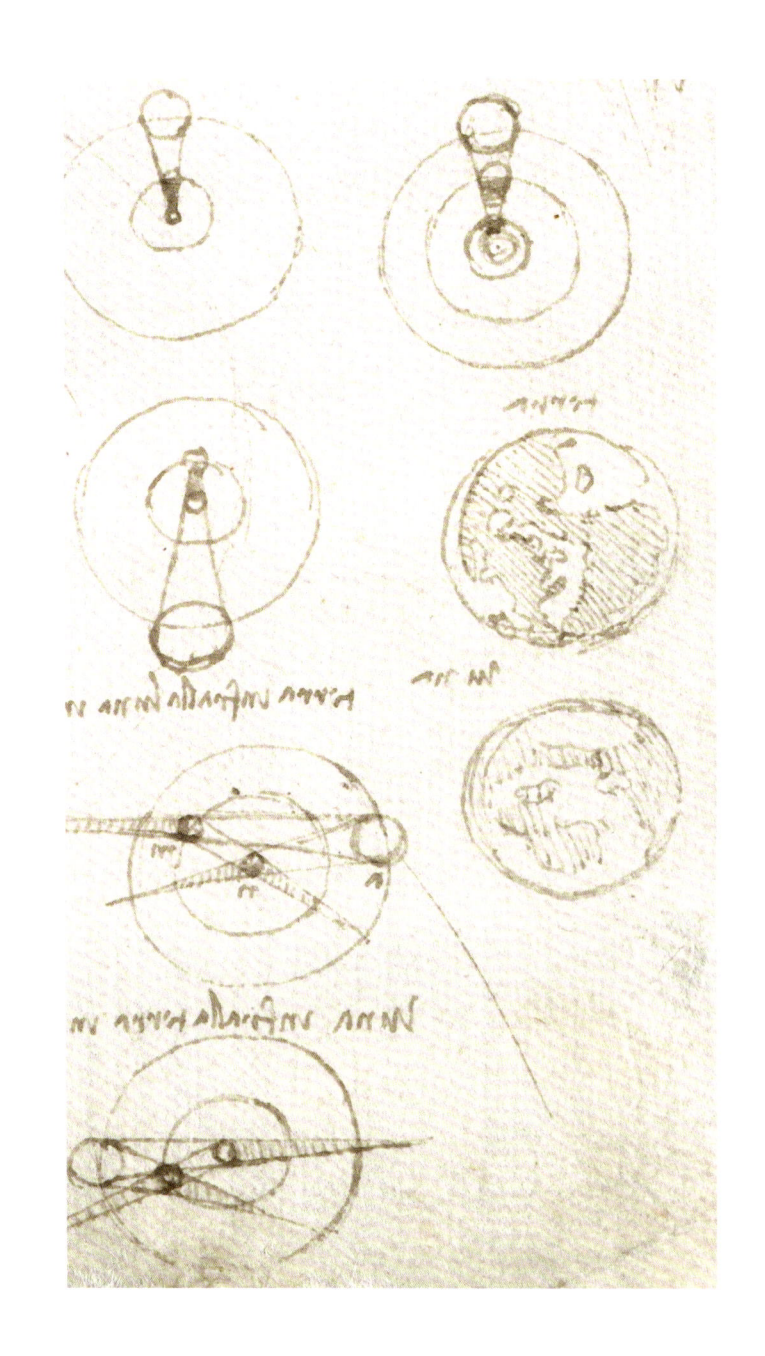

哈利看着多云的天空，烟灰色和银色的云边滑过月亮的白色面庞。他为自己的发现而惊愕，感到头有点晕。

《哈利·波特与死亡圣器》

开普勒的恒星研究

皇家天文学家约翰内斯·开普勒编写的《鲁道夫星历表》可以根据恒星定位行星。这是一项巨大的成就，表中包含了一千零五颗恒星的位置，是望远镜发明之前最精确的星历表。这幅精美的插图是《鲁道夫星历表》一书的卷首插图，画上是天文女神乌拉尼亚的神庙。神庙里挤满了伟大的天文学家：尼西亚的喜帕恰斯、托勒密、尼古拉斯·哥白尼、开普勒的前辈第谷·布拉赫，还有一位佚名的古迦勒底人，这个地区的人以精通天文学而闻名。神庙下方的一块嵌板上还有一幅开普勒本人的刻像。

◁ 《鲁道夫星历表》，约翰内斯·开普勒著（1627年，乌尔姆）
由大英图书馆提供

他们在一家名叫丽痕的书店里买了哈利上学要用的课本。这里的书架上摆满了书，一直到天花板上，有大到像铺路石板的皮面精装书……

《哈利·波特与魔法石》

"1617年，开普勒的母亲被指控施行巫术，这项罪行最高可判处死刑。这次指控让她在监狱里被关押了一年多，最终在她儿子的干预下获释。开普勒是神圣罗马皇帝的天文学官员——这次针对他家人的阴谋一定让他很难过。"

亚历山大·洛克
策展人

可以旋转的龙

彼得鲁斯·阿皮亚努斯是一名鞋匠的儿子，后来成为了备受赞誉的德国天文学家、数学家和印刷商。他最著名的作品是《恺撒天文学》，这本书制作精良，其中包含一系列可以旋转的纸质模型，被称作"转盘"。转盘由几个纸质圆盘组成，中心被固定在一起，纸盘转动起来可以模拟行星的运动。以此图为例，阿皮亚努斯描述了如何确定月球的天体纬度。转盘的中间是一条龙，龙头可以旋转，并指向转盘边缘的黄道十二星座。转盘也可以用来绘制占星术中的天宫图。由此可见，在十六世纪，占星术和天文学的边界并不明显。

A 《恺撒天文学》，彼得鲁斯·阿皮亚努斯著（1540年，因戈尔施塔特）
由大英图书馆提供

DRACO AND URSA MINOR.

星空之景

"乌拉尼亚之镜"是一套由三十二张卡片构成的星空图,出售给想要自学天文学的人,或许正适合霍格沃茨的新生。每张卡片上都穿有一些小洞,大小与星座中最为闪耀的恒星一致。将卡片对着光,就能看到星座真实的样子。这些卡片由地图绘制者西德尼·霍尔雕版制作,然后进行了手工上色。设计图纸来自一位匿名"女士",后来被证明是拉格比公学的助理校长、男牧师理查德·布洛克萨姆。至于布洛克萨姆为什么要隐瞒自己参与制作了这些卡片,我们无从得知。也许他像当时其他作者一样,认为自己的性别会影响销售,因为那时的市场想要吸引更多女性消费者。

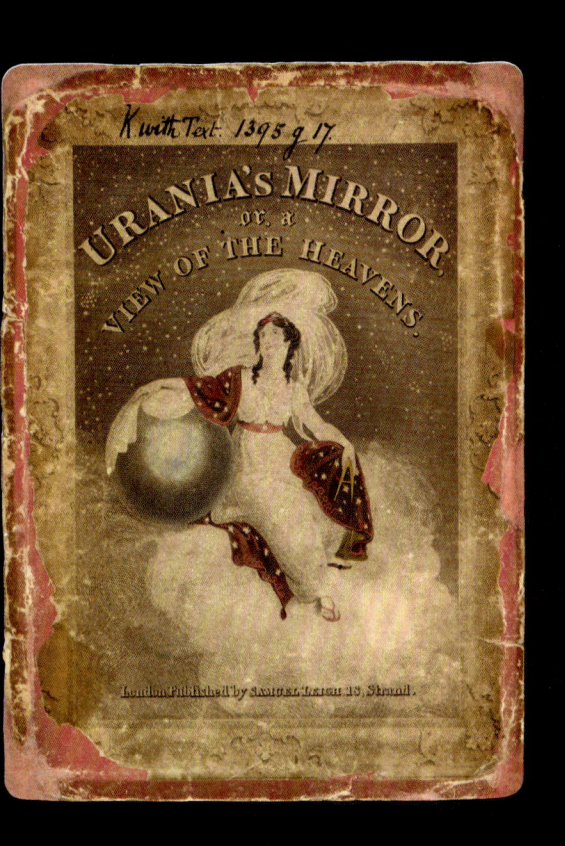

▲《乌拉尼亚之镜,或星空之景》
(1834年,伦敦)➤
由大英图书馆提供

……哈利抬头朝上看,只见天鹅绒般漆黑的天花板上闪烁着点点星光。他听到赫敏在小声说:"这里施过魔法,看起来跟外边的天空一样,我在《霍格沃茨:一段校史》里读到过。"

《哈利·波特与魔法石》

The Signification of LINES and other Marks in the HANDS.

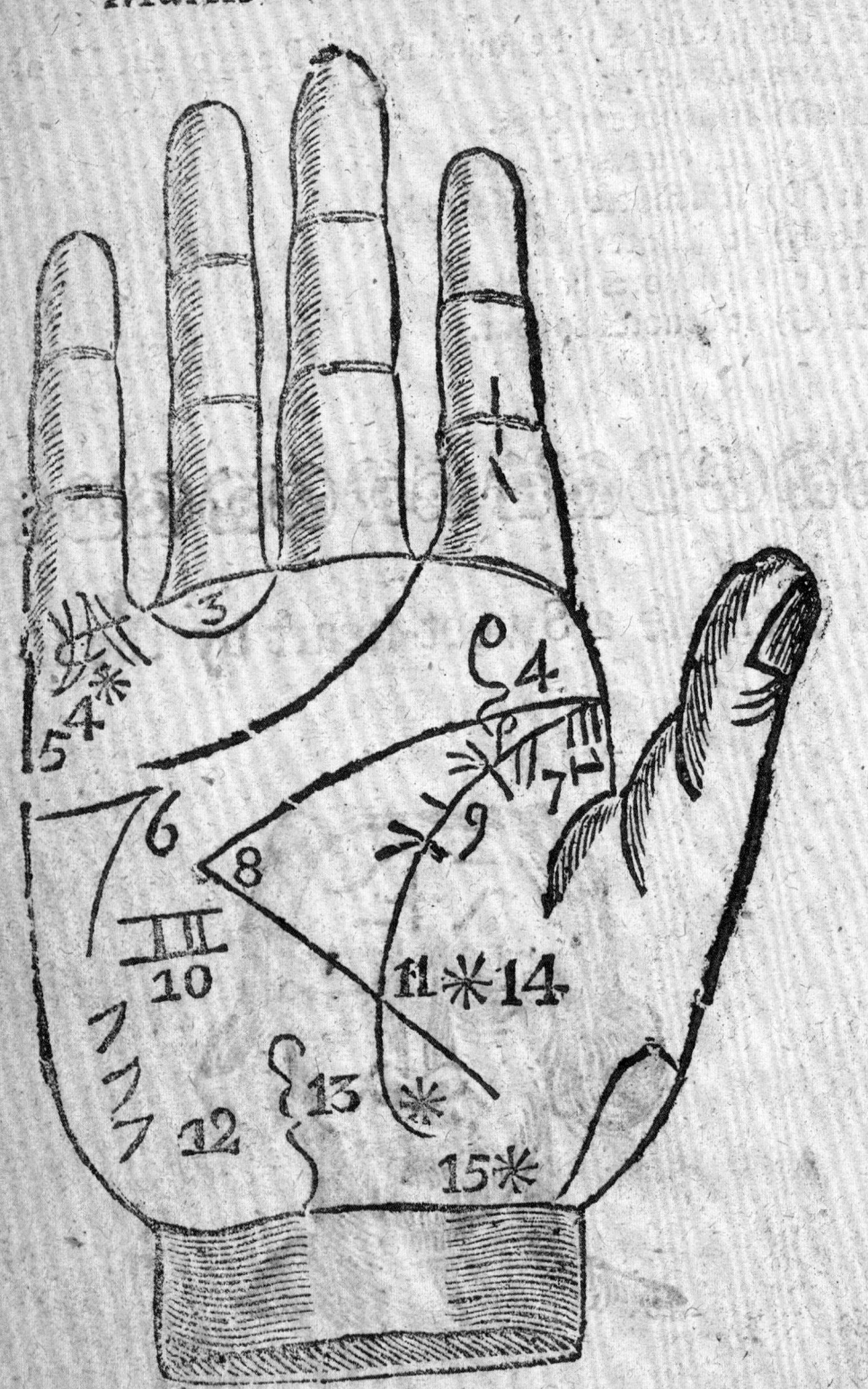

1 A Star in this place signifies riches and honour. 2 The party will heir an estate. 3 Denotes increase of goods and substance. 4 Signifies a trusty and faithful person. 5 Predicts a woman to be a strumpet. 6 So many stright lines, so many sons, so many crooked lines, so many daughters. 7 These points denote a whore-master. 8 Denotes a sharp wit.

第六章

占卜学

占卜学

欧文·戴维斯

欧文·戴维斯是赫特福德大学的社会历史学教授。他发表了很多论文，内容涵盖从古代世界到现代世界的巫术、魔法、幽灵和民间医学。最近，他编辑了《牛津图解巫术与魔法史》。此外，他还有许多著作，其中包括《魔导书：魔法书籍的历史》。他对魔法的学术兴趣来源于他所阅读的奇幻小说和民间传说。

从历史的黎明之初，人类的生活里就充满了对预知神秘未来的渴望。在中东地区，刻在黏土板上最早的文字记录显示，在大约四千年前的美索不达米亚文明中，占卜是一门极有价值的学科，引导着平民百姓的生活，塑造了社会运转的本质。预知未来就能掌握自己的命运。哈利·波特和他的朋友们或许从未喜欢过西比尔·特里劳尼的课程，但是占卜学一直处于魔法的核心地位。

在古代，占卜未来意味着与主宰人类命运走向的诸神打交道。诸神为我们这些肉体凡胎准备了什么？如果发生了旱灾，他们打算让它持续多久？如果出现了瘟疫，哪些人注定会死亡或幸存？国王和皇帝想知道他们是否会在战斗中赢得胜利，他们的妻子是否会诞下男性继承人？穷苦之人也有自己常年关注的问题：他们会和谁结婚，下周的天气是不是晴朗，他们的农场能不能繁荣，他们的生意会不会兴隆？古希腊时期，为了满足大众对预知未来的渴望，人们创造了献给宙斯和阿波罗神的神使和寺庙。同一时期，在地球另一端的中国，皇帝与官宦的日常行事也会参考日历上的吉凶宜忌。什么日子是开始建造新宫殿的最佳时机？什么时候是农耕播种的理想时刻？

随着时间的推移，不同的文化里发展出无数的占卜形式。占梦术，即对梦

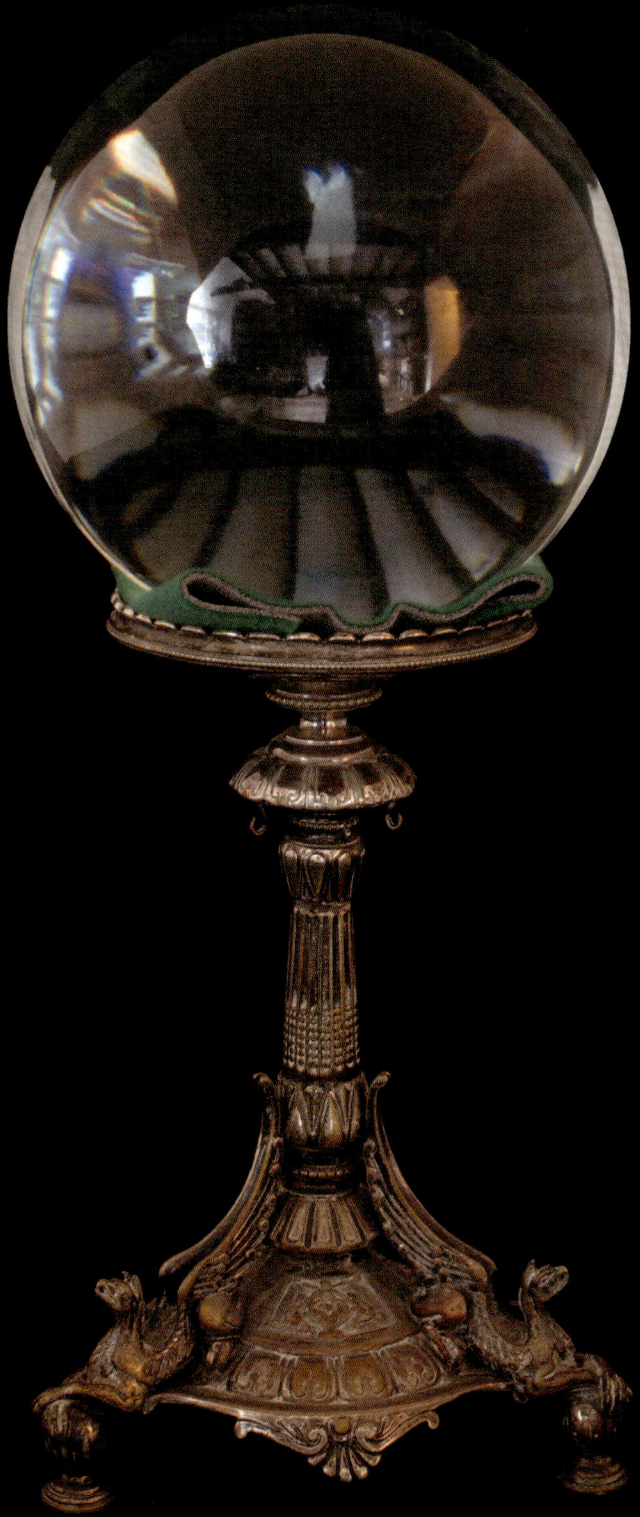

境的解析，是一种最为普遍也最为古老的占卜艺术。在古代世界，睡眠被视为一种特殊的状态。睡梦里，上帝、诸神与灵魂愿意与凡人交流，提供关于未来的预示。二十世纪初期，西格蒙德·弗洛伊德的精神病学理论同样认为梦境中充满了等待解读的信息，为梦的解析增添了现代科学的可信度。与占梦术同样古老，甚至更为古老的是对星星的解析，又称占星术。这是马人教授费伦泽内心深信的"科学"占卜。他也因此对特里劳尼教授的其他占卜方式不屑一顾。占星术主要有两种形式。自然占星术涉及对天空中可见运动的解析，比如彗星的出现和月相的盈亏。算术占星术涉及对特定时刻星星位置的复杂计算。人们绘制天宫图，根据个体出生之时的星座来研究他们的命运。而所谓的"卜卦"计算则是根据问题提出之时的行星位置预测未来事件。

在霍格沃茨，哈利·波特学习的主要占卜方式有观察水晶球、解读茶叶、手相占卜和纸牌占卜。不过，人们通常认为占卜的力量来自神授，故而没有必要为一门无法后天习得的科目设置课程。水晶球造价高昂，直到十九世纪晚期才能以低廉的价格大量生产，成为广泛使用的算命工具。在此之前，人们一直使用其他表面反光的物体进行占卜，比如水面漂油、镜子，甚至是拇指指甲。在《哈利·波特与阿兹卡班囚徒》中，特里劳尼教授非常看重茶叶。在茶饮流行于欧洲之前，古代地中海世界也曾以相似的方式解读高脚杯中的酒渣所留下的形状。而在十八世纪，咖啡成为一种流行的饮料，杯中残留的咖啡渣也同样用于占卜。手相学或掌相学是相学的一个分支。相学这个术语来自希腊语，意思是"自然的解读者"。相学原本只能分析个人性格，但是在民间文化中，却变成了一种占卜艺术。在十七和十八世纪的算命手册中还流行着其他形式的相学，包括解读额头上线条（又称相额术），以及解读身体上痣的分布。过去，大多数算命师使用的工具只是一副普通且常见的游戏纸牌。但是到了十八世纪晚期，奇异的塔罗牌在神秘主义者中越来越受欢迎。其中的倒吊者卡牌意味着试炼和牺牲，而魔术师卡牌的正位则预示良好。

从古代世界到现代世界，人们一直相信，某些特定的人群具有特殊的知识或能力，可以预知未来。最早的时候，这群人是男性祭司。不过在古希腊，德尔斐阿波罗神庙的皮提娅是地位最高的女性大祭司，成为后来数个世纪里女性预言家的榜样。随着时间的推移，占卜师或算命师不再局限于宗教角色。某些群体，比如吉卜赛人，因为他们预测未来的能力而声名鹊起。占卜也开始被看作是一种遗传而来的能力。特里劳尼教授本人的声誉，有一部分就来自她的曾曾祖母卡珊德拉·特里劳尼。在麻瓜世界里，人们普遍认为第七个女儿的第七个女儿天生就具有预知未来或洞察千里的能力。在霍格沃茨的所在地苏格兰，也有第二视觉的传统说法：某些预言家被赋予了第三只眼睛，可以梦见或看见未来的景象。

哈利·波特在德思礼家度过了悲惨的童年。那时候，他对正在霍格沃茨等待着他的命运一无所知。只有通过各种预言方式，他和其他人才能拼凑出即将到来的事件，为最终的对决做好准备。在魔法世界里，凡事预则立！

欧文·戴维斯

文章 © 欧文·戴维斯 2017年

"我是特里劳尼教授。你们以前大概没有见过我。我发现，经常下到纷乱和嘈杂的校区生活中，会使我的天目变得模糊。"

特里劳尼教授，《哈利·波特与阿兹卡班囚徒》

真正的预言家

这是哈利·波特在霍格沃茨的占卜课教师西比尔·特里劳尼教授的画像成品。她披着一条披肩，戴着各种手镯和珠串。为了创作这幅画像，吉姆·凯手绘了初始版本，里面的特里劳尼并没有戴着她厚厚的眼镜。眼镜和其他元素是单独设计的，后来才通过绘图软件添加上去。这位教授热诚地仰视着上方，在占卜学的戏剧性中深深陶醉、不可自拔。在她看来，占卜学是"所有魔法艺术中最高深的一门学问"。她身后环绕着北塔楼占卜课教室的红色光芒，在视觉上让人联想起宏大的剧院场景。

◁ 西比尔·特里劳尼画像，
吉姆·凯绘
由布鲁姆斯伯里出版社提供

中国甲骨

甲骨曾被用于古代的占卜仪式。人们把关于战争、农业和自然灾害等主题的问题雕刻在骨片上，然后通过金属棍使骨片受热，产生裂缝。占卜师会解读裂缝的形状，以确定所提问题的答案。下面的骨片上刻的是商朝的文字，也是目前所知最古老的中文书写形式。这块肩骨上的铭文记录道，未来十天之内不会发生不幸的事情。最上面一行的中间，能看到"月"字。

这块骨片的背面记载着一次月食，这个真实事件的发生可确切追溯到公元前1192年12月27日。人们认为月食带来的黑暗意味着不祥之兆，代表祖先的灵魂需要安抚。

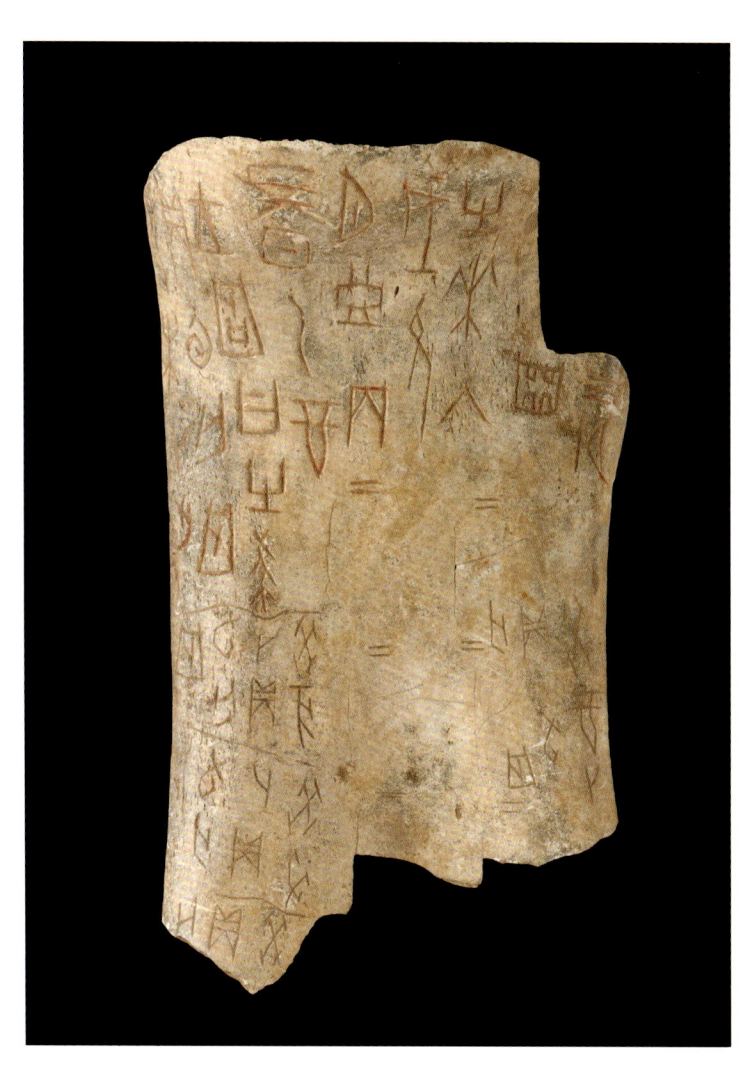

◁ 甲骨（公元前1192年，中国）
由大英图书馆提供

"在大英图书馆的藏品中，这块甲骨是能够精确追溯其年代的最古老的物品，也是中国文字的早期样本，告诉我们占卜这门技艺可以追溯到数千年前。"

朱利安·哈里森
首席策展人

"……兆头总是不好，哈利……可是你为什么不来上占卜课了呢？对你来说，这门课尤为重要啊！"

特里劳尼教授，《哈利·波特与"混血王子"》

西普顿修女

　　这本小书的主题是西普顿修女，她是约克郡的女预言家。我们对她的生活所知甚少，甚至不能确定她是否存在。据说，她长得极其丑陋，除了拥有预言能力之外，还能让物体飘浮。这本书中的大多数"古怪预言"都与王室的继承有关。此外，西普顿修女也预言了她本人的死亡日期和死亡时间。如今，这位女预言家最有名的是她的出生地，据说在约克郡纳尔斯伯勒市的"跌水井"附近。几个世纪以来，人们一直相信这口井具有魔法力量，能够化物为石。实际上是由于井水里含有大量的矿物质，才能让物体在几个星期之内石化。

♣ "西普顿修女在1530年作出了她最著名的预言。她预言被任命为约克大主教的红衣主教沃尔西只能看到约克城，却永远不会到达那里。根据这本书的记录，沃尔西从附近城堡的顶端看到了这座城市，但是立刻遭到逮捕，并被带到了伦敦。"

塔妮亚·科克
策展人

▲《奇迹！！！过去，现在和未来：著名的西普顿修女稀奇古怪的预言》（1979年，伦敦）
由大英图书馆提供

巫师的影占卜镜

用镜子或其他反光的物体表面预测未来是一项古老的习俗,被称为"影占卜"。这个词语来源于动词"捕影",意思是"捕捉某物的影像"。尽管这面镜子被雕刻成了丑陋的老巫婆的样子,但是二十世纪初的英国巫师非常喜欢这样的设计,会用它占卜。这件物品曾经属于巫师塞西尔·威廉姆逊。他告诫凝视镜子的人:"如果突然看见有人站在你身后,无论做什么,千万别转身。"厄里斯魔镜的作用似乎和影占卜镜非常相似,也同样危险,因为"它使我们看到的只是内心深处最迫切、最强烈的渴望"。

◁ 木质巫师镜
由巫术与魔法博物馆(博斯卡斯尔)提供

> 他猛地转过身,心跳得比刚才那本书尖叫时还要疯狂——因为他在镜子里不仅看见了他自己,还看见一大堆人站在他身后。
>
> 《哈利·波特与魔法石》

纸牌占卜的艺术

纸牌占卜是一种使用纸牌预测未来的占卜方式。虽然纸牌在算命中使用已久，但是图中这副据说是最早的专为占卜而设计的纸牌。它的五十二张纸牌有着与普通纸牌不同的使用方法。纸牌里的国王引导提问，以神秘的押韵短句的形式得到解答。每张纸牌上都题写着著名的天文学家、预言家或魔法师的名字，包括梅林、浮士德博士和诺查丹玛斯。人们希望通过他们与占星术和占卜术的联系增加纸牌预测的可信度。

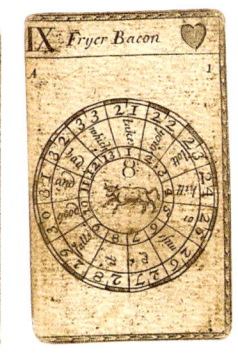

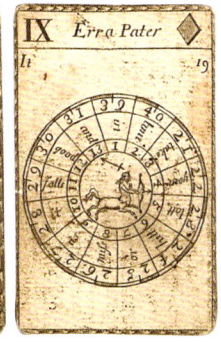

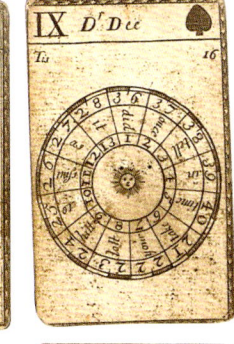

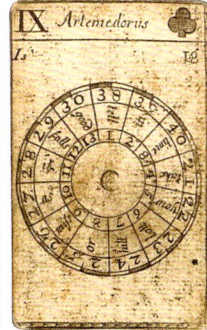

第六章 占卜学 | 151

▽ 一副占卜纸牌（约1745年—1756年，伦敦）
由大英博物馆提供

幸运的爱情？

在十九世纪的暹罗（即如今的泰国），人们会向占卜专家咨询爱情和关系问题。

这本占卜手册（《弗洛马查》）包含了根据中国十二生肖所制的天宫图，画有十二年一循环的生肖动物以及他们的属性——土、木、火、金、水。每张生肖页后面都有一系列绘画，代表着一个人在某种境况下的命运。这些绘画的品质非常出色。这位不知名的画家对每个细节都给予了极大的关注，不仅完美地描绘了面部表情、手势动作、肢体语言，还精细地设计了服饰珠宝。

➤ 泰国占卜手册（《弗洛马查》）
（十九世纪，暹罗）
由大英图书馆提供

> "这份手稿描述了相合与相冲的生肖配对，不仅考虑了双方的性格，还考虑了他们的天宫图位置。其中确有道理。邪恶的男性与单纯的女性不会相配；如果两个人脾气都很暴躁，似乎更有可能幸福地生活在一起。"
>
> 贾娜·伊古玛
> 策展人

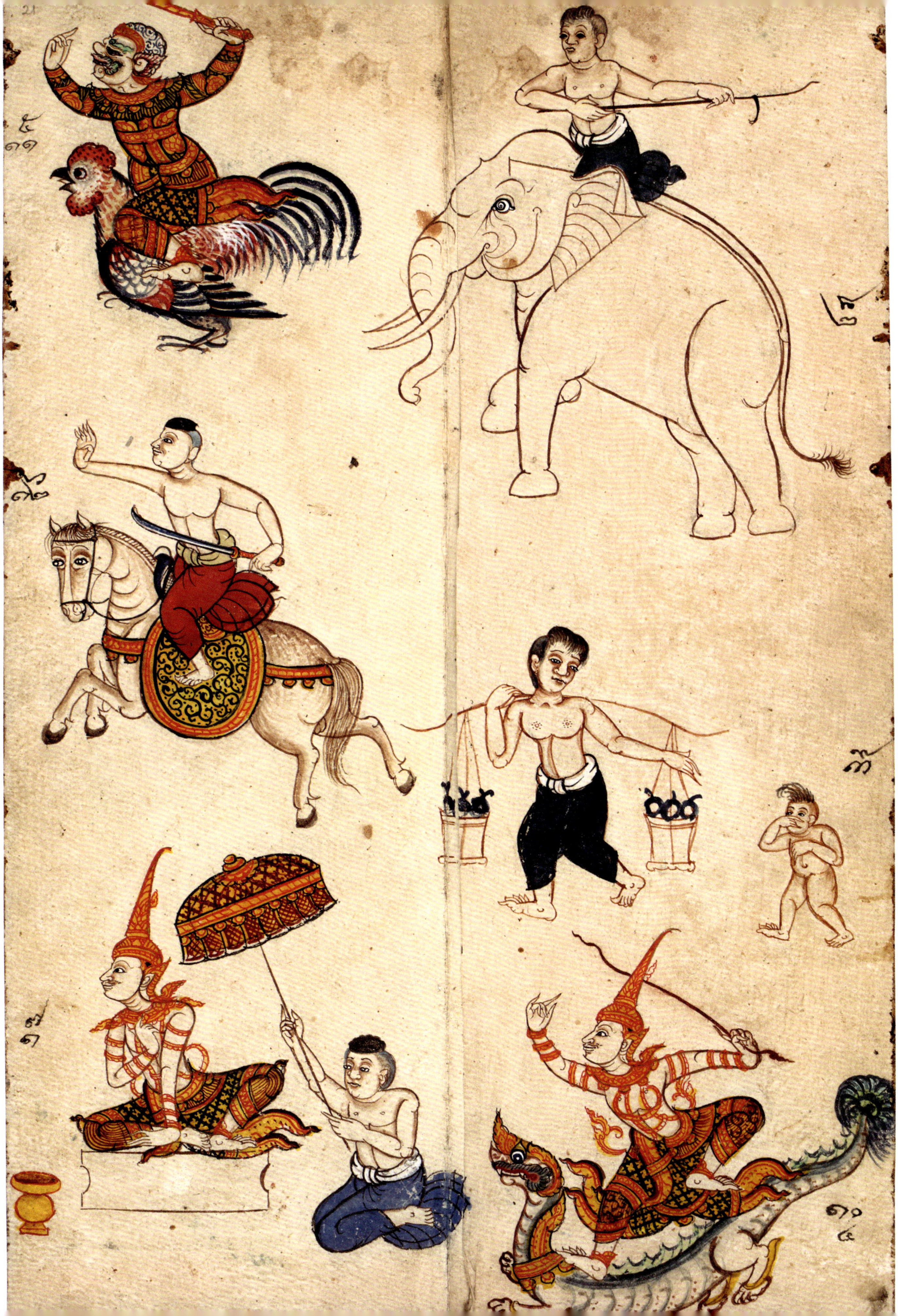

拨开迷雾看未来

占卜课开始不久，霍格沃茨的学生就要学习使用水晶球占卜。正如特里劳尼教授所说，"水晶球占卜是一门极其高深的学问"。这也是她的许多学生难以掌握的艺术。哈利"感觉这么做很傻。他茫然地盯着水晶球"，而罗恩甚至开始胡诌。水晶球占卜术起源于中世纪，但是图中这只硕大的水晶球是典型的十九至二十世纪用于占卜的球体。它坐落在一个精美的支架上，支架由三只鹰头马身有翼兽的底座和一根埃及风格的柱子组成。

▷ 水晶球及其支架
由巫术与魔法博物馆（博斯卡斯尔）提供

气味奈莉的水晶球

在霍格沃茨的第三学年，罗恩、赫敏和哈利选择学习占卜学。占卜课的场地是一间香气浓烈的教室，充满了"让人恶心的香味"。"气味奈莉"是二十世纪居住在英国佩恩顿市的女巫，也是图中这只黑色水晶球的拥有者。她喜欢浓烈的香味。一位曾经亲眼见到她使用这只水晶球的人描述说："从下风向一英里外就能闻到她的香味。"气味奈莉认为这样的香气能够吸引灵魂，而灵魂能够帮助她占卜未来。这只黑色的水晶球又名月亮水晶球，必须在夜间使用，这样预言家才能解读月亮在玻璃里的倒影。

◁ 黑色月亮水晶球
由巫术与魔法博物馆（博斯卡斯尔）提供

"我并不指望各位第一次凝视那无限深邃的灵球时就能看到什么。我们将首先练习放松意识和外眼……也许，幸运的话，有些同学能在下课之前看到什么。"

特里劳尼教授，《哈利·波特与阿兹卡班囚徒》

水晶球观察实用指南

十九世纪晚期，人们对水晶球占卜的兴趣与日俱增。因此，千里眼约翰·梅尔维尔编写了这本颇受欢迎的指南，帮助那些在这门古老艺术中挣扎的人。梅尔维尔建议人们服用"艾蒿……或菊苣草的泡剂"，"如果在月亮升起时偶尔服用……（将会）帮助实验者的身体达到最为理想的状态"。然而，记载并未说明梅尔维尔的指导对于那些没有第二视觉天赋的人到底有多大帮助。

◁《水晶球观察与千里眼奇迹——古老科学之艺术、历史与哲学实用指南》（第二版），约翰·梅尔维尔著（1910年，伦敦）
由大英图书馆提供

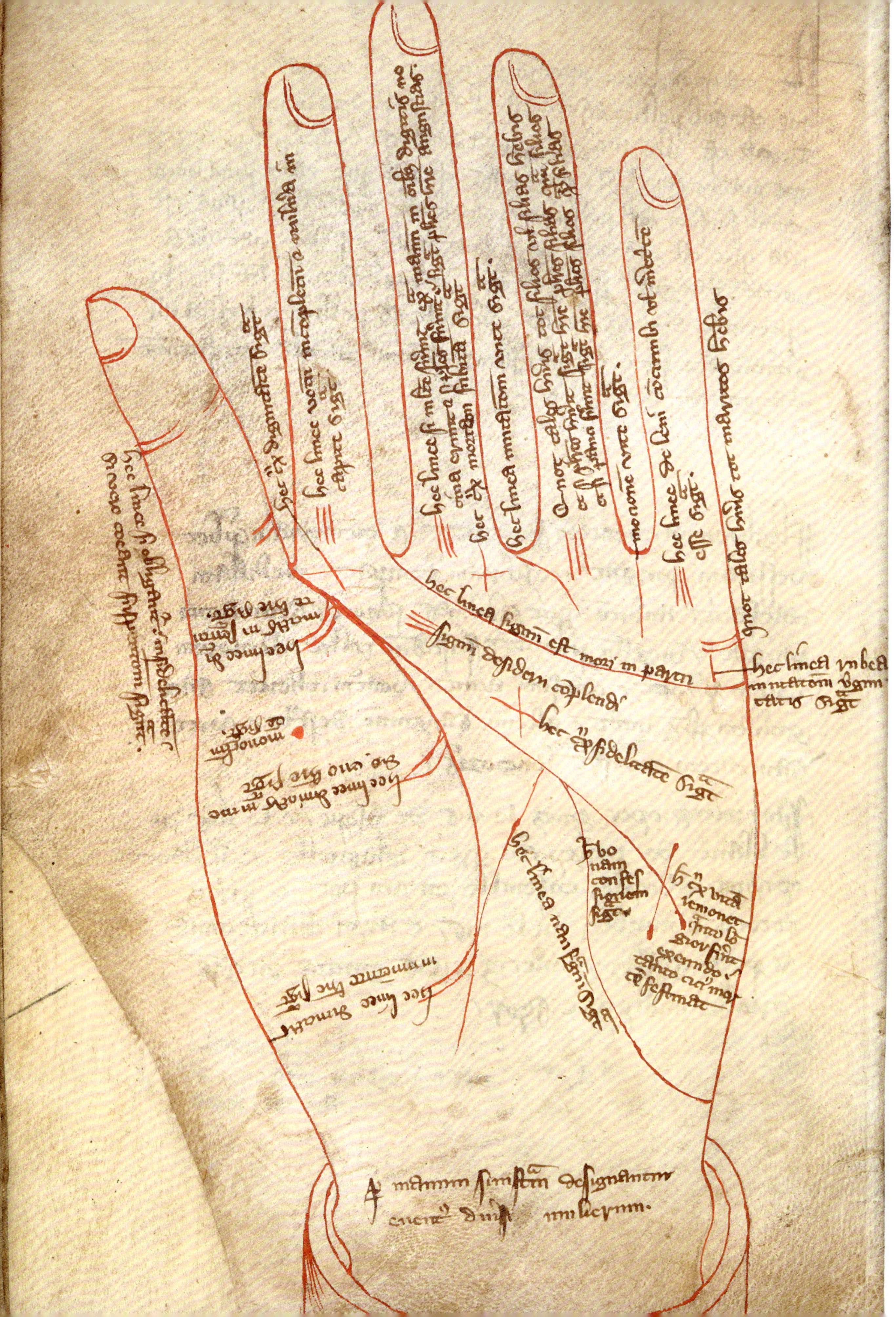
signum desiderium complendi

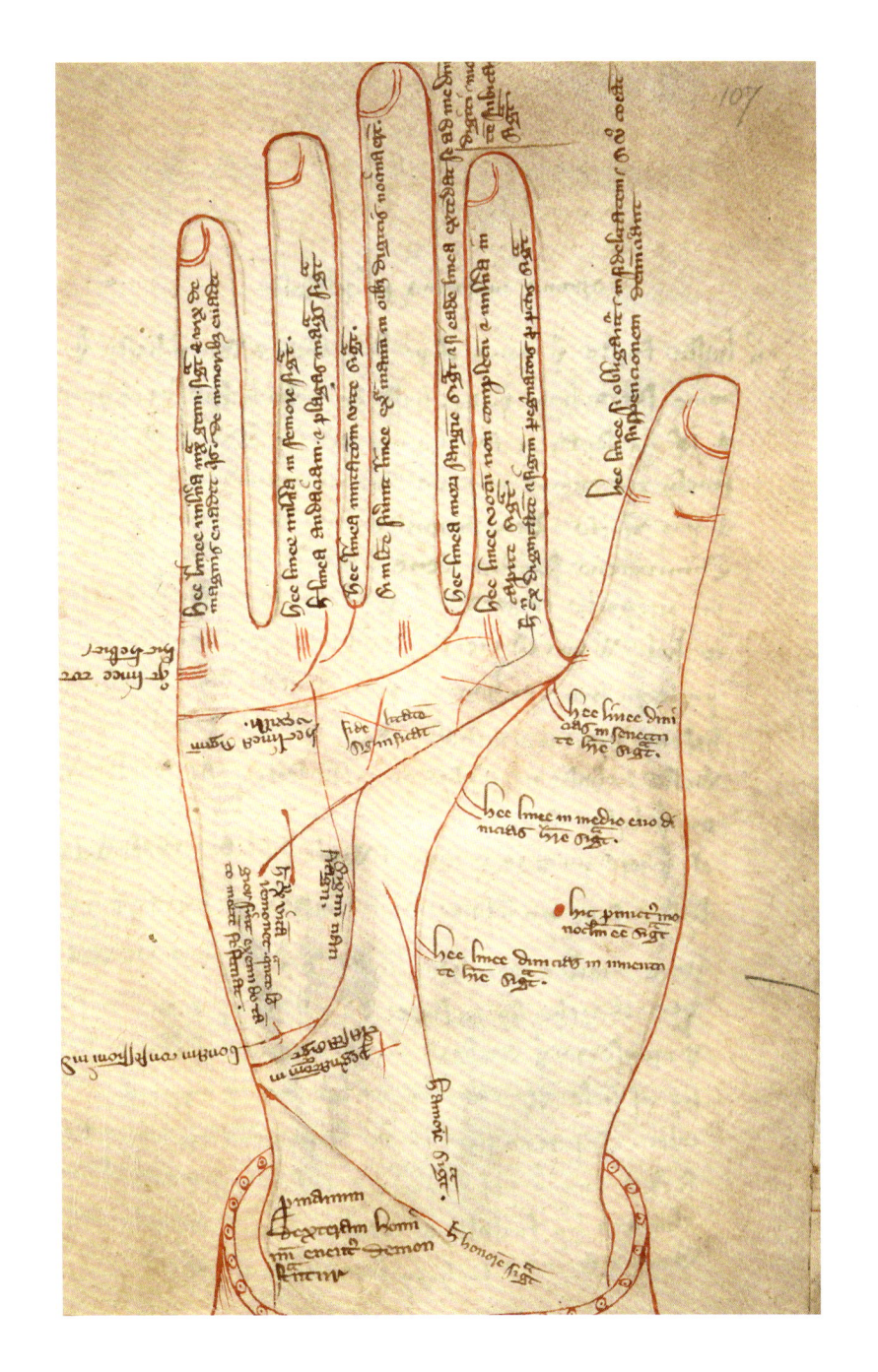

解读手相

手相学，又称掌相学，是通过手掌的形状和纹路预测未来的占卜方法。这份中世纪手稿里包含着与手相算命相关的各种预言与论述。每只手上都有三条自然线，形成一个"三角形"。这两幅示意图分别展示了右手和左手，上面各绘有三条自然线和其他次要的掌纹。穿过右手手掌的一条竖线边写着："这条线代表爱情。"另一条穿过食指与中指之间的竖线就没有那么幸运的含义了："这条线代表了血腥的死亡，如果它延展到手指中部，就代表猝死。"

◁ 算命手稿里的手相解读图
（十四世纪，英格兰）
由大英图书馆提供

新学期的第一节占卜课就没劲多了，特里劳尼教授现在教他们看手相了。她一逮着机会就告诉哈利，他的生命线是她见过的最短的。

《哈利·波特与阿兹卡班囚徒》

手相学手模

　　这只陶瓷的手相学手模曾经被用作占卜教学。它展示了手掌和手腕上各种各样的纹路和掌丘，并标注了其中一些重要含义。这样的手模最早于十九世纪八十年代在英国制造。那时，手相学日益流行。这要归功于著名的占星家威廉·约翰·华纳，他又被称为"手神"或是"路易斯·哈蒙伯爵"。哈利·波特的手相学成绩并不理想。在五年级考试期间，他弄混了考官手掌上的"生命线和智慧线"，并且"说她应该死于上个星期二"。

▽ 手相学手模
由巫术与魔法博物馆
（博斯卡斯尔）提供

> "我们喜欢这只手相学手模的实用性。受到阿拉伯文化的影响，掌相学最早于十二世纪开始在西欧流行起来。"
>
> 亚历山大·洛克
> 策展人

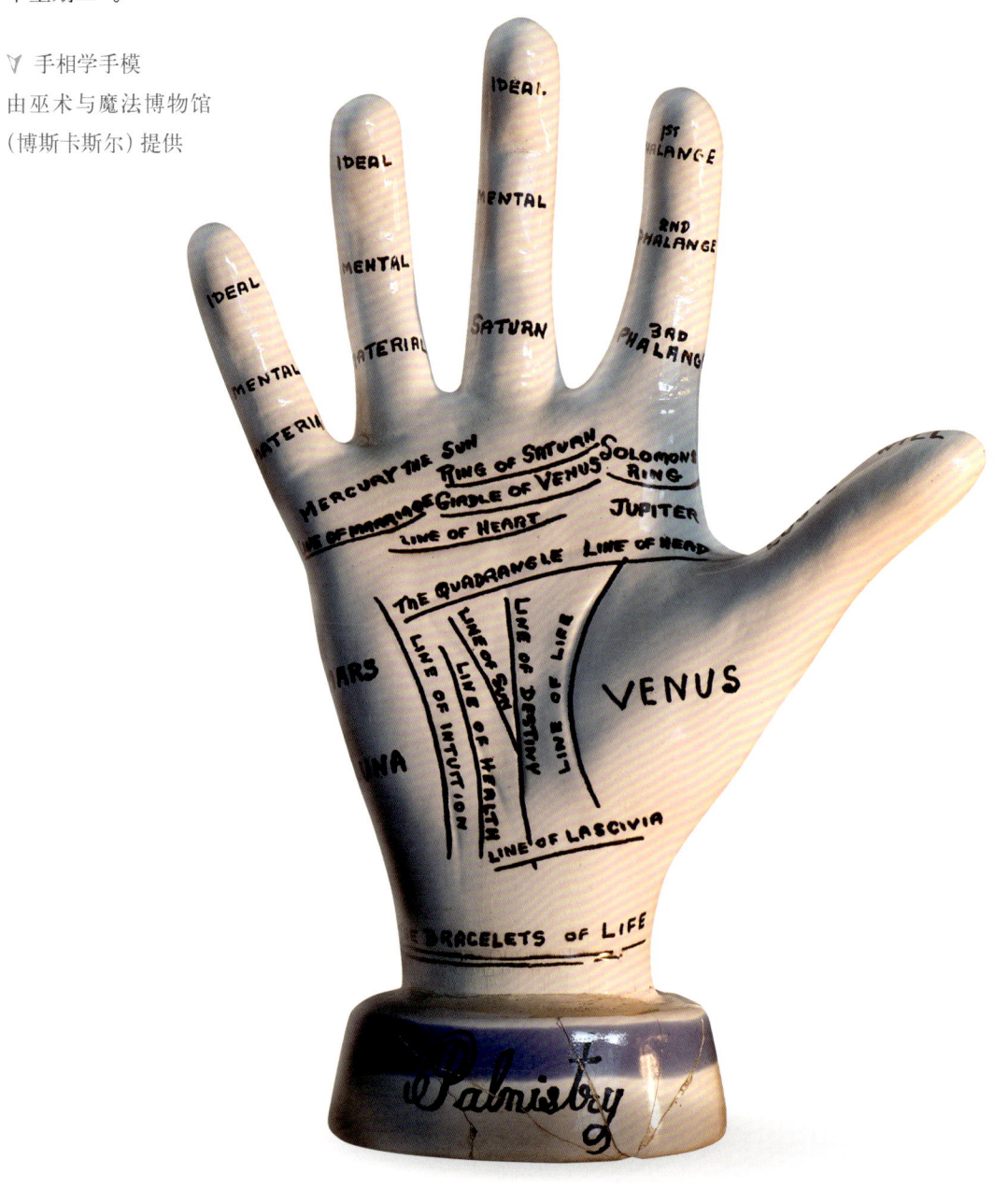

《埃及老算命先生的最后遗产》

这本引人入胜的小册子探索了埃及的神秘之处，或者说，利用了这种神秘。它号称是一本收集了埃及占卜方法的小书，实际却是在十八世纪由一位匿名的英国作家编纂的。《埃及老算命先生的最后遗产》印刷廉价，卖给中下阶级的读者。除了手相学之外，它还解释了如何通过用针扎一个图案来决定与谁结婚，以及如何通过解析脸上和身上的痣占卜未来。这本书还认为，皱纹的位置和数量也蕴含着关于未来的秘密。

▽《埃及老算命先生的最后遗产》（1775年，伦敦）由大英图书馆提供

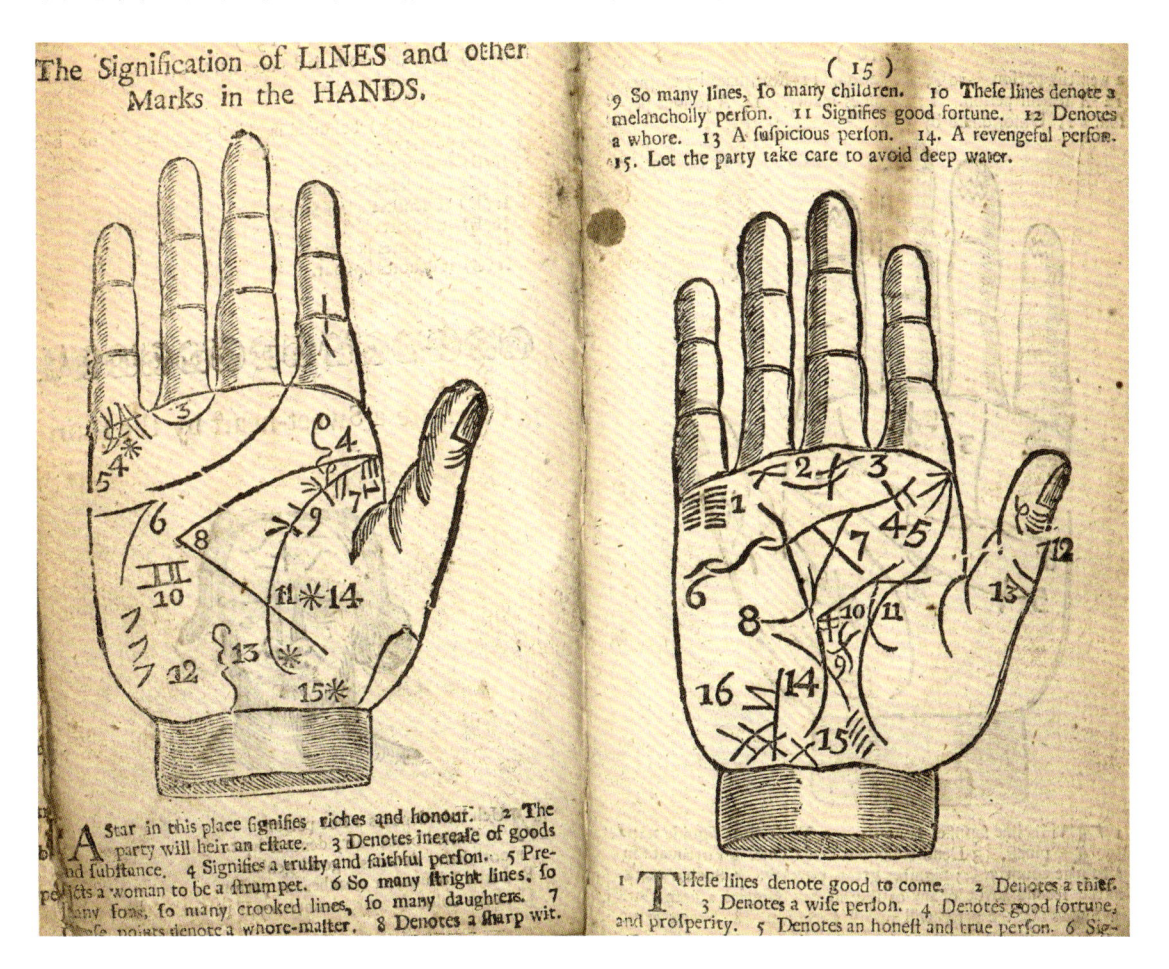

> "给，"经理爬上楼梯，取下一本黑封面的大厚书，"《拨开迷雾看未来》。教你学会所有最基本的占卜方法——看手相、水晶球、鸟类内脏……"
>
> 《哈利·波特与阿兹卡班囚徒》

算命的茶杯

茶叶占卜术（Tasseography）一词由法语词汇"tasse"（意思是"杯子"）和希腊语词汇"graph"（意思是"文字"）组成，是一种通过解读杯子里的残渣——通常是留下的茶叶渣——预测未来的占卜方式。关于茶叶占卜，欧洲最早的记录出现于十七世纪。那时，茶叶刚刚由中国引进欧洲。杯子里茶叶的位置和形状有着不同的象征意义。这只粉色的占卜茶杯由斯塔福德郡的骨瓷制造商帕拉贡于二十世纪三十年代制造。它的内侧绘有帮助解读茶叶的符号，边沿上还印着一句铭文："吃茶之清香，观命之奇象。"

◁ 算命的茶杯和茶托，帕拉贡制造
（约1932年—1939年，特伦河畔斯托克）▽
由巫术与魔法博物馆（博斯卡斯尔）提供

> 圆形墙壁上一溜儿摆着许多架子，上面挤满了脏兮兮的羽毛笔、蜡烛头、许多破破烂烂的扑克牌、数不清的银光闪闪的水晶球和一大堆茶杯。
>
> 《哈利·波特与阿兹卡班囚徒》

苏格兰占卜手册

这本详尽的茶叶占卜手册由一位不知名的作者编写，封面上的署名是"高地预言家"。它不仅指导了读者如何解读茶叶留下的不同形状，还描述了理想的茶杯大小和形状，以及应该使用的茶叶品种。

➤ 《茶杯解读：如何看茶叶算命》，高地预言家著（约1920年，多伦多）由大英图书馆提供

"这本书里说，符号出现在茶杯里的位置也有含义。作者告诉我们，图案离茶杯的把手越近，预测的事情就会越快发生。"

塔妮亚·科克
策展人

解读茶叶

这本薄薄的茶叶占卜小册子将茶叶占卜的最早时间追溯至公元前229年。那年，有一位中国公主拒绝相信占星术的预言，转而采纳了新的茶叶占卜术。这种占卜方法由一位书生提出，使用在中国颇受欢迎的茶叶，获得的预言非常准确。公主因此为"那位幸运的茶杯解读者加授了尊贵的官职"。这本小册子的大部分内容都是实用的指导，告诉读者怎么解读茶杯底部的茶叶所形成的各种不同形状。许多预言都非常笼统，可有的预言又具体得很奇怪。比如44号图案表示"你会对海军感兴趣"。想要理解这本书却又不得其法的读者可能会对哈利·波特感同身受，他也只能看到"一堆湿乎乎的咖啡色的东西"。

◁《通过茶叶看未来》，曼德拉译自中文资料（约1925年，史丹佛）▷
由大英图书馆提供

♣ "这本书里描绘的一些形状极其难以分辨。比如，38号图案和42号图案相似得令人迷惑，可是前者意味着'你会遇见一个陌生人'，而后者意味着'你会树敌'。"

塔妮亚·科克
策展人

"……喝到只剩下茶叶渣。用左手把茶叶渣在杯子里晃荡三下，再把杯子倒扣在托盘上，等最后一滴茶水都渗出来后，就把杯子递给你的搭档去解读。"

特里劳尼教授，《哈利·波特与阿兹卡班囚徒》

II

41. You will have a large family.

42. You will make an enemy.

43. If you ask a favour now it will be granted.

44. You will be interested in the Navy.

45. You will be prosperous and happy.

46. You have found a new love.

47. You will have bad news.

48. You will attend a wedding.

49. You will make a good bargain.

50. You will meet your beloved soon.

A

第七章

黑魔法防御术

黑魔法防御术

理查德·科尔斯牧师

理查德·科尔斯牧师是英格兰教会的牧师，也是北安普敦郡法恩登镇的教区牧师。他的两位祖先也曾于十七世纪在那里担任过教区牧师（第二位由于恶性肿瘤而隐退）。他还同时从事广播行业，目前是英国广播公司第四电台周六直播的联合主持人。他经常出现在电视上，著有《深不可测的财富》和《收禾捆回家》。在二十世纪八十年代，理查德与吉米·萨默维尔共同成立了知名乐队"公社成员"。

小时候，我的祖父母在诺福克郡有一所度假屋。这座房子建于两百年前，将两间狭小的平房合二为一，旁边就是古罗马公路的佩达斯路段。我的祖父喜欢吓唬我们说，在月圆之日的午夜时分，你可以听到古罗马军团结束了与爱西尼女王布狄卡的战斗，行军途经此地，迈着幽灵般沉闷的脚步。如果你听得仔细，甚至可以听到一深一浅的步伐，那是一条腿的士兵走过的声音。固定在布狄卡女王战车车轮上的旋转刀片夺走了他们的另一条腿。

我们后来发现，我的祖父并不是村子里唯一对超自然现象很敏感的居民。翻新小屋的时候，我们在墙里找到了一个用灰泥嵌着的巫师瓶。根据祖父的说法，这件粗制滥造的物品里装着蝙蝠的骨头和龙的牙齿，摇晃时会当啷作响。我不确定瓶子里是不是真的装着这些东西，但是我从来没有听到过那些独腿的古罗马军团士兵一瘸一拐的行军声。所以我猜想，它至少对古罗马人的幽灵产生了有效的威慑。后来我发现，这样的瓶子在东安格利亚的房子里很常见，或是嵌在墙壁里，或是放在门槛下，用来驱逐巫师和他们的魔法。这是一条古老的习俗，不大可能符合现代建筑法规的要求。但是，我们现在仍然可以看到门上钉着马蹄铁，给住在门里的人带来好运。

物產

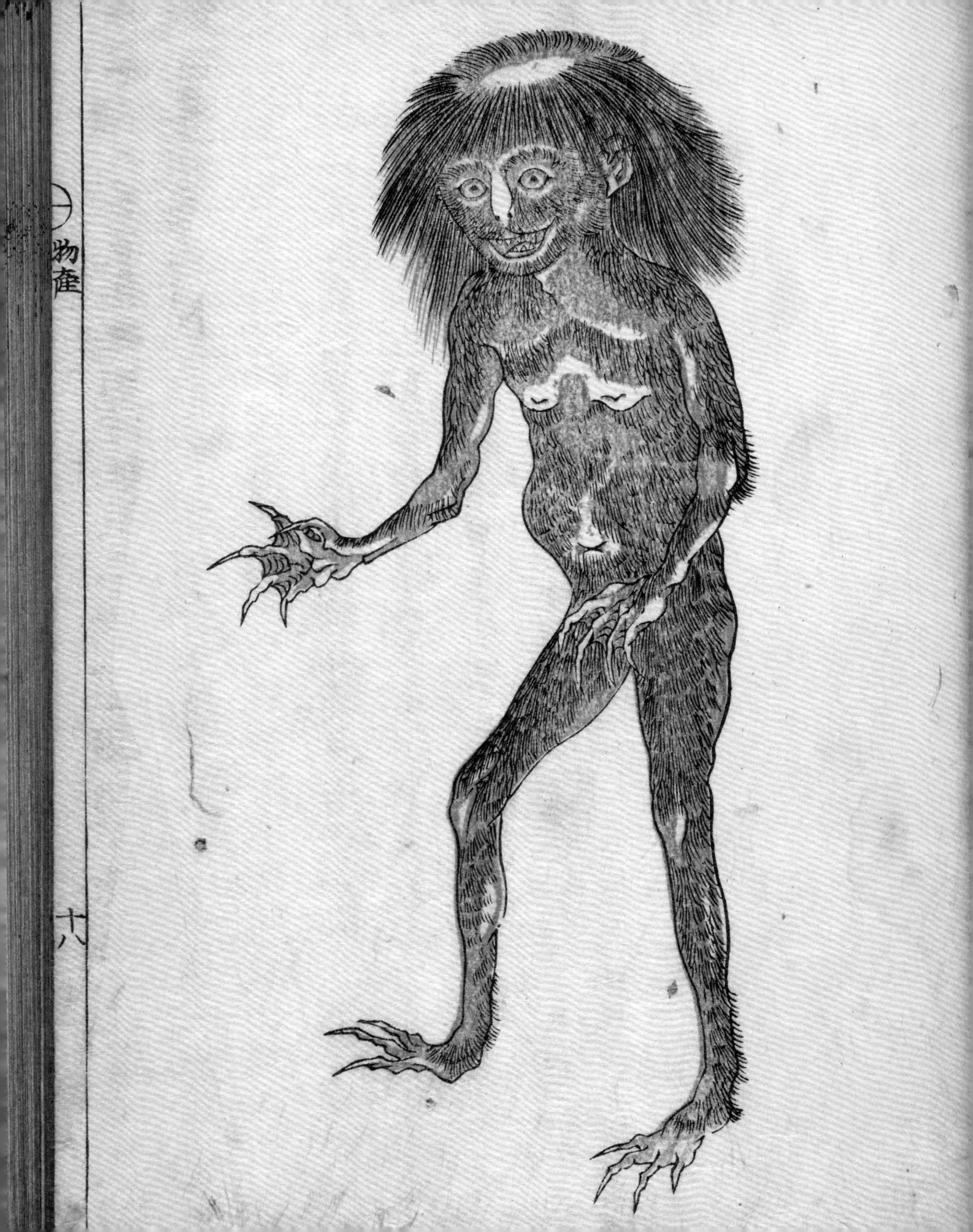

十八

对于许多教区牧师而言，保护民众和他们的住所免受黑魔法的侵害仍然是日常工作的一部分。我曾经在林肯郡乡村的一座著名的中世纪教堂担任助理牧师，那里经常有游客来访。这些访客喜欢将瓶子装满洗礼盆里的水，带回家里作为护佑。他们还会在我们的商店里购买圣母玛利亚的冰箱贴，并请求神职人员为其祝祷。我猜想这些都是他们的护身符，希望在旅途中能够得到圣母持续的保护，尽管严格来说，这并不是我们原先设想的本职工作。

我们也时不时收到居民的请求，前往他们觉得受到了恶灵侵占或影响的房子。他们所描述的情景往往让人觉得似曾相识，可以从某部电影或电视剧中找到原型。我从没听说哪个人遇见过蛇怪或卡巴，但是曾经有人向我描述自己的遭遇，听起来很像摄魂怪在四处横行。这是因为我们会使用已有的经验来加工那些神秘诡异、令人焦虑的经历。同样，我也会利用现有的资源来缓解他们的恐惧，比如圣水、十字架，或是《圣经》赞美诗的印刷本（本次展览中的埃塞俄比亚卷轴也有着相似的功能）。大部分时候，我都能解决问题，只有一次没有成功。那次我收到请求，前往一位十几岁的男孩所居住的公寓。我带着工具赶到的时候，他和他的父母站在门外，因为害怕里面的某样东西，甚至不愿意跨过门槛。我独自走了进去，看到的正是意料之中又脏又乱的场景，满满的烟灰缸、空空的比萨盒……直到我打开厨房的门。我现在还能回忆起当时的震惊，因为我看到厨房里干净如新，闪闪发光，而抽屉和橱柜里所有的东西都以复杂的图案排列在地板和柜台上。在那个瞬间，我感受到了强烈的恐惧和刻骨的寒意——都是很典型的症状。但是我并没有发现什么超自然的现象。我想，令我感到不安的原因是：这些图案想要给我传递一些信息，内容至关重要，但是我却无法理解。

神秘奇诡的符号、未能解出的谜题、一知半解的咒语——如果可以向霍格沃茨的教职工求助，或许会得到答案。实际上，英格兰教会的每个教区都有自己的驱魔法师。这些人其实就是教会的傲罗，人们常常称他们为"拯救牧师"（Ministers of Deliverance）；很不幸，我觉得这个词听起来像是骑着小摩托车给你送外卖的家伙。他们是现实里的卢平教授，专门为受到黑暗行径困扰的人解决麻烦，经验十分丰富。我也认识一两位拯救牧师，他们并不天马行空，也不自我吹嘘。他们会自己解决一些问题，也会把许多困难的案例转交给相关的专业治疗人员。我曾经从他们那里听说过：烟灰缸在无人触碰的情况下自己横穿房间，一只看不见的手对人又捶又捏，小孩子难以解释地认出了去世多年的亲戚——这些都不是炉边故事，而是真实事件。

  这些事情的背后到底发生了什么？我也不知道。但是，我会在人们感觉恐惧和焦虑的地方留下一个十字架、一份印刷的祷文，或是洒下几滴圣水，而且并不因此感到尴尬。我的心态的不同之处在于：我没有把它们当作幸运符咒或是对黑魔头的魔法防护，而是将它们看作信物，代表已经赢得的胜利。因为善意永远会立于不败之地。尽管这个世界有时会让我们感到黑暗和恐怖，但我们都是光明的孩子。

理查德·科尔斯牧师

文章 © 理查德·科尔斯牧师 2017年

神秘的男人

这幅画像上的男人是卢平教授，哈利·波特的黑魔法防御术课教师。莱姆斯·卢平的教学生涯仅限于哈利在霍格沃茨的第三学年。在斯内普将卢平"毛茸茸的小问题"告知学生家长后，卢平辞职了。我们都知道，卢平是一个狼人。卢平的课程指导了学生如何应对变形的博格特和邪恶的格林迪洛，也正是他教导哈利第一次施放出了守护神。在这幅画像中，卢平站着，双手插在口袋里，目光回避着读者。眼睛下面的黑眼圈和灰白的头发或许让他看起来比实际年龄更老。卢平教授站在他的办公室里，身后的书柜上摆满了瓶子、书籍和骨头。书架上挂着的海报里有一轮满月，那是他最害怕的事物。

> "灰阶的着色为这幅迷人的画面增添了一种庄严的气氛。尽管卢平一直经受着巫师界的迫害，但他也是哈利与他已故的父亲之间最为紧密的纽带之一。"
>
> 乔安娜·诺丽奇
> 策展人

A 莱姆斯·卢平教授画像，吉姆·凯绘
由布鲁姆斯伯里出版社提供

> 他把灰白的头发从眼前捋开，沉思片刻，说道："所有的事情都是从这里——我变成狼人开始的。如果我没有被咬，这些事都不会发生……如果我不是那么鲁莽……"
>
> 《哈利·波特与阿兹卡班囚徒》

他们三人站在那里，对小小的毯子注视了足有一分钟。海格的肩膀在抖动，麦格教授拼命眨眼，邓布利多一向炯炯有神的眼睛也暗淡无光了。

《哈利·波特与魔法石》

哈利到达女贞路

这幅由J.K.罗琳绘制的原版插画描绘了哈利·波特被送到德思礼家的那个黑夜。邓布利多用他的熄灯器熄灭了街灯，因此女贞路隐于黑暗之中，只有月亮和星星照射着路面。还戴着摩托护目镜的巨人海格俯下身来，把小婴儿哈利·波特抱给邓布利多和麦格教授看。哈利是这幅图的焦点，他包裹在白色的毛毯里，像月亮一样闪闪发光。大家都在凝视着这个婴儿。邓布利多的额头挤出了担忧的皱纹。麦格紧紧地交叉着双手，头发向后挽成简单的发髻。这个安静而黑暗的时刻是哈利的故事的开始，他刚刚从与伏地魔的第一次正面遭遇中死里逃生。

➤ 哈利·波特、邓布利多、麦格和海格插画，J.K.罗琳绘
由J.K.罗琳提供

"用餐吧，纳吉尼。"伏地魔轻声说，巨蛇晃晃悠悠地离开了他的肩头，慢慢爬向光滑的木头桌面。

《哈利·波特与死亡圣器》

驯蛇人

这幅"巫师"驯蛇的形象来自一本图文并茂的动物寓言集。旁边的文字描述了几种神话中的蛇，包括角蝰（一种有角的巨蛇）和西塔利斯（一种背上有着奇特花纹的生物）。接着，这段文字重点介绍了埃莫里斯血蛇，也是一种毒角蝰。它之所以被称为血蛇，是因为被它咬伤会导致灾难性的大出血，令被咬的人失血致死。幸运的是，这份手稿确实说明了一种方法，能够避免这种可怕的死亡。如果要困住血蛇，需要一位巫师在它的洞穴里对它唱歌，哄它入睡。一旦巨蛇陷入沉睡，驯蛇人就可以不受限制地取下长在巨蛇前额的宝石。失去了这块宝石，血蛇就会变得毫无威力。

◁ 动物寓言集里的驯蛇人形象
（十三世纪，英格兰）
由大英图书馆提供

"厚厚的金箔让这本动物寓言集的书页沐浴在金光之中。这份手稿里还有其余八十幅插图，描绘了各种各样或是真实或是虚构的生物，比如凤凰、独角兽和马人。"

朱利安·哈里森
首席策展人

蛇形魔杖

从古至今，人们一直将蛇看作具有显著象征意义的魔法生物。正是因为蛇拥有蜕皮和换皮的能力，人们才会把它们与复兴、重生和治愈联系起来。在许多文化里，蛇既代表着善良，又代表着邪恶，这种双重身份是它们与魔法产生联系的基础。正如邓布利多教授在"哈利·波特"系列里所说的那样，任何与蛇相关的人"据说（都）跟黑魔法有关，不过我们知道，在伟大和善良的巫师中间也有蛇佬腔"。这根细长的蛇形魔杖是引导魔法力量的工具。它有着深邃的颜色和蛇形的轮廓，让人不禁怀疑它曾经的用途到底是善良的还是邪恶的。

◁ 蛇形魔杖
由巫术与魔法博物馆（博斯卡斯尔）提供

蛇纹拐杖

这根魔法拐杖是用在泥炭沼泽里埋了几个世纪的木材雕刻而成的，这种木材又被称为沼泽栎木。泥炭里低氧、酸性的环境和特有的单宁酸养护着木材，在这个过程中木材逐渐变硬变黑。新异教徒史蒂芬·霍布斯雕刻了这根拐杖，并于二十世纪晚期将它送给了一位威卡教祭司斯图尔特·法拉。这根拐杖由蛇纹装饰，以增强它的法力。蛇不仅代表着变化、复兴和变形的能力，它们盘绕起来的身体也象征着光明与黑暗、生命与死亡、理性与激情、治愈与毒害、保护与破坏的双重循环。

▷ 蛇纹拐杖
由巫术与魔法博物馆（博斯卡斯尔）提供

有蛇出没！

阿尔伯特斯·塞巴是荷兰的一名传统药剂师和收藏家，居住在阿姆斯特丹。在这座海上贸易中心，塞巴向俄国沙皇彼得大帝提供药品。他也为阿姆斯特丹港口的船只提供医疗药物，并经常使用这些药物换取异国的动物标本。1717年，塞巴向沙皇出售了他的第一套藏品，里面有蛇、鸟和蜥蜴。自此，他又开始了第二轮更为丰富的收藏，并将它们存放在自己的家里。1731年，他开始委托一些画家为每件物品绘制精巧细致的画作。这是一项浩大的工程，直到塞巴去世三十年之后才得以完成。塞巴收集的许多标本被用于医学研究。他本人对蛇也有着浓厚的兴趣，认为它们拥有药用潜力，能够拯救生命。因此，他的藏品中有许多巨蛇，比如这条原产于东南亚的网纹蟒。

▽《物理宇宙史极珍奇之自然藏品及极艺术之神秘藏品精绘图鉴》（又名《阿尔伯特斯·塞巴的珍奇柜》）全四卷，阿尔伯特斯·塞巴著（1734年—1765年，阿姆斯特丹）
由大英图书馆提供

当心狼人

约翰·盖勒·冯·凯撒伯格是一位神学家,曾经在法国的斯特拉斯堡大教堂布道。1508年,他为大斋期进行了一系列布道。这些布道被抄录下来,并配上了木刻插图。在盖勒去世后,这本布道集出版为《蚁群》一书。在大斋期的第三个星期日(又称"Oculi"),盖勒发表了一场关于狼人的布道。斯内普教授或许不想"揣摩狼人的心理",但是盖勒列出了这种猛兽可能发动攻击的七个原因。他还提出,狼人的年龄和吃人肉的经历都会影响狼人咬人的可能性。

> 《蚁群》,约翰·盖勒·冯·凯撒伯格著(1516年,斯特拉斯堡)
> 由大英图书馆提供

> "如果盖勒是校长,他绝不会允许像卢平教授这样的狼人靠近霍格沃茨魔法学校。根据他的布道内容,狼人是危险的猛兽,特别喜欢吃小孩。"
> 亚历山大·洛克
> 策展人

一阵可怕的咆哮声,卢平的脑袋在拉长,身体也变长了。他的肩部弓起,脸上和手上都长出毛来,手指弯成了尖爪。

《哈利·波特与阿兹卡班囚徒》

"你们这类人？"

"是的……我们这类人。我们正在消失。我们现在全都躲起来了。但是我不能告诉你太多关于我们的细节。不能让麻瓜知道我们的事情。不过现在事情有点失控了，你们麻瓜也被卷了进来——比如，那些火车上的人——他们不该受到那样的伤害。所以邓布利多派我来，他说现在这也是你的事。"

"你是来告诉我这些房子正在消失的原因？"福吉问，"还有这些人被杀害的原因？"

"啊，至少现在我们还不确定他们被杀害了，"巨人说道，"他只是把他们带走了。他需要他们，明白吗？他选的都是最好的人。德达洛·迪歌、艾西·伯恩斯、安格斯和艾佩斯·麦金农……对，他希望他们为他效力。"

"你说的是这个红眼小……"

"嘘！"巨人嘘声道，"别这么大声！按照我们对他的了解，他可能就在这里！"

福吉战栗颤抖着，惊慌失措地看向周围。"他……他会在吗？"

"没事，我不觉得有人跟着我。"巨人粗声低语道。

"可是，这个人是谁？他是什么人？也是……嗯……你们这类人吗？"

巨人吸了吸鼻子。

"曾经是吧，我想。"他说，"可是现在，我觉得已经说不清他是什么东西了。他不是人类。~~他也不是动物，至少不完全是。~~我倒希望他是。如果他在某种程度上还算是人类，就能被杀死了。"

"他不能被杀死？"福吉惊恐地低声问道。

"嗯，我们觉得不能。不过邓布利多正在想办法。必须有人阻止他，明白吗？"

"那是当然，"福吉说，"我们不能让这种事情继续下去……"

"这还不算什么，"巨人说，"他才刚开始。一旦他掌权，召集了跟随者，就没有人安全了。甚至麻瓜也不能。虽然我听说他会让你们活着，做奴隶。"

福吉的眼睛因恐惧而突起。

~~"可是这个人……这个人是谁？"~~

"这个邦布利波……邓德尔波……"

"阿不思·邓布利多。"巨人严肃地说。

"对，对，是他……你说他有计划了？"

"哦，没错。所以还不至于绝望。想想吧，邓布利多是唯一一个他还害怕的人。不过他需要你的帮助，我是来找你帮忙的。"

红眼矮人

这些用打字机敲出来的书页是《哈利·波特与魔法石》早期草稿的一部分。这个情节描写的是海格来到麻瓜部长福吉的办公室，提醒他神秘人的事（即便在这份早期草稿里，海格也不愿意说出那个名字）。福吉转而提醒公众提防海格口中的这个"红眼矮人"。最终版里，伏地魔的形象仍然保留了红眼睛的设定。不过，这个角色慢慢才发展成出版的故事里我们所熟悉的那个恐怖形象。这个情节让人联想到《哈利·波特与"混血王子"》第一章里康奈利·福吉拜访麻瓜首相的场景。正如J.K.罗琳所说，"我经常截取前面的想法，放到后面的书里。绝不浪费任何好的情节！"

"噢，天呐。"福吉屏息说道，"关键是，我本来计划早点退休。事实上，我准备明天就退休。我和我妻子想搬到葡萄牙去。我们在那里有栋别墅……"

巨人向前倾了身子，瞪着闪闪发亮的眼睛，浓密的眉毛沉了下来。

"福吉，如果他不被阻止，你在葡萄牙也不会安全的。"

"真的吗？"福吉支支吾吾地说，"哦，那好吧……邓布利希先生想要什么呢？"

"邓布利多。"巨人说，"三件事。第一，你需要在电视、广播和报纸上发布一条信息，提醒大家不要给他报信。因为他就是这样找到我们的，明白吗？他需要别人的信息，靠着背叛过活。我不怪麻瓜，说心里话，他们也不了解这么做的后果。"

"第二，~~你需要确保~~你不能告诉任何人我们的事情。如果邓布利多除掉了他，你必须发誓不对外传播你知道的事情，我们的事情。我们想保持低调，明白吗？不要改变现状。"

"还有第三，我走之前你要给我点喝的。回去可是漫漫长路。"

在乱蓬蓬的胡子后面，巨人的脸上露出了笑容。

"哦……好的，当然。"福吉颤颤巍巍地说，"请自便……那上面有白兰地……还有——虽然我觉得这事儿不会发生——我的意思是，我是个麻多……麻夫……不对，麻瓜……但是如果这个人——这个东西——来找我……？"

"你会死。"巨人拿着一大杯白兰地毫无情绪地说道，"如果他发起攻击，没有人能生还，从来没有过幸存者。不过就像你说的，你是个麻瓜。他对你没有兴趣。"

巨人喝光了玻璃杯里的酒，站了起来。他拔出一把雨伞，是粉色的，上面点缀着小花。

"那么，我走了。"他说。

"还有一件事。"福吉好奇地看着巨人打开那把雨伞，说道，"这个……人……的名字是什么？"

巨人看起来突然有些害怕。

"不能告诉你。"他说，"我们从来不说他的名字。从来不。"

他把粉色的雨伞举过头顶，福吉眨了一下眼睛——巨人就消失了。

福吉当然怀疑自己是不是疯了。他认真地考虑了一下，觉得巨人可能只是幻觉。可是巨人喝过的白兰地的玻璃杯足够真实，还好好地留在他的书桌上。

第二天，福吉也不让他的秘书拿走这个杯子。他知道自己该做什么，而这杯子让他相信自己没有精神错乱。他给他认识的所有新闻记者和电视台打了话，挑了自己最喜欢的领带，开了新闻发布会。他告诉全世界有个~~发狂的~~疯奇怪的小矮人在四处出没。小矮人长着红色的眼睛。他告诉大家必须小心谨，不要告诉这个小矮人任何人的住址。他发布完这条奇怪的消息，问道："有要问问题吗？"然而，房间里极其沉寂。显然，他们都觉得他不太正常。福回到他的办公室坐下，盯着巨人留下的空白兰地杯子。~~他的职业生涯到头子了。~~

他最不想看到的人就是弗农·德思礼。德思礼肯定会幸灾乐祸。他会高兴数着离自己成为首相还有多少天，毕竟现在的福吉显然比一袋咸花生还要疯癫[①]。

然而还有个意外等着福吉。德思礼轻轻地敲门，走进他的办公室，坐在他面，断然说道："他们中有人来拜访过你，对吗？"

~~"他们中"~~福吉惊奇地看着德思礼。

"你……知道？"

"是的。"德思礼愤恨地说，"我一开始就知道。我……碰巧知道有那样的。当然，我对谁也没说过。"

    * * * * *

大部分大

~~也许大们曾经~~大部分人曾经认为福吉

不管是不是所有人都觉得福吉变得很奇怪，事实是他似乎阻止了那些古怪事故。整整三周过去了，那个白兰地的空杯子还放在福吉桌上，作为他勇气来源。没有飞天的公交车，不列颠的房子都待在原地，火车也不再乱晃了。吉甚至没有告诉他的妻子那个拿着粉色雨伞的巨人的事情，他等待着，祈祷，睡觉时交叉着手指祈求好运。如果他们想办法解决了那个红眼矮人，邓布多会送消息来吧？又或许，这种可怕的寂静意味着那个矮人其实得到了他想的所有人，甚至正计划着出现在福吉的办公室，让他从这个世界消失，因为试图帮助另一边——不管他们是谁？

然后……在一个周二……

[①] 英文里坚果和疯癫都是"nut"（译者注）。

◣ "这个章节所描绘的关于魔法世界的许多细节在已出版的系列书籍里已经为人熟知，比如'麻瓜'的概念。不过，这些情节为哈利·波特的故事打造了一个与众不同的开始。"

乔安娜·诺丽奇
策展人

◁ 《哈利·波特与魔法石》
早期草稿 ▷
由 J.K. 罗琳提供

那天晚上晚一点的时候，所有人都回家了，德思礼溜进了福吉的办公室，带着一个婴儿提篮，放在了福吉的书桌上。

那个孩子睡着了。福吉紧张地注视着提篮。那个男孩的额头上有一道伤口，是一道形状很奇怪的伤口。看起来像一道闪电。

"这会留下一道疤吧，我猜。"福吉说。

"别管那该死的疤了，我们要把他怎么办？"德思礼问。

"把他怎么办？为什么这么问，你当然要把他带回家了。"福吉惊讶地说，"他是你的外甥。他的父母不在了。我们还能怎么做？我以为你不想让任何人知道你的亲戚跟这些奇怪的事情有关系。"

"把他带回家！"德思礼恐惧地说，"我的儿子迪兹伯里也这么大，我不希望他和这样的人有接触。"

"那好，德思礼，我们必须试着找到一个愿意收留他的人。当然，这样就很难阻止媒体知道这个故事。没有人在这样的消失里幸存过。会有很多感兴趣的……"

"好吧，"德思礼猛地说道，"那我收留他。"

他拿起婴儿提篮，迈着沉重的步子气呼呼地离开了房间。

福吉合上了他的公文包。也到了他回家的时间。他刚刚把手放在门把手上，就听见身后~~低沉~~的咳嗽声，吓得他用手捂住了心口。

"别伤害我！我是个麻瓜！我是个麻瓜！"

"我知道你是。"一个声音~~低沉~~低吼道。

是那个巨人。

"是你！"福吉说，"怎么了？哦，我的老天，别告诉我……"因为他看到那个巨人在哭，埋在一条脏兮兮的手帕里吸鼻子。

"都结束了。"巨人说。

"结束？"福吉虚弱地问，"没成功吗？他杀了邓德尔波？我们是不是都要变成奴隶了？"

"不，不是。"巨人啜泣着说道，"他走了。大家都回来了。迪歌、伯恩斯夫妇、麦金农夫妇……他们都回来了，安全地回来了。他抓走的人都回到了我们这边，而他自己消失了。"

"感谢老天！这是个大好的消息！你是说邓德邦布先生的计划成功了？"

"还没有机会去试。"巨人一边擦眼睛一边说。

哈利和蛇怪

　　这幅引人注目的插图描绘了《哈利·波特与密室》中的一个场景：萨拉查·斯莱特林留下的硕大蛇怪从哈利身边蜿蜒爬过。这头猛兽如此巨大，让人很难判断它的身体从哪里开始，又在哪里结束。它的鳞片颜色很深，让人感到压抑和恐惧。哈利的双手紧紧握着镶着红宝石的戈德里克·格兰芬多的宝剑，挥向蛇怪，定格在空中。宝剑闪着白光的剑尖与蛇怪锋利的牙齿相互对峙。福克斯刚刚用它的喙啄瞎了蛇怪的眼睛，现在这双可怕的黄眼睛正流着鲜血。这是一幅栩栩如生、惊险刺激的插图。

▽ 哈利·波特与蛇怪，
吉姆·凯绘
由布鲁姆斯伯里出版社提供

　　蛇怪的脑袋正在降落，它朝哈利转过脸，身体一圈圈地盘绕起来，啪啪地敲打着那些石柱。哈利可以看见它那两个巨大的、鲜血淋漓的眼窝，看见它的嘴巴张得很大很大，大得简直能把他整个吞下去，嘴里露出两排像他的银剑那么长的毒牙，薄薄的，闪着寒光，含着毒液……

《哈利·波特与密室》

巨蛇之王

这份意大利手稿里包含二百四十五幅不同动物的图画，由一位被称为伊多纽斯的人独立绘制。这些生物中有许多其实来源于神话传说，包括标枪蛇（一种会飞的巨蛇）、驴人（上半身是人，下半身是驴）和这里展示的蛇怪。图画旁边的描述则是基于两位古罗马博物学家克劳狄乌斯·埃里亚努斯和老普林尼的著作。根据埃里亚努斯的说法，蛇怪只有手掌那么宽，但是它可以用注视的目光瞬间杀死一个人。在非洲的传说里，这种生物会发出尖锐的啸叫声，吓走以骡子尸体为食的其他蛇类。

"普林尼记载说，尽管蛇怪只有十二英寸（约三十厘米）长，但是它的触碰和呼吸都足以致命。有趣的是，想要杀死蛇怪，可以利用鼬鼠的气味。如果把鼬鼠放在蛇怪的藏身之处，它们就能用自己的气味熏死蛇怪。"

朱利安·哈里森
首席策展人

A 《动物志》中的蛇怪（1595年，意大利）
由大英图书馆提供

蛇怪概论

这本简短的概论只有三页，一张封面页和两张内容页。它的作者是雅各布斯·萨尔加多。萨尔加多是一名来自西班牙的难民，转信新教，来到英国定居。1680年左右，由于需要用钱，萨尔加多展出了一只蛇怪。这只蛇怪是一位刚从埃塞俄比亚回来的荷兰医生带给他的，大概是通过填充标本或其他方式保存下来。萨尔加多编写了这本小册子来配合这场引人注目的展览。据册子描述，这头猛兽有着黄黄的皮肤、皇冠似的头冠、公鸡仔的身体和蛇的尾巴。萨尔加多还写到了蛇怪目光的危险性："在亚历山大大帝的时代，有一只蛇怪躲在墙里，用它有毒的目光杀死了一整支精良部队的士兵。"

◁ 《蛇怪或鸡蛇的本性概论》，雅各布斯·萨尔加多著（约1680年，伦敦）
由大英图书馆提供

"虽然萨尔加多描述的蛇怪非常可怕，封面页上的这只生物看起来却相当无害，尽管它刚刚杀死了画面前景中的这个人。"

塔妮亚·科克
策展人

卡巴

卡巴的名字取自日语词汇的"河流（kawa）"和"孩子（wappa）"，因此又称河童。这种生物天性淘气，有能力将人类拉到它们所居住的湖泊或河流里。魔法世界著名的神奇动物学家纽特·斯卡曼德意识到了这种危险，他记录道："卡巴主要吸食人血，但是如果谁向它扔一根刻着自己名字的黄瓜，它也许就不会伤害他。"下图中这只坐着的卡巴是一枚根付。根付是一种小型的雕刻品，挂在日本的传统服饰上。人们常常将根付雕成神兽的形状，可以作为护身符使用。左图中的弥弥子卡巴每年都会搬迁到一个新的地方，并对所到之处造成破坏。

> "卡巴的头顶上有一个特别的空洞，用以容纳它最重要的液体。在《神奇动物在哪里》一书里，斯卡曼德建议巫师引诱卡巴鞠躬，这样一来，卡巴头里的水就会流出来，使它失去力量。"
>
> 朱利安·哈里森
> 首席策展人

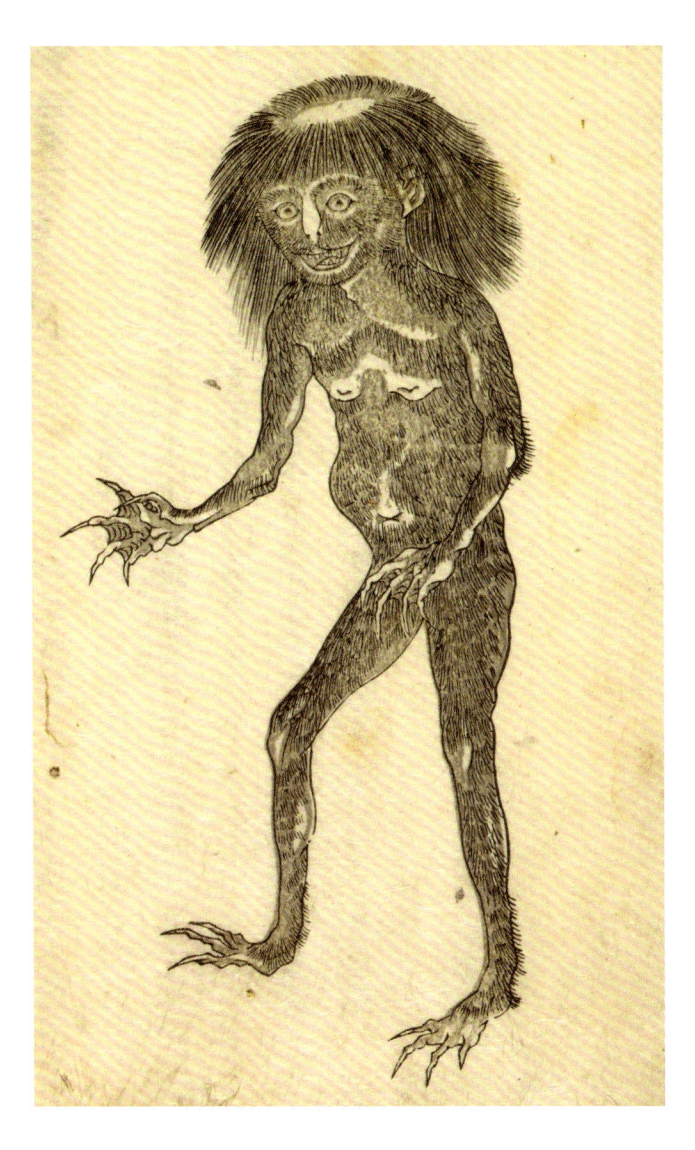

A 弥弥子卡巴（1855年）
由大英图书馆提供
卡巴根付（十九世纪，日本）▷
由大英博物馆提供

卡巴是一种日本的水怪，居住在浅池塘和河流中。人们常说卡巴看上去像一只猴子，只是浑身长着鱼鳞而非皮毛。它的脑顶上有一个空洞，里面可以盛水。

《神奇动物在哪里》

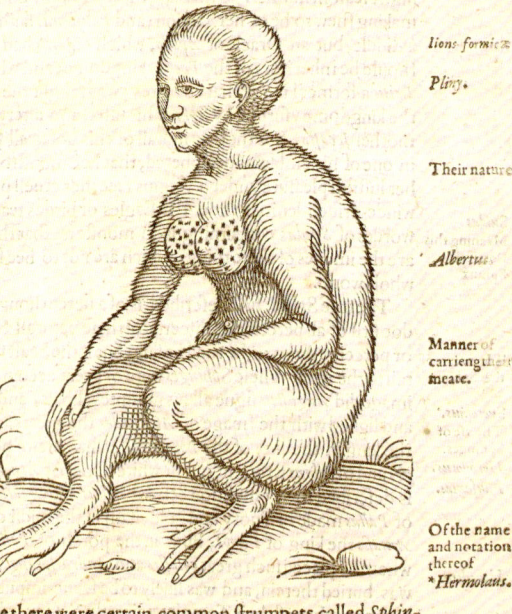

斯芬克斯

《四足兽的历史》是第一本用英语出版的介绍动物的重要书籍。它详细地描绘了各种各样的动物,从日常可见的动物(兔子、绵羊、山羊)到奇异少见的动物(狮子、大象、犀牛),甚至还有传说中的动物。这一章节的重点是斯芬克斯。这幅木刻插图展示了它的样子,长着女人的头部和狮子的身体。这本书的作者爱德华·托普塞尔将斯芬克斯描述为"天性凶猛,但可以驯养"。鲜为人知的是,斯芬克斯能将食物储存在两颊,直到需要食用的时候才取出——就像一只豚鼠!斯芬克斯因为它们神秘的力量而举世闻名。在《哈利·波特与火焰杯》中,哈利必须回答斯芬克斯的谜语,才能在三强争霸赛的迷宫中通关。

◁《四足兽的历史》,爱德华·托普塞尔著(1607年,伦敦)
由大英图书馆提供

> 它的身体像一头大得吓人的狮子:巨大的脚爪、黄色的长尾,尾尖有一丛棕色的毛。但它却长着一个女人的脑袋。哈利走近时,它把长长的杏仁眼转向他。
>
> 《哈利·波特与火焰杯》

护身符卷轴

数千年以来，埃塞俄比亚人和非洲之角（即索马里半岛）的其他族群都佩戴着书写在皮革或金属之上的护身符。这种习惯在埃塞俄比亚的北部高地最为盛行。那里的人们相信护身符可以带来健康，可以保护婴儿，尤其可以抵御邪眼。羊皮纸卷轴在埃塞俄比亚的阿姆哈拉语里称为"可塔布（Ketab）"。每幅可塔布长度各异，或是存放在皮箱里，或是存放在如图所示的圆柱形银质容器里。随后，根据它们各自的大小，有的可以挂在家里，有的可以戴在脖子上。绘制图中这幅卷轴的目的是保护它的主人免受伤害。它包含了解除咒语的祷文（阿姆哈拉语为"maftehé seray"），随后又加入了驱邪的图画，使它的力量得以发挥。

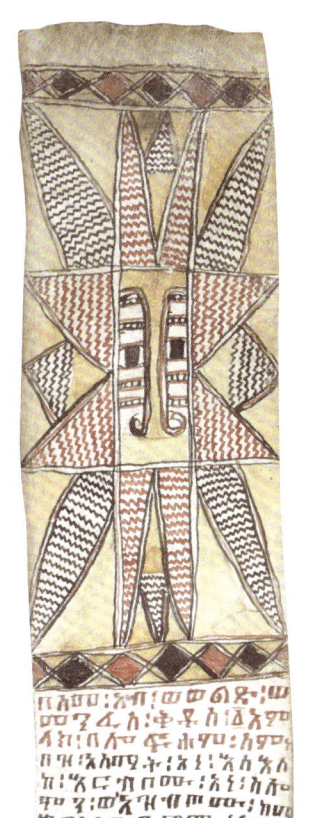

◁ 两幅护身符卷轴，其中一幅配有圆柱形保护壳（十八世纪，埃塞俄比亚）
由大英图书馆提供

"这幅卷轴上的图画有着特定的用途。人们希望它们能够治疗疾病、驱除恶魔，以及保护那些长途跋涉的旅人。"

伊约布·德里洛
策展人

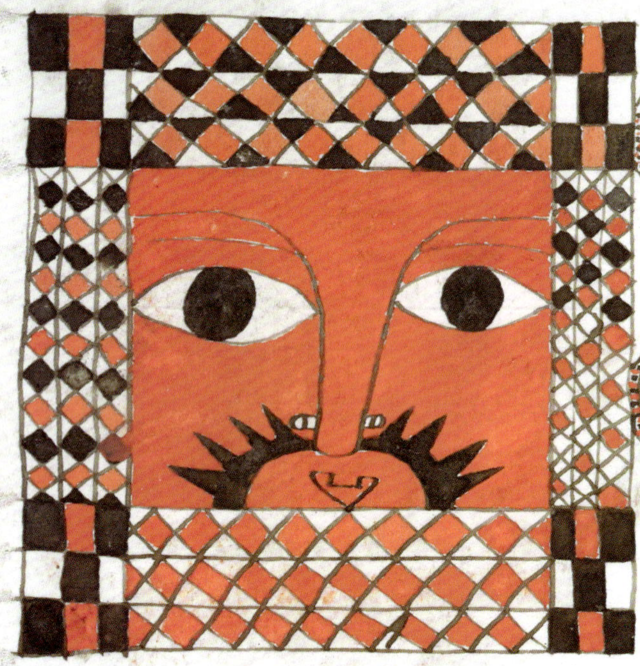

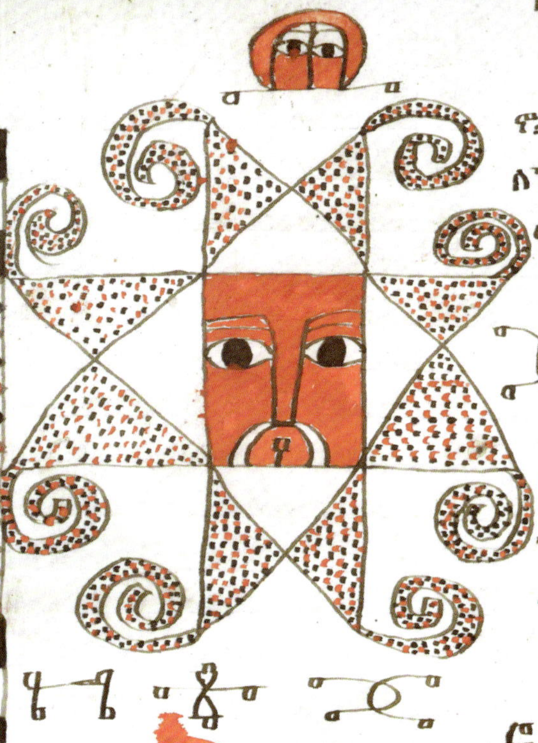

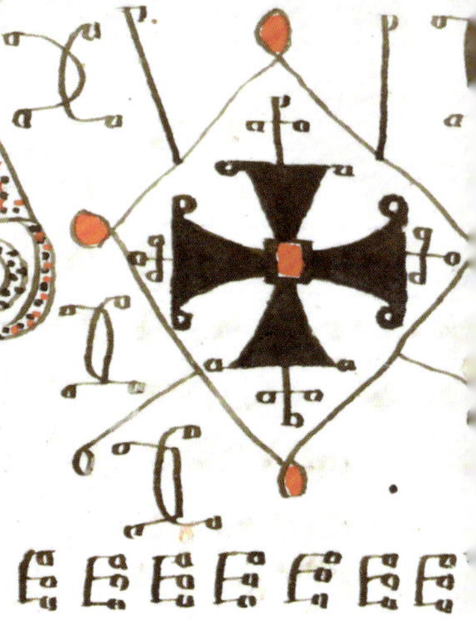

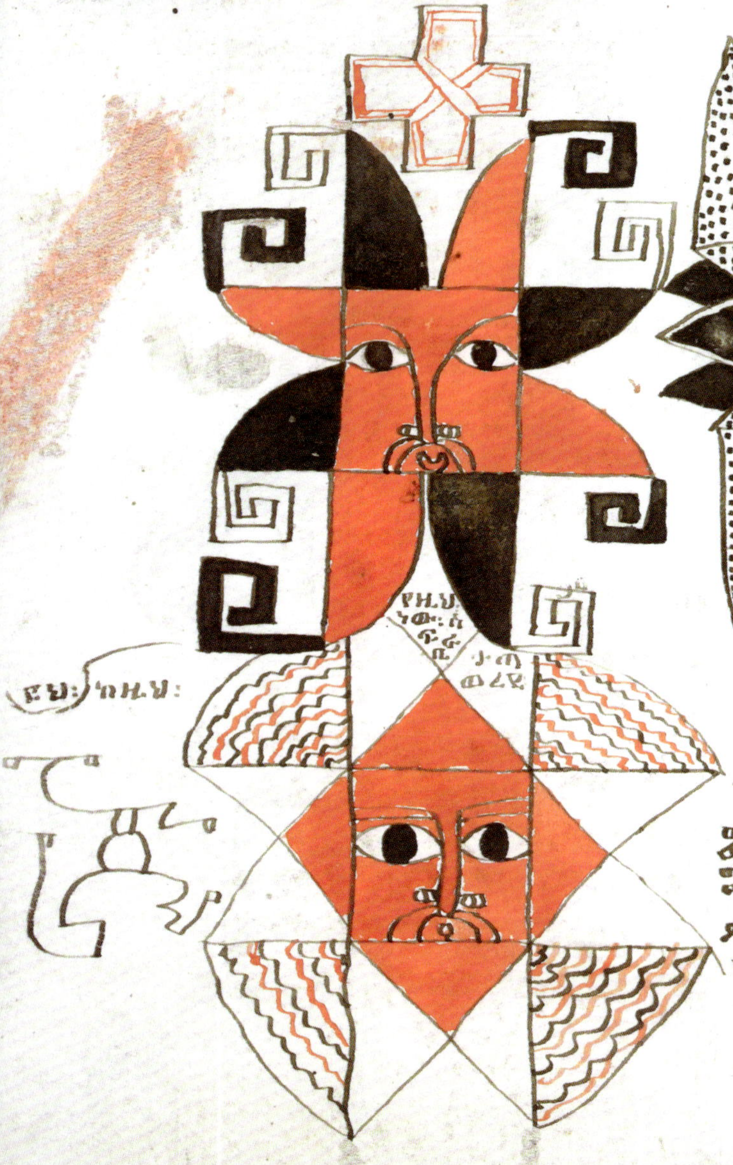

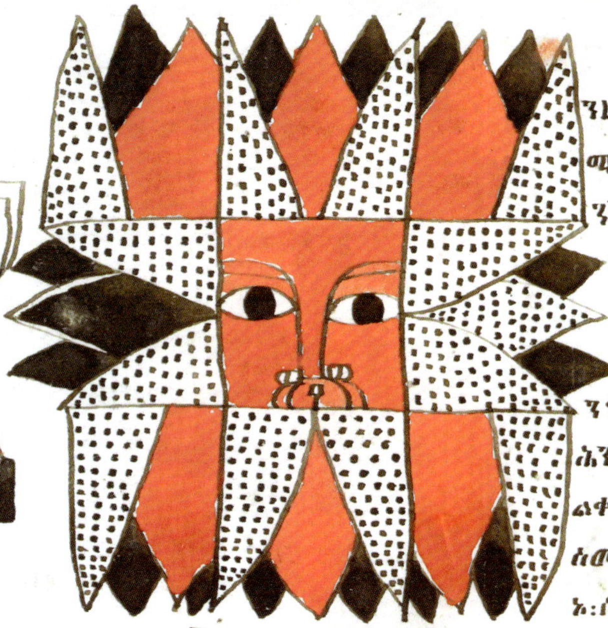

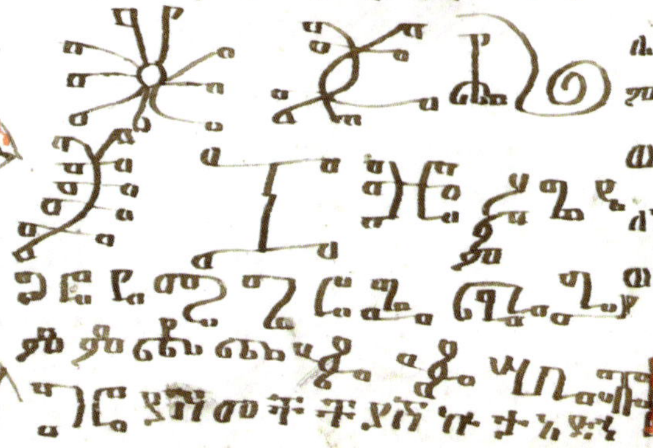

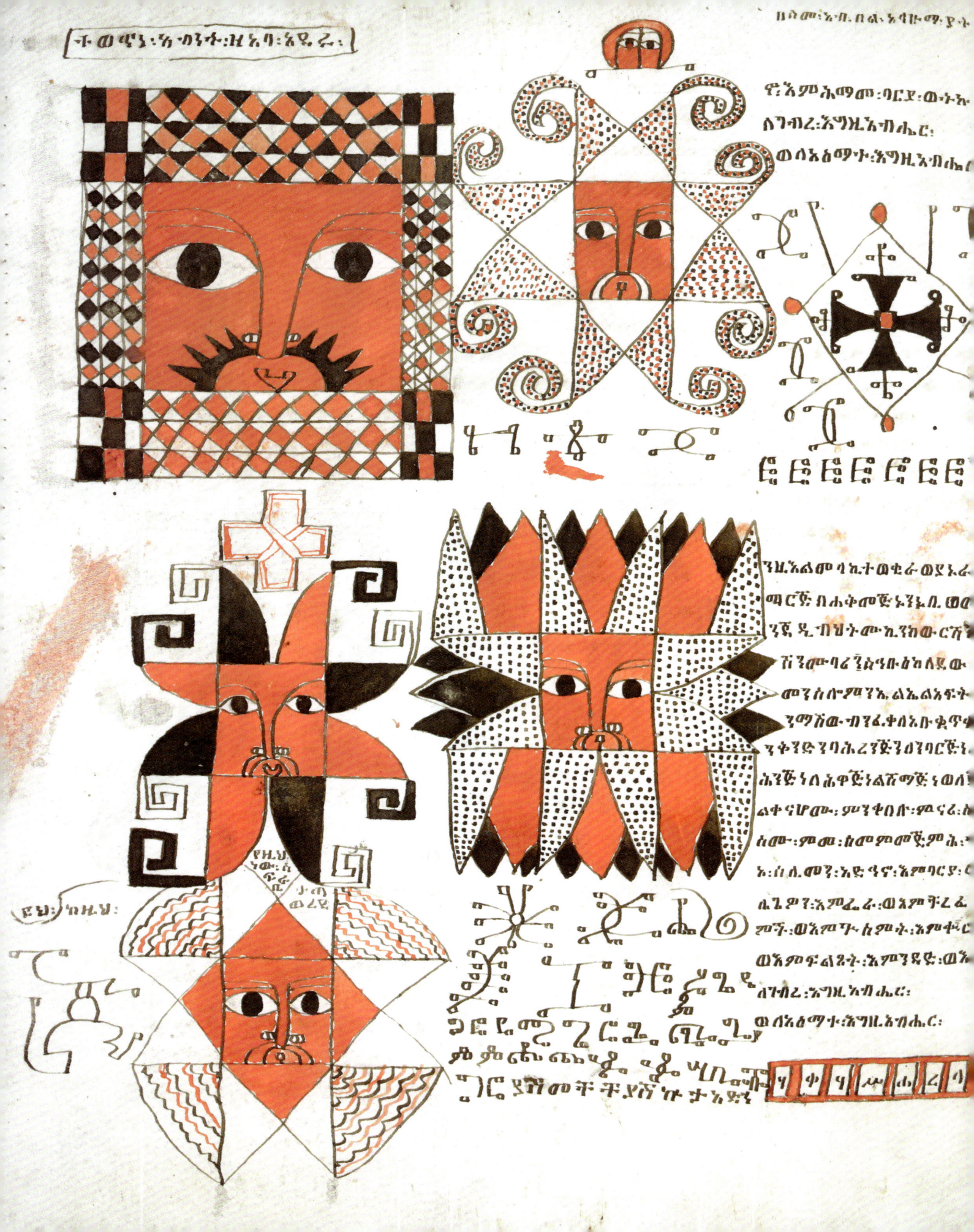

埃塞俄比亚幸运符

这本附有私人手写注释的魔法配方书制作于埃塞俄比亚。它是用吉兹语（又叫古埃塞俄比亚语）写成的，里面记录了大量具有防护功能的护身符、幸运符和咒语。这份手稿原本属于一位驱魔法师，又称作德布塔拉。德布塔拉是受过高等教育、被授予圣职的非神职人员。他们要么来自神职人员家庭，要么需要接受数年的训练。这些书页里印着的幸运符和几何图案可以与消除魔咒的祷文相互配合，用来制作护身符卷轴。幸运符绘画的重点在于眼睛的图案，它能帮助人们防御邪眼和黑魔法。

> "自中世纪以来，德布塔拉或是在法庭工作，或是在小型教区学校任教，通过制作护身符卷轴和用传统医学行医来补贴收入。从这本魔法配方书页面空白处的注释来看，我们可以肯定地推断它曾经属于一位魔法师。"
>
> 伊约布·德里洛
> 策展人

◁ 埃塞俄比亚魔法配方书（1750年）
由大英图书馆提供

不幸的是，要查找任何一本禁书都必须有某位老师亲笔签名的纸条，哈利知道他是不可能弄到这种纸条的。这些书里包含着霍格沃茨课堂上从来不讲的很厉害的黑魔法，只有高年级学生在研究高深的黑魔法防御术时才能读到。

《哈利·波特与魔法石》

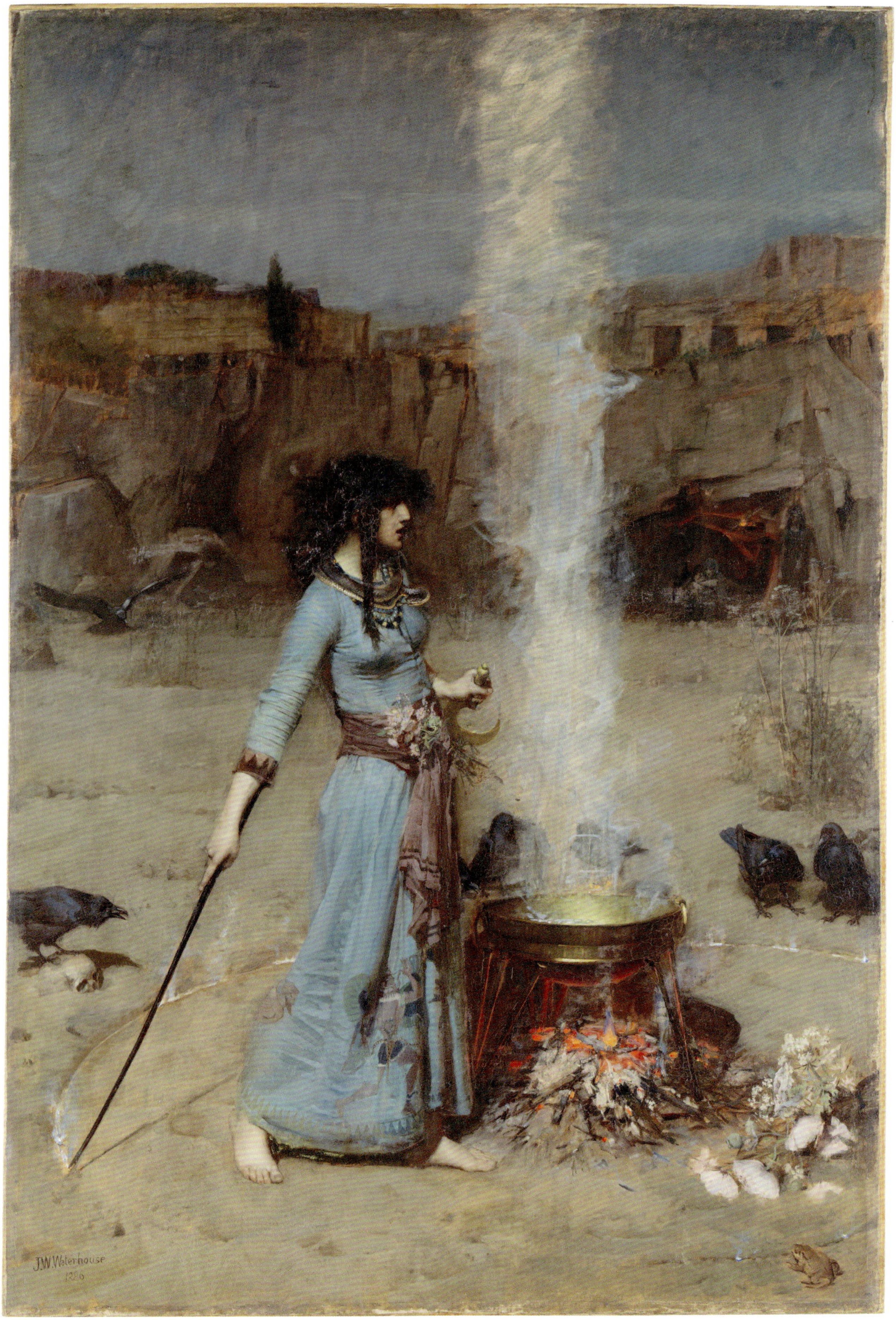
J.W.Waterhouse

《魔法保护圈》

著名的拉斐尔前派艺术家约翰·威廉·沃特豪斯常常表现魔法与女巫的主题。他多次画过希腊的魔法女神喀耳刻，也画过海妖塞壬、水中仙女，以及一位凝视着水晶球的女巫。虽然在历史上，女巫往往被刻画成丑陋而奇怪的女人，但这并不是沃特豪斯决定描绘的形象。在这幅画作里，沃特豪斯展现了一位女巫用魔杖在自己周围划了一个保护圈。魔法圈的外面是怪异而贫瘠的地貌，能看见乌鸦和蟾蜍这些带着不祥之兆的生物，还有一个半埋在地里的骷髅头。与此形成鲜明对比的是，保护圈里面，我们能看到暖暖燃烧的火焰、生机勃勃的鲜花和穿着明艳美丽的长裙的女巫。这种对防御性魔法的正面描绘，与《哈利·波特与死亡圣器》里赫敏·格兰杰使用保护性魔法建立安全营地的做法遥相呼应。

◁ 《魔法保护圈》，约翰·威廉·沃特豪斯绘（1886年）
由泰特不列颠美术馆提供

"如果要待在这儿，就得在周围设一些防护魔法。"赫敏答道，举着魔杖，开始在哈利和罗恩旁边绕着一个大圈走动，嘴里念念有词。哈利看到周围的空气在轻微颤动，仿佛赫敏在空地上方变出了一股热气。

《哈利·波特与死亡圣器》

渗漏的坩埚

坩埚是西方文化中历史最悠久、认可度最高的魔法象征之一。事实上，在六世纪的萨利克法（中世纪以来西欧通行的法典）中，携带巫师坩埚（strioportius）是一种应受处罚的罪行。霍格沃茨所有一年级学生在上学时都必须携带自己的坩埚。这只施了魔法的烹饪坩埚上黏着黑色的柏油状物质。曾经，几个康沃尔郡的女巫在海边用它配制一种强力药水，可是突然发生了爆炸。这群人聚集在一起是为了召唤一个灵魂。有一份记录这样描述当时的场景："女巫们意识到烟雾量达到了前所未有的程度……她们感到害怕，惊慌失措，尽力逃离了现场。"

▷ 爆炸后的坩埚
由巫术与魔法博物馆（博斯卡斯尔）提供

De la Licorne.

Camphur.

2.

Pirassoipi.

第八章

保护神奇动物课

保护神奇动物课

史蒂夫·贝克肖

史蒂夫·贝克肖是电视节目上出镜率最高的野生动物专家之一。他常常与奇特非凡、令人激动的食肉动物正面相遇，让观众感到既恐惧又兴奋，也因此深受年轻观众的喜爱。除了编写大量书籍、主持火爆的现场活动，以及为英国广播公司拍摄极限冒险节目之外，史蒂夫也是英国童军总会大使和英国地形测量局"走向户外"活动的冠军。

它们藏身于一座死火山的火山口深处，在新几内亚茂密的丛林里半隐半现：树袋鼠在树枝间攀爬跳跃，平装小说大小的霓虹蝴蝶在树叶间翩翩起舞。正是在这片郁郁葱葱的世外桃源中，我的怀里抱着一只丝绸般柔软的斑袋貂——这是一种地球上其他地方都没有的黑毛有袋类动物。我和我的团队是有史以来第一批看到这种哺乳动物的人类。尽管在我作为博物学家的职业生涯中，与各种各样壮观、独特，有时甚至可怕的生物有过无数次奇妙的接触，但这仍然是最神奇的一次。在这样的经历中，向我涌来的感觉几乎无法用语言形容——那种激动像是电流通过后脖颈……我能想象哈利·波特第一次看到鹰头马身有翼兽巴克比克的时候，感受到的就是这种激动、敬畏与梦幻错杂的强烈情感。

哈利对待巴克比克的态度，任何有经验的动物驯养员都会予以称赞。与野生动物打交道的第一条准则就是尊重——尊重它们的私人空间、它们的安全需求和它们的幸福健康。面对聪明的动物，让它们占据主导地位至关重要。海格也是这样建议哈利的：只有在鹰头马身有翼兽向他鞠躬回礼之后，才能接近它。举个例子，假如我要和一只成年的雄性海狮一起潜水，我得先明白它有能力把我的身体撕成碎片。因此，我们是否会成为朋友必须由它说了算。我会保持距离，在附近游来游去，试图让自己看起来像个有趣的玩伴，并且还要祈盼它的好奇心会激发它善意的一面！

在野外探索新环境的时候，我经常向当地的向导和动物追踪者寻求专业建议。对于哈利而言，猎场看守和动物爱好者鲁伯·海格就是他的向导。海格让

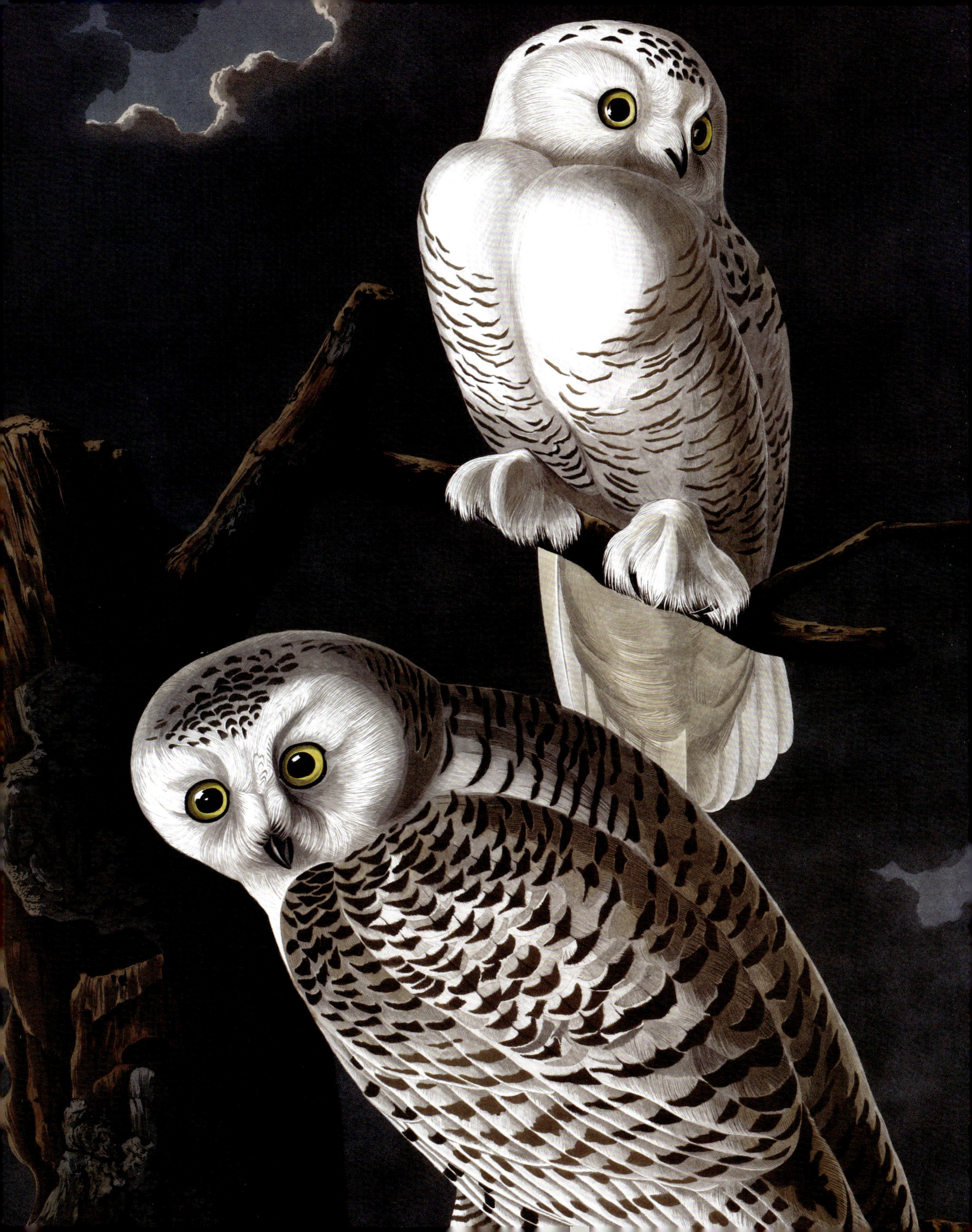

我想起了苏格兰的野外助手。野外助手与打猎活动密不可分，他们对自然界也有着超出人类范围的感知力。他们是杰出的追踪者，能够通过一枚简单的脚印知道关于这只动物的一切，从它的年龄性别，到它的健康状态和行为习惯。海格也拥有这种与生俱来的对野生动物的亲和力。他在一次纸牌游戏中赢得了一枚火龙蛋，让哈利第一次有机会看到了活生生的火龙。我硕士论文的一部分研究的是水栖和陆栖蝾螈蛋。因此，我难免会感到好奇，想知道我们世界里的动物蛋和波特宇宙里的火龙蛋之间有什么联系。与鸟蛋一样，火龙蛋也有坚硬的外壳，依靠母亲的热量孵化。不过，火龙本身可能更加类似于我们的爬行动物，比如鳄鱼、乌龟或科莫多龙。后一类动物所产的是皮革般质地的软壳蛋，母亲并不参与孵化工作。它们通常被埋在植被搭建的巢穴里。随着覆盖物的分解，巢穴产生热量，使蛋受暖。几周之后，动物宝宝会破壳而出。不像哈利和他的朋友，我没有机会观看火龙蛋的孵化。然而，我曾经有幸将鳄鱼蛋举到阳光下，透过半透明的蛋壳，看到鳄鱼宝宝在里面扭动。在它借助自己临时长出的蛋齿破壳而出的时候，我不禁发出惊叹。刚刚孵化的鳄鱼宝宝来到这个世界上，而它可爱的模样掩盖了它即将成为致命野兽的事实。这样奇妙的景象让你穿越回几千万年以前。

哪怕是在最为严酷的环境下，海格也游刃有余。哈利第一次进入禁林的时候，海格就在他的身边。根据我的经验，禁林比较像遥远的北方森林，是狼、熊和狼獾的家园。在这里，覆盖一切的苔藓使万物低声细语，为空气带来一种特殊的寂静。黄昏降临的时候，光线消失的速度远远快于外面的世界。还没有反应过来，你就已经开始在黑暗中跌跌撞撞，而千百双隐匿着的眼睛都在注视着你。禁林是八眼巨蛛阿拉戈克及其子孙后代的家园。哈利和罗恩与这只体型巨大的食肉蜘蛛面对面相遇，被吓得目瞪口呆，这也是可以理解的。纵观历史，博物学先驱们也曾在遇到惊人发现时经历过同样的冲击。玛丽亚·梅里安第一次从苏里南的丛林中带回捕鸟蛛的绘画的时候，欧洲人就不相信它们真的存在。作为一个曾经把捕鸟狼蛛当作宠物的人，我知道它们有多真实。我还觉得这些体型巨大、全身长毛的恐怖动物其实特别迷人。在野外，我曾经悄悄坐在附近，惊奇地看着它们捕食。它们一动不动地坐在洞穴的入口处，用蛛丝作为绊脚线，提醒自己可能有猎物经过。如果有不幸的昆虫、青蛙、蜥蜴或者小型哺乳动物被蛛丝缠住，狼蛛就会跳出来吞下它们，用有力的毒牙将它们撕碎。这些毒牙能有豹子的爪子那么长。不过，通常情况下，狼蛛对待它们不能吃的东西是温和友善的。

养宠物有助于教会我们的孩子关心和尊重动物。在霍格沃茨，学生们可以带着一只猫、一只猫头鹰或一只蟾蜍去学校。蟾蜍（比如纳威·隆巴顿备受嫌弃的莱福）可能是巫师中最不受欢迎的选择。但是根据我的经验，蟾蜍十分有趣，不应该受到嘲笑。许多蟾蜍都有致命的毒素或毒液——有些毒性强到足以杀死一只小型动物。最大的蟾蜍有篮球大小，它们会吃掉任何能塞进它们巨大嘴巴里的活物。哈利有一位极好的动物伙伴——海德薇。雪鸮在冰天雪地的北方安家，它们带斑点的白色羽毛是绝佳的伪装。它们可以在毫无起伏的地貌上空飞行，利用自己惊人的听觉找到在地表下乱窜的啮齿动物，然后俯冲下去，用锋利的爪子抓住它们。雪鸮有一个弱点，由于它们生活在没有树木的北极地区，所以习惯站在冰冻的地面上，而不喜欢栖息在枝条上。因此，海德薇不愿意被关在笼子里就不足为奇了。

在哈利的世界里，最奇妙也最神圣的动物之一就是独角兽。它们身上的每一个部分，从角到尾巴，都有着珍贵的性能。在我们的世界里，独角兽也是传奇的动物。在北极的海滩上，探险家们发现了海浪卷来的长而扭曲的螺旋形角。从此，关于这种独特野兽的神话就传播开来。事实证明，这些其实是独角鲸的上颌长出的延伸到体外的犬齿。雌性鲸鱼偶尔才会长出这样的长牙；更少见的是，有的独角鲸可能会长出两根长牙。最初，人们以为这种角是用来战斗的。但是现在我们知道，这些角里含有神经，可以用来传递感官信息、测量温度，甚至用于轻柔的身体接触。最近，甚至有人拍到独角鲸为了击晕小鱼，在水里小心地挥动着自己的角。涉及野生动物的时候，真相似乎常常比虚构的故事更为离奇。

——史蒂夫

文章 © 史蒂夫·贝克肖　2017年

> 海格性情粗放，温暖热情，天性朴实，是森林之主；邓布利多是精神层面的理论家，才华横溢，理想主义，又有点超凡脱俗。当哈利在他的新世界中寻找父亲的形象时，两人形成了必要的对照。
>
> J.K. 罗琳，Pottermore 网站

海格

　　鲁伯·海格是一位混血巨人。他向哈利介绍了许多神奇的动物，这些飞禽走兽在魔法世界四处出没。吉姆·凯的艺术作品将海格浓密漆黑的长发和"纠结的浓密胡须"表现得栩栩如生。"画海格很容易，"吉姆·凯说道，"画孩子时一条线都不能画错，因为随便一笔就能让一个孩子老上十岁。但是海格就没有这样的问题，他本人就是一团乱画的线，只不过长了眼睛。"在"哈利·波特"系列中，尽管海格常常对野兽的危险视而不见，但是这位猎场看守仍然是值得依靠与信赖的存在。哈利三年级的时候，海格成为了保护神奇动物课的教授。在《哈利·波特与凤凰社》中，他去执行了一项重要的任务，希望在对抗伏地魔的战争中获得巨人的支持。随后，海格把他同母异父的弟弟格洛普带回了禁林，希望驯化他。

◁ 鲁伯·海格画像，吉姆·凯绘
由布鲁姆斯伯里出版社提供

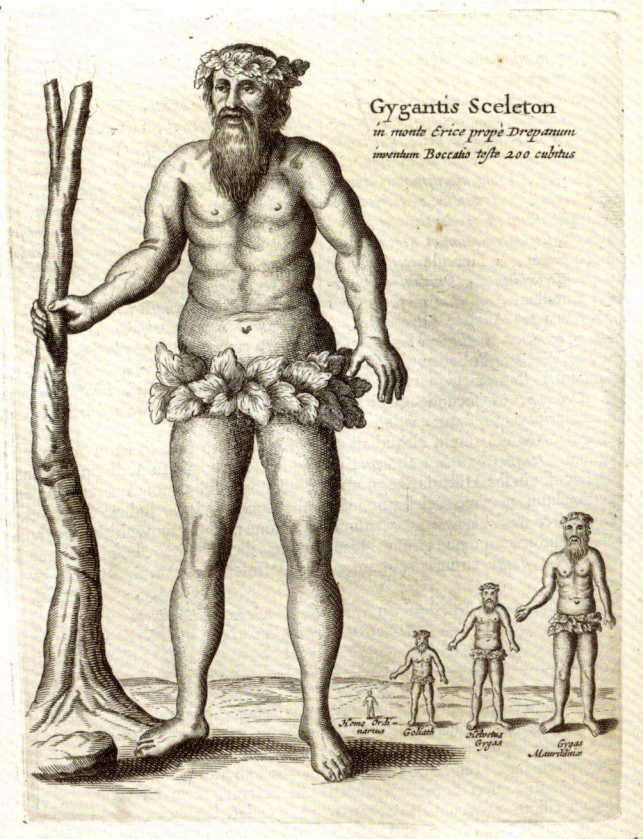

地下巨人

真的有人在意大利西西里岛的埃里切山里发现了九十米高的巨人骨架吗？这幅图画摘自德国作家阿塔纳斯·珂雪的《地下世界》，展现了这种巨人可能的模样。在意大利旅行的时候，珂雪开始为地表之下可能存在的东西着迷。他甚至爬进了维苏威火山的内部，而这座火山上次喷发就在七年之前。珂雪声称在十四世纪的西西里岛山洞里发现了一具巨大的骨架。在这幅插图里，他展示了西西里岛巨人与普通人类、《圣经》里的巨人歌利亚、瑞士巨人和毛里塔尼亚巨人的体型对比。

> "纵观历史记载，既有危险的巨人，也有友好的巨人。比如康沃尔郡的巨人霍利本就是一位友善的巨人。他开玩笑地拍打一位青年的头部，却意外地打死了他。巨人自己也因此伤心而死。这则轶事告诉我们，虽然巨人有着致命的体型和惊人的力量，但是他们的心地往往十分善良。"
>
> 乔安娜·诺丽奇
> 策展人

A 《地下世界》中的巨人体型，阿塔纳斯·珂雪著
（1665年，阿姆斯特丹）
由大英图书馆提供

海格和哈利在古灵阁

在这幅 J.K. 罗琳手绘的原版插画里，海格带着哈利第一次来到古灵阁，去哈利的金库取钱。这个金库位于巫师银行深处的地下洞穴之中。小推车疾驰而下的时候，海格用手捂住了双眼。而哈利却正好相反，在整个旅程中都把眼睛睁得大大的。这幅插画生动地为我们展示了海格挤在古灵阁小推车里的不适。J.K. 罗琳通过巨人飞扬的头发和在风中转弯的火焰，描绘了小推车咔嗒作响、飞驰而过的速度感。

➤ 哈利和海格在古灵阁，
J.K. 罗琳绘
由 J.K. 罗琳提供

起初，他们沿着迷宫似的蜿蜒曲折的通道疾驰，哈利想记住走过的路，左拐，右拐，右拐，左拐，中间的岔路口，再右拐，左拐，根本记不住。咔嗒咔嗒响的小推车似乎认识路，根本不用拉环去驾车。

《哈利·波特与魔法石》

《魔法石》草稿

这些用打字机敲出来的书稿来自尚未经过编辑的一版《哈利·波特与魔法石》。文学作品的草稿在编辑过程中通常会经历修改，让行文节奏变得更加合理。像这段书稿中充满了动作与戏剧张力的场景，为了更快地推进故事发展，某些段落随之缩短，而某些场景则被彻底删除，比如哈利和心不在焉的差点没头的尼克相遇的情节，还有赫敏背诵教科书上对巨怪的定义的情节。这两处情节原本都在第167页。

➤ 用打字机敲出的《哈利·波特与魔法石》草稿，J.K. 罗琳著
由 J.K. 罗琳提供

"你好，你好。"他心不在焉地说，"我只是在琢磨一点问题，别搭理我⋯⋯"

"皮皮鬼这次又干什么了？"哈利问道。

"不，我担心的不是皮皮鬼。"差点没头的尼克说道，若有所思地看着哈利。"告诉我，波特先生，如果你担心有人在谋划一些不该

167

谋划的事情，你会告诉一个你觉得能阻止这件事情、可是你并不欣赏的人吗？"

"呃⋯⋯你的意思是⋯⋯比如说，我会不会告诉斯内普马尔福的事？"

"类似这样的事，类似这样的事⋯⋯"

"我不认为斯内普会帮助我，但是我觉得值得一试。"哈利好奇地说。

"对的⋯⋯对的⋯⋯谢谢你，波特先生。"

差点没头的尼克飘走了。哈利和罗恩看着他离去，满脸疑惑。

"我想，如果你的头被砍掉了的话，说话不着调也算正常。"罗恩说。

奇洛上课迟到了。他冲进教室，看起来苍白而焦虑，立刻告诉大家"翻——翻到第44页"，看"巨——巨怪"。

"现——现在，谁可——可——可以告诉我三种巨——巨怪类型？好的，格—

167

格兰杰小姐？"

"山地巨怪、河流巨怪和海洋巨怪。"赫敏立刻答道，"山地巨怪体型最大，身体是淡灰色，秃头，皮肤比犀牛还要粗糙，体格比十个男人还要强壮。然而，他们的大脑只有豌豆大小，所以他们很容易迷惑⋯⋯"

"很——很好，谢谢你，格兰杰小——"

"河流巨怪是淡绿色的，毛发很细——"

"没—没错，谢谢你，非常好——"

"——而海洋巨怪灰中带紫，并且——"

"喔，有没有人能让她闭嘴。"西莫大声说道。几个人笑了起来。

赫敏一跃而起，撞到了椅子，发出咚的一声巨响，捂着脸跑出了教室。大家陷入了极为尴尬的沉默。

"喔，天—天—啊。"奇洛教授说。

*

哈利第二天醒来的时候，注意到的第一件事情是空气里甜美的味道。

"是南瓜，当然了！"罗恩说，"今天是万圣节！"

哈利很快发现，霍格沃茨的万圣节就像小型的圣诞节。他们下楼去大厅吃早餐的时候，看到大厅装饰着几千只活蝙蝠，从天花板和窗台上吊下来，都沉睡着。海格在往每张桌子上摆南瓜。

"今晚有大餐。"海格朝他们咧嘴一笑，"到时候见。"

因为今天的课程会早早结束，空气中弥漫着节日的气氛。没有人有心情学习，这让麦格教授很恼火。

168

"除非你们沉下心来，否则就别想去参加晚宴。"变形课开始后的几分钟，她说道。她盯着大家，直到全班安静下来。然后她抬起了眉毛。

"赫敏·格兰杰在哪？"

大家面面相觑。

"佩蒂尔小姐，你看到格兰杰小姐了吗？"

帕瓦蒂摇了摇头。

◁ 用打字机敲出的《哈利·波特与魔法石》草稿，J.K. 罗琳著 ▷

由 J.K. 罗琳提供

碗柜门，但是连巨怪的影子也没有看到。

他们刚决定去地下教室看看，就听到了脚步声。

"如果是斯内普，他会把我们送回去的……快，躲到这后面！"

他们挤进了愚蠢的戈弗雷的雕像后面的凹室里。

不出所料，没过一会儿他们就瞥见了斯内普的鹰钩鼻匆匆而过。他们听见他低声说"阿拉霍洞开！"，然后是咔嗒一声。

"他去哪里了？"罗恩低声问道。

"不知道……快，在他回来之前……"

他们猛地冲下台阶，一步跨三级，急匆匆地一头冲进寒冷、黑暗的地下教室。他们经过了平时上魔药课的房间，不久就走到了他们从来没见过的走廊里。他们慢下来，看向四周。墙壁黏滑潮湿，空气也湿漉漉的。

"我从来没意识到这里这么大。"他们再次拐过一个转角，又看到三条走廊要他们选择的时候，哈利低声说道，"这下面就像古灵阁……"

173

罗恩嗅了嗅潮湿的空气。

"你能闻到什么吗？"

哈利也吸了吸鼻子。罗恩说对了。除了地下教室常有的霉味之外，还有另一种味道，它迅速地变成一股恶臭，那是一种臭袜子和从来无人打扫的公共厕所混合在一起的气味。

接着他们听见了。一阵低沉的咕哝声……沉重的呼吸声……还有巨大的脚掌拖在地上走路的声音。

他们感到全身凝固……在连续的回声里，他们辨别不出声音的方向……

罗恩突然指向一条走廊的尽头。

一个庞然大物正在移动。它还没看见他们……缓缓地离开了他们的视线……

"梅林的胡子啊。"罗恩无力地说,"它太大了……"

他们对视了一眼。现在他们看到巨怪了,再有攻击它的想法就显得有点……愚蠢。但是他们谁也不想说出这个事实。哈利试图让自己看起来勇气十足、毫不担心。

"你看到它有没有拿棍子了吗?"他知道,巨怪常常拿着棍子。

罗恩摇了摇头,也在试图掩盖自己的不安。

"你知道我们该怎么做吗?"哈利说,"跟着它,试着把他锁到某个地下教室里——把它困住,你懂的……"

即使罗恩本来希望哈利会说"我们回去参加晚宴吧",他也没有表现出来。把巨怪锁起来比试图攻击它好一些。

"好主意。"他说。

他们蹑手蹑脚地穿过走廊。到达尽头的时候,恶臭更加浓烈了。他们缓慢地将头探出转角,偷偷观察着。

174

它就在那里,正在拖着步子远离他们。哪怕从背后看,那景象也十分恐怖。它有十二英尺高,皮肤暗淡无光,像花岗岩一般灰乎乎的,庞大而蠢笨的身体如同一块巨大的岩石,上面顶着一个椰子一般光秃秃的小脑袋。它的短腿粗壮得像树桩,下面是扁平的、粗硬起茧的大脚。它身上散发出的那股臭味令人作呕。它手里抓着一根粗大的木棒,由于它的手臂很长,木棒在地上拖着。

他们缩回头去,躲了起来。

"你看到那根木棒有多大了吗?"罗恩悄声说道。他们两个没人能拎得动那根木棒。

"我们可以等它走进某个房间,然后把门堵上。"哈利说。他又从转角看了过去。

巨怪停在一个门边,朝里面窥视。哈利现在能看到它的脸:它长着小小的红眼睛、扁平的大鼻子和咧开的大嘴。它的脑袋两边悬挂着长长的耳朵,一晃头就来回摆动,用它的小脑袋决定接下来去哪。然后它垂下头,慢慢钻进了房间。

哈利看向四周,寻找着……

"那里!"他对罗恩悄声说,"看到没?在那面墙上!"

一条长长的、生锈的锁链挂在走廊的中间。哈利和罗恩猛地冲过去,把它从钉子上扯下来。他们踮着脚走向那扇敞开的门,努力不让锁链叮当作响,一心希望巨怪不要突然跑出来……

哈利抓住门把手,拉上了门,两人用颤抖的双手把锁链绕在把手上,然后挂在墙上突起的门闩上,拉紧。

"它估计要过一会儿才能出来。"两人把锁链的另一端拉回来,挡住门,紧紧地绑在一个火把架上。哈利气喘吁吁地说:"走

175

吧,我们去告诉大家我们抓住它了!"

他们因为得手而兴奋得满脸通红,开始顺着通道往回跑,可是,刚跑到拐弯处,就听见了一个几乎使他们心脏停止跳动的声音——一个凄厉的、惊恐万状的声音——是从他们刚刚锁上的房间里传出来的……

"哦,糟糕。"罗恩说,脸色苍白得像是血人巴罗。

"有人在里面!"哈利连气都透不过来了。

"赫敏!"两人同时说道。

他们真不愿意再回去,可是还有什么别的选择呢?他们猛一转身,奔回那扇门前,用力拆掉锁链,因为紧张而显得笨手笨脚——哈利拉开门——两人冲了进去。

"关于罗恩和哈利在女生盥洗室与巨怪迎面而战的情节,这段文字叙述的版本与书里的内容有些许不同。比如,第175页顶部的段落在已经出版的文字中缩减成了两句话。这份草稿还保留了用锁链守门的想法,而在正式出版的版本里,他们是用钥匙锁门的。"

乔安娜·诺丽奇
策展人

山地巨怪

　　这幅山地巨怪（拉丁文学名为Troglodytarum alpinum）的画像是吉姆·凯的素描习作。在J.K.罗琳笔下的魔法世界里，巨怪可以长到十二英尺的高度。他们强壮有力，皮肤粗厚。因为他们的大脑很小，所以山地巨怪经常感到困惑，也经常暴躁发怒。残暴的性情加上吃人肉的嗜好，让山地巨怪被魔法部列为危险动物。这只巨怪的皮肤上长满了肉瘤，双眼茫然无神。这是他们物种的典型特征。

▽ 山地巨怪画像，吉姆·凯绘
由布鲁姆斯伯里出版社提供

　　那景象十分恐怖。巨怪有十二英尺高，皮肤暗淡无光，像花岗岩一般灰乎乎的，庞大而蠢笨的身体如同一块巨大的岩石，上面顶着一个椰子一般光秃秃的小脑袋。它的短腿粗壮得像树桩，下面是扁平的、粗硬起茧的大脚。它身上散发出的那股臭味令人作呕。巨怪手里抓着一根粗大的木棒，由于它的手臂很长，木棍在地上拖着。

《哈利·波特与魔法石》

恶作剧精灵皮皮鬼

这幅画像是皮皮鬼的显形状态，它也可以随心所欲地隐形。人们通常认为恶作剧精灵（poltergeist，在德语中意思是"吵闹的鬼魂"）是邪恶的精灵。在这幅画像中，皮皮鬼看起来像是一个宫廷小丑，穿着他的卷趾鞋，戴着领结和斑点帽子。J.K. 罗琳捕捉到了他闪烁着邪恶的双眼，并用一对斜向上挑的眉毛加强了这种邪恶感。恶作剧精灵的恶作剧往往简单粗暴，却又十分有效。跟着乌姆里奇教授，每当她说话的时候就呸她，这就是典型的皮皮鬼恶作剧。

➤ 皮皮鬼画像，J.K. 罗琳绘（1991 年）
由 J.K. 罗琳提供

差点没头的尼克

这幅画像是 J.K. 罗琳手绘的差点没头的尼克，它向我们展示了这位格兰芬多的幽灵说明自己为什么会"差点"没头的场景。在哈利的第一场霍格沃茨晚宴上，尼克向哈利抱怨，作为幽灵无法享受像吃东西这样简单的快乐。尼克还对自己失败的砍头经历耿耿于怀，他因此被拒绝加入无头猎手队。J.K. 罗琳后来补充了"哈利·波特"世界中幽灵的定义：他们是"已故的女巫或巫师继续存在于人间的透明三维印记"。

◀ 差点没头的尼克画像，J.K. 罗琳绘（1991 年）
由 J.K. 罗琳提供

it was free: Harry's foot found the crook of its thing leg and he clambered up onto its back: its scales felt hard and rough as steel: it did not seem even to feel him. He held on as tightly as he could. Stretched out an arm, Hermione grabbed it and he pulled her up onto the back, too; Ron climbed up behind them but Griphook was nowhere to be seen: he seemed to have vanished into a crowd of goblins but before Harry could locate him: the dragon realised it was free.

With a roar it reared: Harry dug in knees, clutched with all his strength at the adamantine scales, and then the wings opened, knocking goblins aside as though they were ninepins, and it rose into the air, soaring towards the passage opening, and the goblins below could do nothing but throw daggers, which glanced off its flanks.

'We'll never get out, it's too big, much too big!' Hermione screamed, but the dragon opened its mouth again and a burst of flame such as Harry had never seen blasted the tunnel, whose floors and ceiling cracked and crumbled: and by sheer force the dragon clawed and fought its way forwards: Harry's eyes were tight shut against the heat and dust: deafened by the crashing of rock and the dragon's roars he could only cling to its back and pray: and then

[left margin: still the dragon was belching flame, while the goblins scattered began clashing again, wielding it, it came up to the wall.]

[bottom margin: ↑ this word]

逃出古灵阁

这是一份手写草稿，上面是《哈利·波特与死亡圣器》里哈利、罗恩和赫敏骑在龙背上逃出古灵阁的场景。第一页描述了这次戏剧性的脱逃，页角的小箭头表示后续的情节写在了前面一页。许多地方被画掉重写，页面两侧的空白处还加上了一些句子。右侧的那页草稿则描述了他们还在莱斯特兰奇的金库时，哈利摧毁金杯（也就是被做成魂器的赫奇帕奇的宝物）的过程。这个情节在出版的文字里没有出现，最后是赫敏替代哈利摧毁了这个魂器。

> "这份手写稿让我们知道书里的场景不一定是按顺序创作的，有的场景是后来补写的。我们可以看到，第二页上，哈利的对话只用了一个叉来代替，作者晚一点才会补上合适的句子。"
>
> 乔安娜·诺丽奇
> 策展人

◁《哈利·波特与死亡圣器》早期草稿，
J.K. 罗琳著
由 J.K. 罗琳提供

> "我构思的时候，常常有好几个想法同时蹦出来，因此我会试着在最好的想法一闪而过的时候，把它们保存在纸上。我的笔记本上画满了箭头和三颗星号的标记，告诉我往后翻四页，翻过我二十分钟之前草草写下的想法，继续故事的主线。"
>
> J.K. 罗琳

Draco Æthiopicus.

埃塞俄比亚龙

在1572年5月13日，也就是教皇格列高利十三世就职的同一天，人们在意大利博洛尼亚附近的乡村发现了一条"体型巨大的龙"。这条龙被视作不祥之兆，因此人们把它的尸体交给了教皇的堂弟、著名的博物学家和收藏家乌利塞·阿尔德罗万迪来研究。阿尔德罗万迪马上就将他的发现记录下来，但是他的研究在将近六十年内都没有出版。直到他去世之后，这些发现才发表在1640年出版的《蛇与龙的历史》里。海格为孵化诺伯，曾经"查找关于火龙的资料"；哈利在参加三强争霸赛的时候，也曾经在图书馆搜寻"他能找到的每一本跟火龙有关的书"。也许这本《蛇与龙的历史》正是他们所需要的那类书。

▲《蛇与龙的历史》，乌利塞·阿尔德罗万迪著
（1640年，博洛尼亚）
由大英图书馆提供

"阿尔德罗万迪的研究详细地描述了蛇、龙以及其他的怪物，介绍了它们的性情和栖息地。图中所绘的是两种埃塞俄比亚龙，可通过不同的背脊形状来区分它们。"

亚历山大·洛克
策展人

Draco alter Aethiopicus mas cum eminentijs dorsi.

在所有的神奇动物中，火龙很可能是最有名也最难藏匿的动物之一。雌火龙的体型一般比雄火龙的大，而且雌火龙比雄火龙更具攻击性。但是不论是雌是雄，除了训练有素、本领高强的巫师外，任何人都不应该接近它们。

《神奇动物在哪里》

> 突然，随着一阵刺耳的撩刮声，蛋裂开了。小火龙在桌上摇摇摆摆地扑腾着。它其实并不漂亮；哈利觉得它的样子就像一把皱巴巴的黑伞。
>
> 《哈利·波特与魔法石》

火龙蛋

吉姆·凯对各种火龙蛋的描绘反映了"哈利·波特"世界中火龙种类的丰富。创作时，画家首先要画出火龙蛋不同的形状，并涂上不同的底色，然后添加和叠加各种细节和斑点，形成最终的插图。根据表示火龙蛋大小的比例尺，最小的蛋有六英寸高（和鸵鸟蛋一样大），最大的蛋达到了十五英寸。有的蛋表面看起来很普通，有的蛋则毫无疑问属于魔法世界。当然了，对纽特·斯卡曼德而言，所有火龙蛋都是熟悉的。

◁ 火龙蛋，吉姆·凯绘
由布鲁姆斯伯里出版社提供

火龙蛋

图片来自《为消遣和盈利而饲养火龙》

- 匈牙利树蜂
- 乌克兰铁肚皮
- 澳洲蛋白眼
- 瑞典短鼻龙
- 秘鲁毒牙龙
- 中国火球
- 赫布里底群岛黑龙
- 罗马尼亚长角龙
- 挪威脊背龙
- 普通威尔士绿龙

与众不同的猫头鹰

霍格沃茨的一年级新生可以带一只猫头鹰、一只猫或者一只蟾蜍去学校——这三种动物都在魔法史上具有重要意义。在《哈利·波特与魔法石》中,海格给哈利买了一只漂亮的雌性雪枭,哈利给它取名为海德薇。这对手绘的、比例真实的雪枭插图来自体积庞大的巨著《美国鸟类》。这是第一本详细描绘北美洲所有本土鸟类的书籍。画家约翰·詹姆斯·奥杜邦按照每种鸟类的实际大小作画,每幅画作都画在"双象"尺寸的巨幅纸张上。完成后的书本有一米多高,需要几个人才能抬起来。

➣《美国鸟类》中的雪枭,约翰·詹姆斯·奥杜邦绘(1827年—1838年,伦敦)由大英图书馆提供

"雪枭的故乡是北美洲和欧亚大陆的北极地带。它们洁白的羽毛与雪白的风光融为一体。栖息在近处的这只雌性雪枭有着色彩更为斑驳的羽毛。"

塔妮亚·科克
策展人

狡猾的猫

康拉德·格斯纳是瑞士的一位博物学家，他的《动物志》是最早印刷出版的动物学文献之一。格斯纳采用逼真的木版画为他所描述的动物配图。与更早的寓言神话和动物图鉴不同，格斯纳的插图里包含了足以辨认具体动物种类的细节。猫在那个时代就已经有了不好的名声——图中的文字说它们有着"狡猾的性格"。爱德华·托普塞尔是格斯纳作品的首位英文译者。他注释说："女巫的信使常常会以猫的形象出现，这就说明这种动物对于灵魂和肉体都很危险。"格斯纳也在别处断言："有些人一看见猫就会失去力气、大量流汗，甚至可能晕倒。"

➤ 《动物志》，康拉德·格斯纳著
（1551年—1587年，苏黎世）
由大英图书馆提供

什么东西蹭了他的脚脖子一下。他低头一看，只见管理员的那只骨瘦如柴的灰猫洛丽丝夫人悄没声儿地走了过去。它用两只灯泡般的黄眼睛盯着哈利看了片刻，然后钻到忧郁的威尔福雕像后面不见了。

《哈利·波特与凤凰社》

在剩下来的旅程中，他们没有怎么说话。终于，火车在霍格莫德站停下了，大家纷纷下车，场面一片混乱。猫头鹰在叫，猫在叫，纳威的宠物蟾蜍也在他的帽子下边呱呱大叫。小小的站台上寒气逼人，冷入骨髓的大雨倾盆而下。

《哈利·波特与阿兹卡班囚徒》

有毒的蟾蜍

很久以来，蟾蜍一直作为主角出现在各种民间的魔法传说里。它们拥有特别的能力，包括预测天气、带来好运等等。水蟾蜍，又名蔗蟾蜍或巨型海蟾蜍，是世界上最大的蟾蜍。德国生物学家约翰·巴普蒂斯特·冯·施皮克斯到访巴西的时候曾经记录过这种动物。它的外形特征有：前后脚掌无蹼，虹膜呈棕色，皮肤表面分布着斑点。这些斑点是它的毒腺，能分泌乳状的毒液。不幸的是，它对于许多动物来说都很危险，比如犬科动物。在霍格沃茨，纳威·隆巴顿的宠物蟾蜍莱福似乎要无害得多。

"蟾蜍经常出现在古老的民间药方中，用于治疗常见的疾病。据说，用蟾蜍摩擦皮肤可以治好疣子，但是必须把蟾蜍刺穿，并让它死去。"

乔安娜·诺丽奇
策展人

A "新物种，或为青蛙之变异，于1817年至1820年旅居巴西途中所见……已收集并记录"（1824年，慕尼黑），J.B.冯·施皮克斯著
由大英图书馆提供

罗恩与哈利遇见阿拉戈克

想象一下，如果你最害怕的事物是蜘蛛，那么与八眼巨蛛相遇会是什么感觉。吉姆·凯描绘了哈利和罗恩在禁林里与这种可怕的蜘蛛不期而遇的场景，抓住了这种食肉动物每一个令人毛骨悚然的细节。背景里，数以百计的蜘蛛腿与周围尖细的树枝难分彼此。蜘蛛网的缕缕细丝在哈利魔杖的荧光下闪耀着白光。阿拉戈克是这个蜘蛛群落的第一个成员。它们聚在一起，数量过多的眼睛和毛腿令人心生恐惧。这幅画作先由水彩绘出层层色调，再经过编辑形成了最终的画面。

◁ 阿拉戈克，吉姆·凯绘
由布鲁姆斯伯里出版社提供

……非常缓慢地钻出来一只小象那么大的蜘蛛。它身体和腿的颜色黑中带灰，那长着大螯的丑陋脑袋上的每只眼睛都蒙着一层白翳。

《哈利·波特与密室》

捕鸟蛛

玛丽亚·西比拉·梅里安是一位具有开创精神的博物学家和动物插画家，因为对南美洲昆虫的突破性研究而闻名于世。1699年至1701年，玛丽亚在荷兰的殖民地苏里南工作。在那里，她为本书绘制了这些蛛形纲动物的插图。苏里南是一个鲜有人至的地方，而梅里安的科学调研据说是第一次由欧洲女性领导的实地考察。就像海格在自己"还只是一个孩子"的时候就开始照顾阿拉戈克一样，梅里安对昆虫的热爱也是在童年时期养成的。梅里安在苏里南首次发现的许多物种都是西方科学界闻所未闻的。

➤《苏里南的变态昆虫》，
玛丽亚·西比拉·梅里安著
（1705年，阿姆斯特丹）
由大英图书馆提供

"梅里安发表这幅巨大的捕鸟蛛图片的时候，她的男性同行批评她想象力过于丰富。不过，她的手绘书还是卖得很好。但也是直到1863年，这种捕鸟蛛的真实存在才终于为人所接受。"

亚历山大·洛克
策展人

鹰头马身有翼兽巴克比克

在这幅吉姆·凯绘制的插图里,巴克比克占领了它心爱的主人的床。它的爪子下面放着它的零食:一盘死白鼬。海格接到魔法部的命令,要把这头鹰头马身有翼兽拴起来。可是他不忍心将"比克"留在外面,孤独地拴在雪里。海格小屋的内部构造参照了现实生活中德比郡卡尔克庄园的园丁木屋。画面里鲜艳的蓝色点缀致敬了生长在那里的有名的蓝铃草。"鹰头马身有翼兽"一词起源于古希腊语里的"马"和意大利语里的"狮身鹰首兽"。传说狮身鹰首兽长着鹰的头、狮子的臀部和后腿,是鹰头马身有翼兽的祖先。

▲ 鹰头马身有翼兽巴克比克画像,吉姆·凯绘
由布鲁姆斯伯里出版社提供

《疯狂的奥兰多》

1516年，意大利诗人路德维科·阿里奥斯托在他的史诗作品《疯狂的奥兰多》中首次描写了鹰头马身有翼兽。这首诗作的灵感来自罗马作家维吉尔，他用马和狮身鹰首兽的结合来比喻毫无理性、命途多舛的爱情——这也是《疯狂的奥兰多》的中心主题。在这幅十八世纪的插图中，骑士鲁杰罗将他的坐骑鹰头马身有翼兽拴在一棵树上。他不知道的是，这棵树其实是另一位被邪恶的女巫变形的骑士。画面的背景里，可以看到她那可怕的爪牙正在靠近。

◁ 《疯狂的奥兰多》，路德维科·阿里奥斯托著（1772年—1773年，威尼斯）
由大英图书馆提供

"这本豪华版的《疯狂的奥兰多》是用小牛皮印刷的。它曾经属于英国国王乔治三世。"

亚历山大·洛克
策展人

猎杀独角兽

自从古希腊医师克忒西阿斯在公元前400年左右首次说明了独角兽的药用价值,这种行迹隐秘的动物就成为了人类猎手的目标。在法国王室的外科医生安布鲁瓦兹·帕雷的研究中可以看到这幅人类猎杀"匹拉索皮"(一种双角独角兽)并将其剥皮的图片。画面中的猎人有着残酷的外表,这并不奇怪。正如费伦泽在《哈利·波特与魔法石》里告诉哈利的那样,"杀死一只独角兽是一件极其残暴的事"。

➢ 《木乃伊、独角兽、毒液与瘟疫》,
王室顾问兼首席外科医生安布鲁瓦兹·帕雷著(1582年,巴黎)
由大英图书馆提供

> 独角兽是一种漂亮的动物,可见于北欧的森林中。身体完全长成的独角兽是一种毛色纯白、长着角的马。但是小独角兽开始的时候是金色的,在发育成熟前变成银白色。
>
> 《神奇动物在哪里》

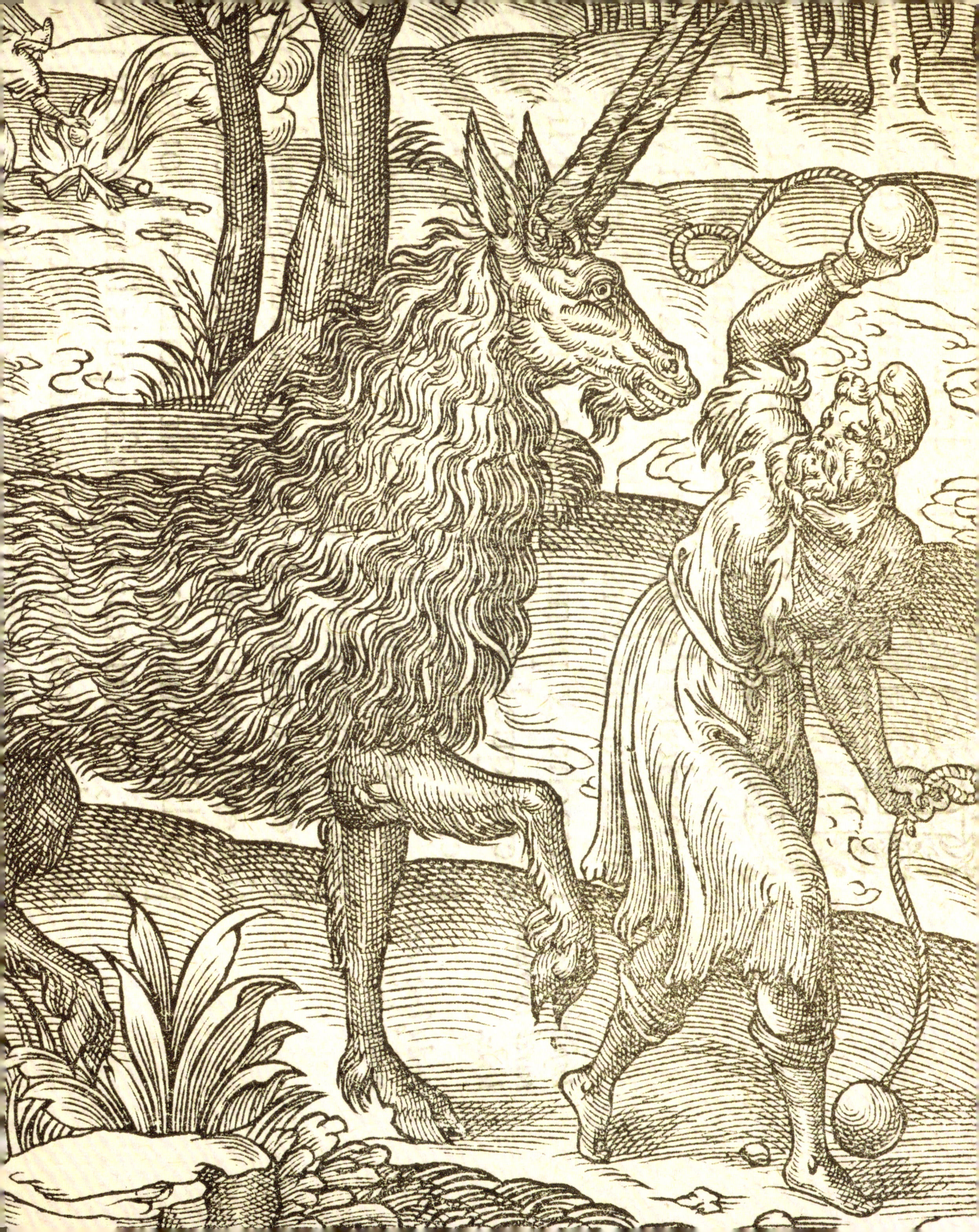

形似狮子的独角兽

这只不同寻常的独角兽出现在一份十六世纪的希腊手稿里。图片下面的文字是拜占庭诗人曼努埃尔·菲勒斯为自然世界创作的一首诗。这首诗所描述的独角兽是一种狂野的怪兽,长着野猪的尾巴和狮子的嘴巴,被它咬伤会非常危险。如果遇到这样的独角兽,只能由女性来设套捕捉。这种说法与中世纪的民间传说相同,后者也认为独角兽必须由处女捕获。独角兽会将它的头放在处女的大腿上入睡,才给了猎人乘虚偷袭的机会。

➤ 《动物的特性》,曼努埃尔·菲勒斯著(十六世纪,巴黎)
由大英图书馆提供

五种独角兽

《药物全史》是一本实用手册，记录了一大批十七世纪流行的药用原料。它的作者是巴黎现代药剂师、担任法国国王路易十四首席传统药剂师的皮埃尔·波莫特。在关于独角兽的章节里，波莫特并没有证实这种动物的存在，他承认道："我们不知道此事的真实情况。"不过，他明确指出，通常作为独角兽的角出售的东西"是一种叫做独角鲸的动物的角"。根据波莫特的说法，无论这种角的来源是什么动物，它都"很受欢迎，因为它具备极好的药用功效，主要用于解毒"。

◀ 《药物全史 —— 植物、动物与矿物》，
皮埃尔·波莫特著（1694年，巴黎）
由大英图书馆提供

> "波莫特的论述配有五只不同品种的独角兽插图，包括坎佛（来自阿拉伯半岛的角驴）、匹拉索皮（有两只角的独角兽）和博物学家约翰·约翰斯通于1632年记录的三个未确定的品种。"
>
> 亚历山大·洛克
> 策展人

"哈利·波特，你知道独角兽的血可以做什么用吗？"

"不知道，"哈利听到这个古怪的问题，不由得吃了一惊，说道，"我们在魔药课上只用了它的角和尾毛。"

《哈利·波特与魔法石》

凤凰福克斯

第二学年，哈利·波特在邓布利多的办公室第一次见到了凤凰福克斯。那天正好是"涅槃日"，所以这只鸟在哈利眼前燃起了火焰，并从灰烬中重生。后来，完全成熟的福克斯飞到密室解救哈利。吉姆·凯这幅绚烂的画作生动地展现了凤凰火红与金黄交错的羽毛。画中之鸟仿佛在书页里翱翔，又即将从页面边缘腾空而出。吉姆·凯还为凤凰另绘了羽毛、眼睛和蛋的细节，都用在了最终的插图作品里。

➢ 凤凰，吉姆·凯绘
由布鲁姆斯伯里出版社提供

"吉姆·凯精细地绘制了每一根凤凰羽毛，为我们展现出不同颜色相互融合的细节。在绿头鸭等其他更为常见的鸟类的羽毛上，也能看到与此相似的颜色变化。"

乔安娜·诺丽奇
策展人

第八章　保护神奇动物课 | 219

浴火重生

这本十三世纪的动物寓言集详细地介绍了凤凰,并配上了插画。这种鸟最为神奇的特点是年老体衰的时候能够自我复生。它会用植物的枝叶搭建自己的焚身之地,然后振翅扇动火焰,让自己被烈火吞噬。九日之后,它又会从灰烬里重生于世。如此传奇的能力常常被比作基督的自我牺牲与复活——在某些传说里,凤凰象征着虔诚的基督信徒的永生。

◁ 中世纪动物寓言集里的凤凰
(十三世纪,英格兰)
由大英图书馆提供

"凤凰是一种半虚构半真实的鸟类,非常罕见。根据纽特·斯卡曼德的说法,凤凰也极少被巫师驯化。这本动物寓言集声称凤凰居住在阿拉伯半岛,但是纽特·斯卡曼德认为它的分布范围应该扩大到埃及、印度和中国。"

朱利安·哈里森
首席策展人

> 与此同时,那只鸟已经变成了一个火球;它惨叫一声,
> 接着便消失了,只剩下地板上一堆还没有完全熄灭的灰烬。
>
> 《哈利·波特与密室》

《凤凰的历史与描述》

1550年，环球探索刚刚起步，新的动物不断被人发现。彼时，法国作家盖伊·德拉加尔德专门用了一整本书来研究凤凰。这本精美的书卷中有一张手绘画作，上面的凤凰从一棵燃烧的树里浴火重生。旁边的文字写道：凤凰与其幸运栖息地、其长寿、其清亮凤鸣、其非凡美貌、其多样色彩、其涅槃及其奇妙重生之描述。德拉加尔德将这本书的献词给了艺术赞助人、法国国王亨利二世的妹妹玛格丽特公主，或许是想通过与这种神奇鸟类的联系获得她的青睐。

◁《凤凰的历史与描述》
里的凤凰，盖伊·德拉加
尔德著（1550年，巴黎）
由大英图书馆提供

> "凤凰在历史上常常与太阳联系起来。凤凰头顶的羽冠有七根羽毛，正好对应了希腊神话中的太阳神赫利俄斯头上发出的七道光芒。"
>
> 塔妮亚·科克
> 策展人

伊朗雷鸟：西牟鸟

就像凤凰和它在北美的亲戚雷鸟一样，人们对伊朗的西牟鸟的确切形态和习性也有着很多争议。根据前伊斯兰时期的伊朗传统，西牟鸟被描绘成多种动物的组合，它有着咆哮的犬头和向前立起的耳朵，还长着翅膀和"孔雀"的尾巴。然而，在波斯文学中，有关西牟鸟的描述通常是它飞翔的姿态，拖着梦幻般旋转的尾羽。在波斯文化里，西牟鸟最广为人知的故事是在山顶上养育了波斯英雄扎尔，并治愈了受伤的战士罗斯坦。随后，作为鸟类之王，西牟鸟在伊斯兰教的苏菲神秘主义中成为上帝的隐喻。

➤ 《珍稀物种集》，苏坦·穆罕默德·巴尔基著（1698年，印度）由大英图书馆提供

> "这本动物寓言集在中亚地区特别流行。在这本书中，作者将西牟鸟描述为极其强壮的鸟类，足以轻松地抓着一头大象飞行。据说它每三百年才会产一枚蛋。"
>
> 乌苏拉·西姆斯·威廉姆斯
> 策展人

真实的人鱼

人鱼是真实存在的动物。如果需要的话,这里就有证明。1942年,第二代法夫女公爵、国王爱德华七世的外孙女亚历山德拉公主向大英博物馆赠送了这条人鱼标本。据称,它是大约两百年前在日本捕获的。根据标本的文字介绍,这条人鱼原本是送给亚历山德拉公主已故的丈夫康诺特的亚瑟王子的礼物。有些令人失望的是,这条人鱼其实是一个赝品。它有着猴子的上半身和鱼的尾巴。这种模型的存在告诉我们,在十八世纪的东亚曾有过制作人鱼的热潮。这些人鱼通常用作欧洲画室里的摆设。

▽ 人鱼(十八世纪,日本)
由大英博物馆提供

> 这些人鱼的皮肤呈铁灰色,墨绿色的头发长长的,蓬蓬乱乱。他们的眼睛是黄色的,残缺不全的牙齿也是黄色,脖子上戴着用粗绳子串起的卵石。
>
> 《哈利·波特与火焰杯》

> * I wondered whether the mer-people scene actually works? After all, we don't see them again... what if, as an alternative, the car suddenly develops underwater boosters or something — and suddenly shoots out of the water? Right

"哦,好吧……一条鱼……"哈利说,"一条鱼不会对我们怎么样的……我觉得它可能是一条巨大的鱿鱼。"

哈利顿了一会儿,后悔自己想到了巨大的鱿鱼。

"它们有好多条。"罗恩转身过,盯着后窗玻璃外面说道。

哈利感觉就像有许多小蜘蛛爬上了他的脊柱。巨大的影子包围了汽车。

"如果只是鱼……"他重复道。

接着,有东西迎着光游了过来,哈利从来没想过这辈子能看到这种东西。

那是一个女人。一团漆黑的头发像茂密纠缠的海藻,漂浮在她周围。她的下半身是巨大的鱼尾,上面的鱼鳞泛着钢枪般的金属色;她的脖子上挂着绳子串起的贝壳和卵石;她的皮肤是苍白的银灰色;眼睛在汽车的灯光中闪烁,漆黑的眸子里透着威胁的目光。她用力地甩了一下尾巴,快速地游进了黑暗地带。

"那是人鱼吗?"哈利问道。

"反正不是大鱿鱼。"罗恩回答。

突然传来一阵巨响,紧接着车动了。

哈利急忙朝后爬去,把脸紧紧贴在汽车后窗上。大概有十个人鱼在用力地拖着汽车,既有满脸胡子的男人,也有长发飘飘的女人,他们的尾巴在身后快速摆动着。

"他们要把我们带到哪里去?"罗恩慌张地问道。

他们看见第一个人鱼敲了敲哈利边上的窗户,用银色的手对着他做了一个转动的手势。

"我觉得他们想把我们翻过去。"哈利飞快地说,"抓紧……"

* 编辑手写意见:我想知道人鱼的场景是否行得通?毕竟,我们没有再见过他们……如果说,作为替代方案,汽车突然变出水下助推器或其他东西,然后突然射出水面呢?可能也会有助于节奏?

"那是人鱼吗?"

《哈利·波特与密室》里删除了这个原有的片段:哈利和罗恩开着施了魔法的福特安格里亚汽车冲进了霍格沃茨的湖里,而不是撞上了打人柳。在这个版本的故事里,人鱼救了他们,把汽车翻了过来,并拖到了安全的岸边。哈利看到的第一个人鱼的下半身是"巨大的鱼尾,上面的鱼鳞泛着钢枪般的金属色"。这段文字还告诉我们这种动物的眼睛"在汽车的灯光中闪烁,漆黑的眸子里透着威胁的目光"。在第64页的顶部,编辑写下了对这个片段的质疑。或许正是这段话促使了该章节的改写。

◁ 从《哈利·波特与密室》里删除的人鱼片段,J.K. 罗琳著 ▷
由布鲁姆斯伯里出版社提供

"在这份早期书稿里,有一个人鱼在水面上用英文与哈利和罗恩对话。这个设定与后来出版的文本有所不同。在最终版里,人鱼在水面上只会说人鱼语。"

乔安娜·诺丽奇

他们抓住了门把手。人鱼一边推一边拉，缓缓地把车翻了过来，让轮子朝下，搅动的一团团泥沙让湖水变得浑浊。海德薇又开始用翅膀激烈地拍打笼子上的铁栏。

这时，人鱼用湖草结成的黏糊糊的粗绳绑住了汽车，另一端系在他们的腰上，然后用力拉车。而哈利和罗恩就坐在前座上，几乎不敢呼吸……在人鱼的拖引下，汽车离开湖底，升到水面。

"太好了！"罗恩说道。透过湿漉漉的窗户，两人再次看到了满天繁星。

车前的人鱼看起来就像海豹。他们把汽车拖向岸边，油光锃亮的脑袋十分引人注目。离岸边的草地还有几英尺时，他们感觉到汽车的轮胎又碰到了遍布着鹅卵石的湖岸。人鱼沉到水下，消失在视野里。随后，第一个人鱼蹦出水面，敲了敲哈利的窗户。他马上开了窗。

"我们只能把你们带到这里了。"她说，她的声音非常奇怪，既带着尖利的嘎吱声，又有几分沙哑，"浅滩的岩石非常锋利，而鱼鳍比人腿要容易撕裂……"

"这样就行了。"哈利紧张地说，"我们感激不尽……"

人鱼轻轻地甩了一下尾巴，游走了。

"快走吧，我需要食物……"罗恩打着哆嗦说道。

他们费了好大劲儿才打开车门，带上了海德薇和斑斑，互相鼓励了一下，跳进了寒冷刺骨的湖水里。湖水没到了哈利的大腿。他们艰难地蹚着水，爬上了岸。

"可没有书上那么好看，不是吗？我是说那些人鱼。"罗恩一边试图拧干他的牛仔裤，一边说道，"当然，他们生活在湖里……也许在温暖的海洋……"

哈利没有接话；他还在安抚海德薇，它显然受够了巫师的交通工具。哈利把海德薇放出了笼子，而它毫不犹豫地快速飞向了学校的猫头鹰共同居住的高塔。

迷人的海妖塞壬

在《哈利·波特与火焰杯》里，人鱼在三强争霸赛的第二个项目中扮演了关键的角色。当哈利潜入湖中寻找罗恩·韦斯莱时，他遇到了"中间有一些人鱼在齐声歌唱，呼唤勇士过去……是不是时间一到，他们就会把他拉回到水底？他们会不会吃人？"图中这本书里的海妖塞壬也有着同样邪恶的性情。中世纪的塞壬通常是一种长着女人的头和鸟类的身体的动物。但是这本书里描绘的塞壬有着鱼类的尾巴。书里记载说，塞壬天性暴力。她用她鸟鸣般的声音和妖艳性感的身体迷惑海员，把他们从船上拖下来，再吃掉他们的肉。

◁ 中世纪动物寓言集里的海妖塞壬（十三世纪，法国？）由大英图书馆提供

"这幅插图中还出现了另外一种奇特的动物。岸上站着一个驴人，正在旁观。驴人的肚脐以上长着人类的身体，肚脐以下则长着驴的身体。"

朱利安·哈里森
首席策展人

游戏书

这本"游戏书"可以追溯到十七世纪初期，很可能是一份用心制作的爱情信物。这卷羊皮纸被折叠成六角手风琴式样，每页上都描绘了一种动物。此外，手稿的各个部分都粘贴了立体的翻页，通过开关翻页可以创造不同种类的动物。这本游戏书包含了龙、人头狮身蝎尾兽和狮身鹰首兽等神话动物，可以通过组合猴子、蛇、狮子等真实动物的特征得来。这个女人鱼可以被赋予双腿，成为一个女人；或者被赋予男人的头，成为一个男人鱼。虽然她看起来没有霍格沃茨的人鱼那么凶恶，但是也并不值得信任。书页里的诗歌描述了美人鱼引诱水手的方法："岸上找到离船的水手，已在我的魅惑中沉溺。"

◁ 游戏书（十七世纪，英格兰）
由大英图书馆提供

> 最早记载的人鱼被称作塞壬（希腊）。而麻瓜们的文学作品和绘画中频繁地描写到的那些美丽的人鱼都生活在比较温暖的水域。
>
> 《神奇动物在哪里》

角驼兽

这幅画像描绘了凶猛好斗的角驼兽，这种动物身体庞大，脊背隆起，长着两只角和一条重重的尾巴。根据纽特·斯卡曼德的《神奇动物在哪里》，欧洲的山区里可以看到角驼兽的身影。其实，这种动物是 J.K. 罗琳的原创。奥利维娅·洛米内科·吉尔令人回味的插图向我们展示了它潜在的危险性。这只野兽用它"四个指头的大脚板"摩擦着地面，准备对付任何愚蠢到离它太近的人。画家吉尔巧妙地利用色彩的高亮为角驼兽灰紫色的粗糙皮肤增加了纹理。

➤ 角驼兽画像，奥利维娅·洛米内科·吉尔绘
由布鲁姆斯伯里出版社提供

> 人们偶尔可以看到山地巨怪骑在角驼兽身上，企图驯服它们，可是它们似乎打心眼里不乐意。于是，看到山地巨怪身上满是角驼兽弄的伤疤并不是件奇怪的事情。
>
> 《神奇动物在哪里》

第八章 保护神奇动物课 | 229

> 神角兽像鸟形食人怪一样，是一种北美动物，它的古怪形态曾激发了麻瓜们强烈的兴趣和好奇。
>
> 《神奇动物在哪里》

△ 鸟形食人怪画像，奥利维娅·洛米内科·吉尔绘
由布鲁姆斯伯里出版社提供

鸟形食人怪

鸟形食人怪是一种源自北美的动物。据说，它的命名者是十七世纪三十年代的荷兰移民。2017年版的《神奇动物在哪里》中加入了这种动物。鸟形食人怪半鸟半蛇，它的英文学名"snallygaster"来自定居在宾夕法尼亚州的荷兰裔的词语"schnell geiste"，意思是"迅捷的幽灵"。尽管它是神话里的动物，但是在马里兰州的弗雷德里克县，已经有许多人说看到了这种飞行的野兽。康涅狄格州米德尔敦的报纸《山谷纪事》于1909年2月至3月期间报道了几则故事，描述了鸟形食人怪巨大的翅膀、长长的尖喙和凶猛的爪子。下一次有记录的目击事件发生在二十三年之后。1976年，人们最后一次搜寻了鸟形食人怪，但是并没有找到。

神角畜

神角畜是另一种北美的野兽。虽然神角畜来自传说,但是多年以来,威斯康星州附近一直有目击报告,因此也涌现了许多围绕着神角畜展开的当地故事。威斯康星州的居民描述说,这种动物据说混合了青蛙的头和大象的脸,有着爬行动物的后背,背上长着尖刺,长长的尾巴尖端有一个死亡之钩。传说中,神角畜能够意识到自己令人厌恶的外表,并因此感到十分痛苦,很容易为自己的丑陋而哭泣。这幅极具氛围感的插图由奥利维娅·洛米内科·吉尔创作,展示了《神奇动物在哪里》中神奇动物学家眼里的这种野兽。

▽ 神角畜画像,奥利维娅·洛米内科·吉尔绘
由布鲁姆斯伯里出版社提供

> "据称,炸药、氯仿和柠檬都可以杀死神角畜。第一个抓住并杀死神角畜的人是尤金·谢泼德,但是他也承认自己是许多神角畜恶作剧的幕后推手。"
>
> 乔安娜·诺丽奇
> 策展人

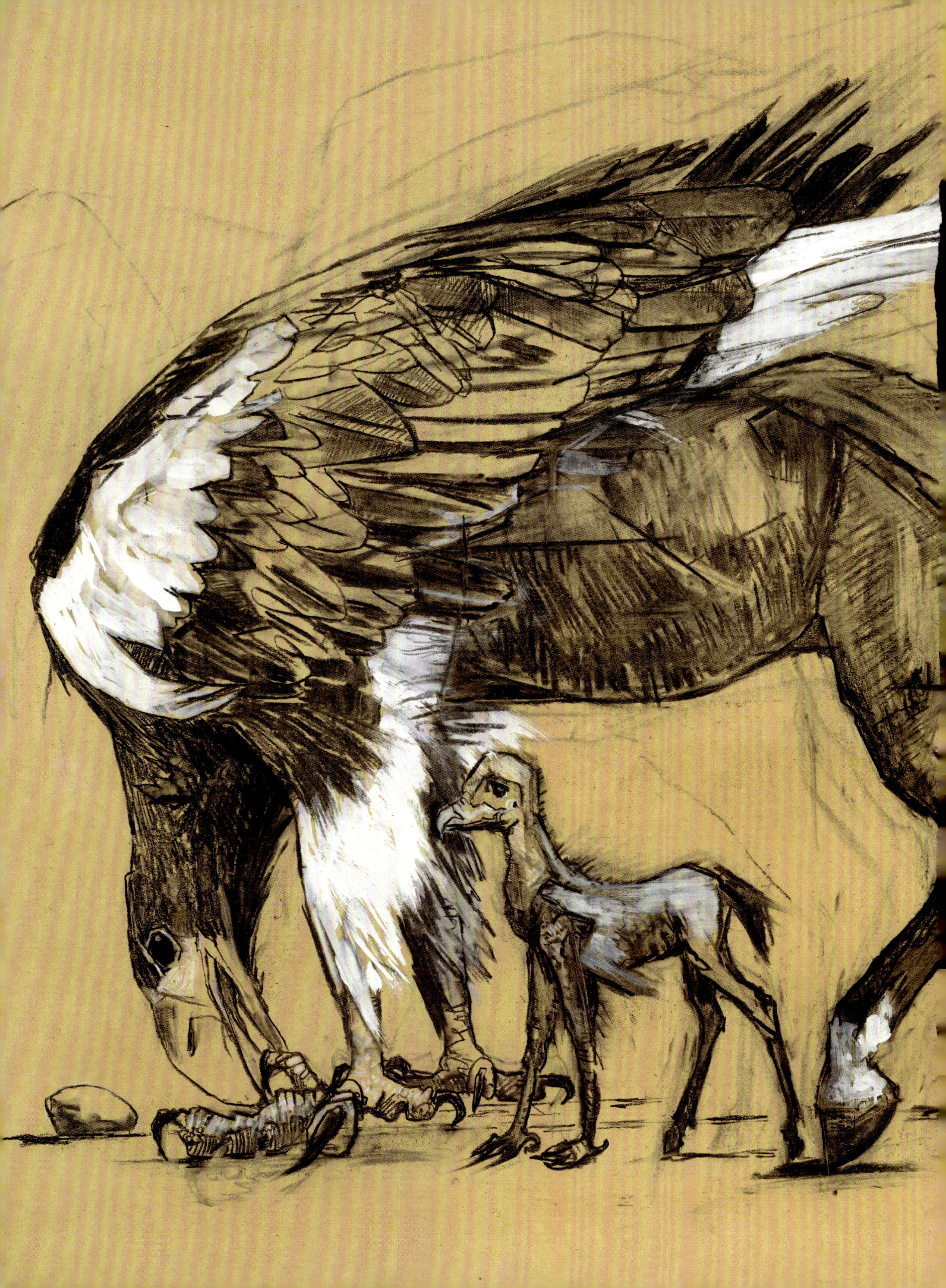

第 九 章

过去、现在与未来

过去、现在与未来

斯蒂夫·科洛夫斯

斯蒂夫·科洛夫斯是一名作家和导演。除了将七部"哈利·波特"小说改编成电影，他的作品还包括《爱的召集令》《奇迹男孩》《无情大地有情天》和《一曲相思情未了》。他也是后两部电影的导演。

大约二十年前——真不敢相信已经过了这么久，但是话说回来，有时候又感觉好像过了一辈子——我从我的文学经纪人那里收到了一个信封。信封里面是六七份小说梗概，它们都有可能成为电影素材。像我这样的电影编剧，对这样的信封已经习以为常。它们每几周都会寄来一次，频率比较稳定，而我更是毫无例外地无视它们。

然而不知出于什么原因——直到今天我也不知道为什么——我偏偏决定要打开这个信封。

我快速扫视着一份又一份故事梗概的内容，完全没有被打动，直到我读到最后一个。它是一本书的梗概，有一个新奇的书名，作者的名字我也从未听说过：《哈利·波特与魔法石》，J.K. 罗琳著。

正如我所说，这个书名无疑很新奇，跟作者的名字不相上下，不过我也没有因此被打动。然后我的目光落在了"情节概要"上。给不了解的人解释一下（不了解再正常不过）——情节概要是书的简短总结，是梗概的梗概，最好只用一句话来表达。它更像是广告，而不是文学，准确度也和广告差不多。它的目的是让繁忙（即懒惰）的编剧能快速挑出精品。比如，如果情节概要写的是"两个青少年在月球上创立侦探社"，你就知道不用再读了。（当然，除非你真的觉得拍一部关于两个青少年在月球上创立侦探社的电影是个好主意。）总之，当时的情况是，我看到这样一句情节概要：

有一个小男孩去上魔法学校。

那时的我，在大多数日子里，完全不会因为这样一句话而产生一点儿兴趣。我并不是一个热爱幻想的人。更符合我口味的是雷蒙德·卡佛，而不是托尔金。

Harry Potter and the Philosopher's Stone

J. K. Rowling

— CHAPTER FOURTEEN —
Norbert the Norwegian Ridgeback

176

Professor McGonagall, i[n]
had Malfoy by the ear.
'Detention!' she sho[uted]
Wandering around in
'You don't under[stand]
got a dragon!'
'What utter r[ubbish]
shall see Profe[ssor]
The steep
easiest thi[ng]
into the
to brea[k]

Quirrell, however, must have be[en]
the weeks that followed he did
ner, but it didn't look as though
Every time they passed the th[ird]
Hermione would press their ear[s]
was still growling inside. Snape
bad temper, which surely mean[t]
Whenever Harry passed Quirrel[l]
encouraging sort of smile, and Ro[n]
for laughing at Quirrell's stutter.
Hermione, however, had mo[re]
Philosopher's Stone. She had start[ed]
tables and colour-coding all her n[otes]
have minded, but she kept nagging t[hem]
'Hermione, the exams are ages awa[y]
'Ten weeks,' Hermione snapped.
second to Nicolas Flamel.'
'But we're not six hundred year[s]
'Anyway, what are you revising for, yo[u]
'What am I revising for? Are you m[ad]
pass these exams to get into the secon[d]
tant, I should have started studying a
what's got into me ...'

— CHAPTER SEVENTEEN —
The Man with Two Faces

It was Quirrell.
'You!' gasped Harry.
Quirrell smiled. His face wasn't twitching at all.
'Me,' he said calmly. 'I wondered whether I'd be meeting you here, Potter.'
'But I thought – Snape –'
'Severus?' Quirrell laughed and it wasn't his usual quivering treble, either, but cold and sharp. 'Yes, Severus does seem the type, doesn't he? So useful to have him swooping around like an overgrown bat. Next to him, who would suspect p-p-poor st-stuttering P-Professor Quirrell?'
Harry couldn't take it in. This couldn't be true, it couldn't.

然而，我不知不觉又读了一遍。

> 有一个小男孩去上魔法学校。

五分钟之后，我站在办公室楼下那条街道的书店里，询问店员有没有可能听说过一本书，名字是《哈利·波特与魔法石》。她皱了皱眉头说："如果有的话，应该在国际读物区。"她把我带到那里——"国际读物区"一共由短短的两排书架组成——从书架上抽出一本薄薄的书，递给了我。

虽然我日后对这本书有了感情，但第一眼看到封面图画上心不在焉（而且看起来像大学生）的哈利正要被霍格沃茨特快列车撞倒的样子，我没抱什么期待。它看起来最多也不过就是又一本普普通通的儿童读物。然后我翻开了第一页：

> 家住女贞路4号的德思礼夫妇总是得意地说他们是非常规矩的人家。拜托，拜托了。

我停了下来。眨了眨眼睛。又读了一遍。啪的一声合上书，给店员付了钱。五分钟后，我回到了我的办公室，把第一句话读了第三遍。然后，我一直读了下去，没吃午饭，读到下午，只在读了大约三十页的时候停下来一次，给我的经纪人打电话。

"我想我找到下一部电影了。它叫《哈利·波特与魔法石》。"

沉默。然后……"再说一遍？"

"讲的是一个小男孩去上魔法学校。"

沉默。然后……没有回应。

"我是认真的。它真的很好看，不只是好看，它很特别。如果它后面也一直这么特别，我想改编它。"

总而言之，那一天，我一头栽进这本名字别出心裁、内容美妙奇特的书里，匆匆读到结尾，办公室外面的光线越来越暗。那间办公室现在已经不属于我了。我当时丝毫没有想到自己正踏上一段非凡的旅程。也没有想到，除了我这名旅客，全世界还有无数人也一同踏上了这段旅程。我们所有人都落入了这位叫J.K.罗琳的作家编织的魔法里。这魔法过了二十年，反而越来越强大。

是的，它一直这么特别。那时是，现在是，永远都是。

斯蒂夫·科洛夫斯

第九章 过去、现在与未来

> Undignified and foolish, dependent on the whims of a woman. they gambolled and preened

> locked up his heart.

> His friends and his family, laughed to see him so not knowing what he had done

aloof. 'All will change,' they prophesied, 'when he ~~falls in love.~~ meets the right ~~maiden~~ maiden.'

All around him But the young men did not fall in love. young ~~his friends played~~ men and women were raised to ecstasy or ~~else~~ plunged to despair by the vapours of ~~love~~ desire and affection, ~~and~~ but the warlock walked unscathed through their midst, a cold smile upon his handsome mouth. He cared naught for ~~his~~ anyone, or anything, ~~except~~ for ~~this own~~ and he was proud untainted and uninjured heart, locked up safe in that it was so. its enchanted box.

Now his friends began, first, to wed, and then to have children. More than ever he was pleased to ~~visit his untainted and uninjured heart~~ think of his untainted and uninjured heart, safe in its enchanted box. 'must ~~suffer~~ be misled he told himself, ~~they sure and pine and~~ ~~endlessly they give to their~~ brats ~~sucked dry by the needs of~~ these brats, ~~these~~ ~~parents~~ own with the demands of their brats!'

His ~~mother~~ father fell ill and died. He watched his mother weep for days, ~~and~~ heard her speak of a broken heart. In vain did she ~~implore him to~~ ask him why he did not cry. But The ~~heartless~~ warlock ~~merely~~ ~~smiled, and congratulated~~ ~~pleased to flatter~~ ~~ing~~ congratulated himself again on his heartless state, for he had escaped ~~to~~ her suffering.

~~There came a day when a beautiful~~ ~~maiden~~ for One day, soon after his father's death, a beautiful

《男巫的毛心脏》

这是《诗翁彼豆故事集》里一则故事的手写稿原件。在《哈利·波特与死亡圣器》第21章里，赫敏向哈利和罗恩朗读了《三兄弟的传说》的故事。为了给《三兄弟的传说》做背景，J.K.罗琳又写了四个巫师童话故事，而《男巫的毛心脏》就是其中之一。这份草稿概述了故事的大致情节，体现了故事的精髓，不过在出版时又有所扩展。它讲述了又一个巫师试图利用黑魔法克服人类薄弱意志的故事。在"哈利·波特"小说中，爱有着强大的魔力。在《男巫的毛心脏》中，这个巫师抛弃了自己的心脏，剥夺了它的爱，结果他的心变得残暴凶恶，最终带他走向了悲剧的结局。邓布利多教授指出，这种黑魔法在小说之外是不可能出现的。

◁《男巫的毛心脏》草稿，
J.K. 罗琳著 ▷
由 J.K. 罗琳提供

> "我大约花了五年时间完成第一本书的写作，并规划了其余六本书的情节。因为在第一本书出版之前，后面的故事就已经计划好了。"
>
> J.K. 罗琳与美国波士顿公共广播电台《连接》节目主持人克里斯托弗·莱登的对话（1999年10月12日）

《凤凰社》的情节规划

这些为第五部《哈利·波特与凤凰社》所做的计划表向我们展示了后期错综复杂而又紧密相连的故事线。这些表格采用了"系列"法，是帮助作者进行初步情节规划的工具。出版时，各个章节的标题和顺序又有所调整。这些计划表上列出了各个角色的行踪——比如，海格在前九章里"仍然和巨人在一起"；表上也标明了新信息的发现——比如，哈利在神秘事务司的时候才意识到那里储存着预言。在这些计划表里，秘密练习黑魔法防御术的学生组织叫做"凤凰社"，而正式抵抗伏地魔的巫师团体则被称为"邓布利多军"。

A《哈利·波特与凤凰社》计划表，J.K. 罗琳著
由 J.K. 罗琳提供

第九章 过去、现在与未来 | 241

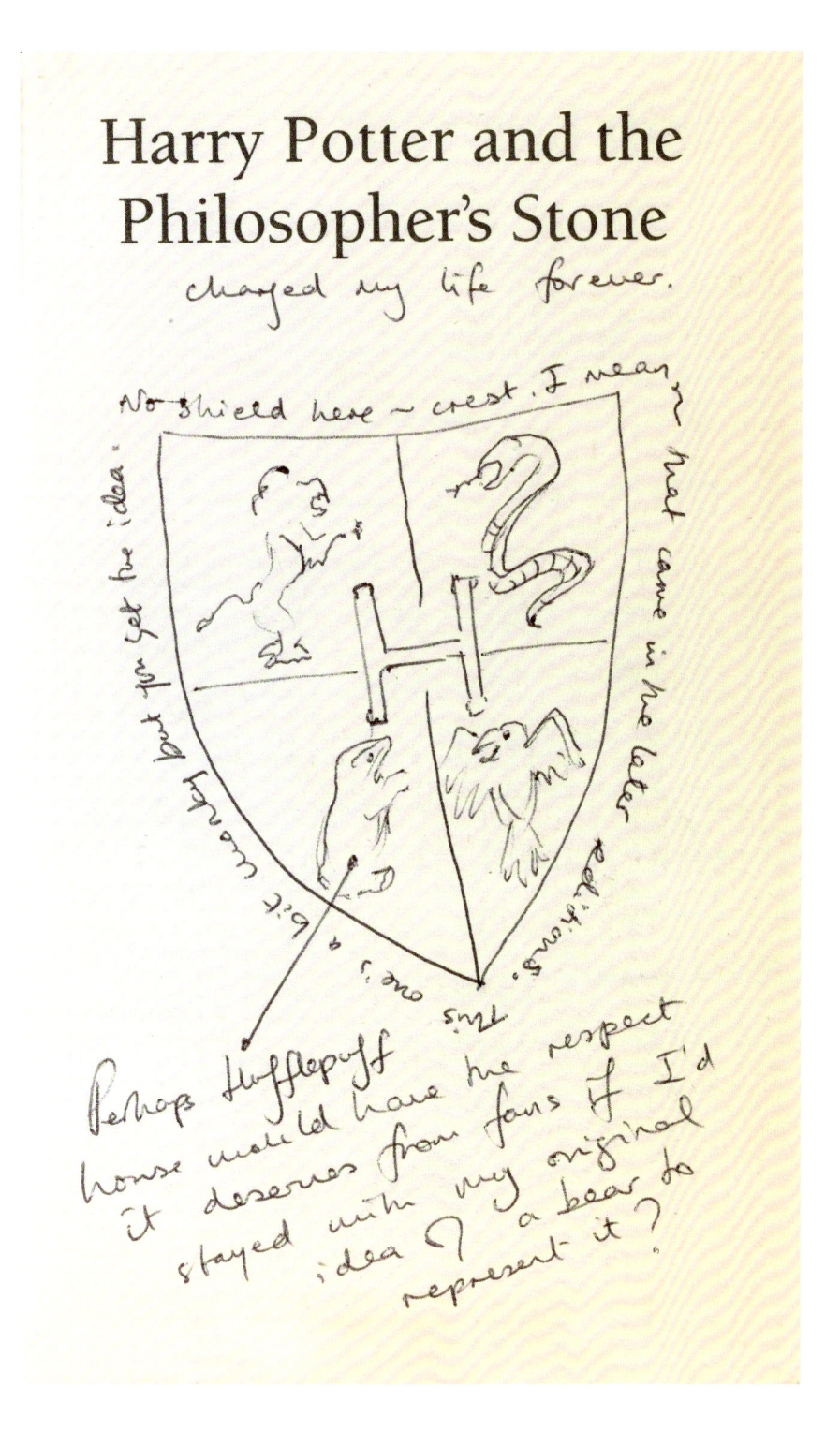

J.K. 罗琳注释版《魔法石》

这本初版《哈利·波特与魔法石》独一无二，因为其中包含了J.K. 罗琳所作的插图和注释。这本书在2013年的一场慈善拍卖会上售出，用以支持"英文笔会"和"荧光闪烁"。全书中有四十三页含有注释和插图，展示了J.K. 罗琳对"哈利·波特"系列书籍和电影的解读与思考。在这个版本里，J.K. 罗琳强调了她拒绝删减的部分，并且为第4章中被折断的魔杖的异常情况添加了说明。她还描述了发明魁地奇的情形。在第一页的印刷体标题"哈利·波特与魔法石"下，作者写下了一句简单的话："永远地改变了我的人生。"

◆ "这份绝妙的珍品书稿里有二十幅作者的亲笔插图。其中包括德思礼家台阶上襁褓中的哈利·波特、阴郁凶恶的斯内普教授，以及带着注释的霍格沃茨盾形校徽的草稿。此外，还能看到阿不思·邓布利多的巧克力蛙卡片、挪威脊背龙诺伯，以及有两张脸的伏地魔。"

乔安娜·诺丽奇
策展人

◁ 含亲笔插图与注释的《哈利·波特与魔法石》，J.K. 罗琳著（约2013年）▽
由私人收藏家提供

> 132　HARRY POTTER
>
> Professor McGonagall turned to Harry and Ron.
> 'Well, I still say you were lucky, but not many first years could have taken on a full-grown mountain troll. You each win Gryffindor five points. Professor Dumbledore will be informed of this. You may go.'
> They hurried out of the chamber and didn't speak at all until they had climbed two floors up. It was a relief to be away from the smell of the troll, quite apart from anything else.
> 'We should have got more than ten points,' Ron grumbled.
> 'Five, you mean, once she's taken off Hermione's.'
> 'Good of her to get us out of trouble like that,' Ron admitted. 'Mind you, we *did* save her.'
> 'She might not have needed saving if we hadn't locked the thing in with her,' Harry reminded him.
> They had reached the portrait of the Fat Lady.
> 'Pig snout,' they said and entered.
> The common-room was packed and noisy. Everyone was eating the food that had been sent up. Hermione, however, stood alone by the door, waiting for them. There was a very embarrassed pause. Then, none of them looking at each other, they all said 'Thanks', and hurried off to get plates.
> But from that moment on, Hermione Granger became their friend. There are some things you can't share without ending up liking each other, and knocking out a twelve-foot mountain troll is one of them.

This was the cut I refused to make — my editor wanted to lose the whole troll-fighting scene. I'm glad I resisted ♥

> 106　HARRY POTTER
>
> out that grubby little package. Had that been what the thieves were looking for?
> As Harry and Ron walked back to the castle for dinner, their pockets weighed down with rock cakes they'd been too polite to refuse, Harry thought that none of the lessons he'd had so far had given him as much to think about as tea with Hagrid. Had Hagrid collected that package just in time? Where was it now? And did Hagrid know something about Snape that he didn't want to tell Harry?

Snape, brooding on the unfairness of life

◁ 含亲笔插图与注释的《哈利·波特与魔法石》，J.K. 罗琳著（约2013年）
由私人收藏家提供

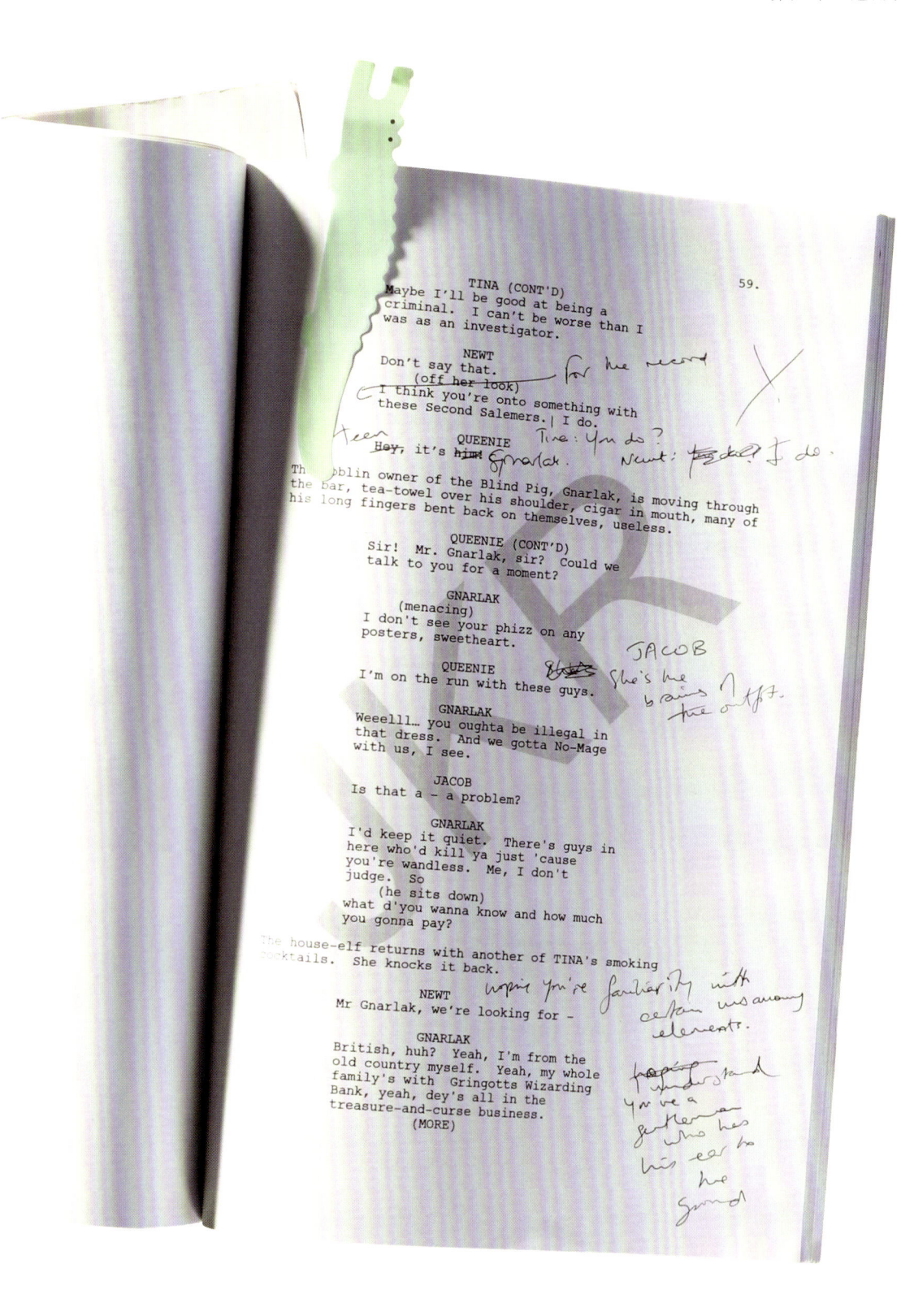

《神奇动物在哪里》

这本带有注释的《神奇动物在哪里》的电影剧本上有J.K.罗琳亲自添加的手写笔记。电影剧本的写作过程与小说非常不同，前者的合作性更强，在拍摄的过程中随时都可能需要修改。此外，在技术上，剧本的内容必须能够实现拍摄，因此想象力的发挥可能会受到更多限制。虽然《神奇动物在哪里》是J.K.罗琳的第一个剧本，但是她面对新的创作形式仍然游刃有余。电影制作人大卫·叶茨曾经谈到与J.K.罗琳一同修改这份剧本的情形，描述了罗琳怎么重新改写、重新创作，为角色和世界的设定增添令人震撼的细节，似乎她的想象根本没有受到限制。这份草稿是新的电影系列以及纽特·斯卡曼德的世界发展的雏形。

◁ 含亲笔注释的《神奇动物在哪里》电影剧本，J.K. 罗琳著
由J.K. 罗琳提供

> "她的脑袋里有无数的奇思妙想。"
>
> 大卫·叶茨谈论
> 与J.K. 罗琳的合作

《哈利·波特与被诅咒的孩子》布景模型箱

《哈利·波特与被诅咒的孩子》是一出根据J.K.罗琳、杰克·索恩和约翰·蒂法尼的新原创故事改编,由杰克·索恩编剧,并由索尼亚·弗里德曼制作公司、科林·卡伦德和哈利·波特戏剧制作公司制作的舞台剧。该剧于2016年7月30日在伦敦皇宫剧院正式首演,随后获得了众多奖项,其中包括奥利维尔最佳布景设计奖。这个布景模型箱展示了一套灵活巧妙、令人回味的布景设计。想要在舞台上体现戏剧的魅力,这个步骤必不可少。克里斯汀·琼斯还设计了更多这样的布景模型箱,它们能帮助创作团队确定戏剧上演时的关键细节。最终,他们让"哈利·波特"的世界栩栩如生地展现在了观众眼前。

▲ 克里斯汀·琼斯在排练中为原版首演西区剧团展示《哈利·波特与被诅咒的孩子》的布景模型箱

"这个由克里斯汀·琼斯设计的布景模型箱嵌有钢制拱门,让人想起熟悉的伦敦火车站。多功能的布景墙壁上镶嵌着大量的木板,中间有一个美丽的圆形时钟。琼斯的设计具有丰富的象征意义,而且延续了'哈利·波特'系列的风格。"

乔安娜·诺丽奇
策展人

第九章 过去、现在与未来 | 247

◁ 布景模型箱，克里斯汀·琼斯和布莱特·J.巴那基斯设计，玛丽·哈姆里克、阿米莉亚·库克、金雅兰、艾米·鲁宾和凯尔·希尔制作

▽《哈利·波特与被诅咒的孩子》原版首演西区剧团，伦敦皇宫剧院

展品索引

☆ A

阿布拉卡达布拉咒 115

阿不思·邓布利多教授 32，171

阿格斯·费尔奇 108

阿拉戈克 210

阿陀斯山上的天文学家微型画 131

《埃及老算命先生的最后遗产》159

埃塞俄比亚龙（出自乌利塞·阿尔德罗万迪的作品）204—205

埃塞俄比亚魔法配方书 184—185

爱情符咒 117

《艾希施塔特花园》87

盎格鲁－撒克逊杂集 128—129

奥尔加·亨特的扫帚 110

☆ B

巴特西坩埚 45

爆炸后的坩埚 187

波莫娜·斯普劳特教授 75

《伯德医书》46—47

☆ C

草药 76，79，88—89，92

《茶杯解读》161

差点没头的尼克 201

蟾蜍（J.B. 冯·施皮克斯 绘）209

传统药剂师 50，51

☆ D

德拉科·马尔福 112—113

德思礼一家 27

迪安·托马斯（原名"加里"）62

地精 94—95

《冬季花园》86

《毒草》96—97

独角兽 51，214—215，216，217

对角巷 104，105

敦煌星图 126—127

☆ E

恶作剧精灵皮皮鬼 201

☆ F

分院帽 106，107

粪石 52—53

凤凰 218—219，220，221，222

凤凰福克斯 218—219

☆ G

《古老的化学工作》61

古灵阁银行 196

☆ H

哈利·波特 23，62，112—113，171，178，196

《哈利·波特与被诅咒的孩子》246—247

《哈利·波特与凤凰社》240—241

《哈利·波特与"混血王子"》48—49

《哈利·波特与密室》224—225

《哈利·波特与魔法石》24—25，26，62，66—67，171，176—177，196，197—199，242—244

赫敏·格兰杰 62

黑色月亮水晶球 154

护身符卷轴 183

《辉煌的索利斯》58

火龙蛋 206

霍格沃茨（草图，J.K. 罗琳 绘）31

霍格沃茨特快列车 28—29

霍格沃茨温室（草图，吉姆·凯 绘）74

☆ J

J.K. 罗琳 24—25，27，31，48—49，62，66—67，75，104，106，107，108，124—125，171，196，197—199，201，202—203，224—225，240—241，242—243

吉姆·凯 23，28—29，32，33，42，54，74，90，94，105，109，112—113，146，170，178，194，200，210，212，218—219

甲骨 147

将人变成雄狮、巨蟒或雄鹰的魔咒 116

角驼兽 228—229

巨怪 200

巨人骨架 195

☆ K

卡巴 181

可以旋转的龙（彼得鲁斯·阿皮亚努斯 制）137

刻耳柏洛斯 63

☆ L

莱姆斯·卢平教授 170

《兰开夏郡女巫史》111

狼人 170，175

里普利卷轴 56—57

《炼金术士》（约瑟夫·怀特 绘）65

列奥纳多·达·芬奇的笔记本 134—135

龙 204—205

龙莲属植物 88—89

鲁伯·海格 171，194，196

《鲁道夫星历表》136

罗恩·韦斯莱 62

☆ M

曼德拉草 90—93

猫（康拉德·格斯纳 绘）208

猫头鹰 207

《美国鸟类》207

弥弥子卡巴 181

米勒娃·麦格教授 33，171

《名为〈知识之钥〉的所罗门王之书》108

《魔法保护圈》（约翰·威廉·沃特豪斯 绘）186

魔法戒指 114

魔鬼舌 96
魔药课（出自《健康花园》，雅各布·梅德巴赫 著）43
魔药瓶 54
木质巫师镜 149

☆ N
纳威·隆巴顿 62
尼可·勒梅 59，60，61
鸟形食人怪 230
女巫与坩埚（出自乌尔里希·莫利托的作品）44

☆ P
婆婆纳 84—85
普赛克用蜂蜜蛋糕引开刻耳柏洛斯 63

☆ Q
《七地之书》55
奇洛教授 66—67

☆ R
人鱼 223，226，227
如尼文 34

☆ S
蛇（出自阿尔伯特斯·塞巴的作品）174
蛇根草 82—83
蛇怪 178，179，180
《蛇怪或鸡蛇的本性概论》180
蛇纹拐杖 173
蛇形魔杖 173
神角畜 231
《神奇动物在哪里》245
《诗翁彼豆故事集》34，238—239
矢车菊 80—81
手相解读 156—159
手相学手模 158
《水晶球观察与千里眼奇迹》155
水晶球及其支架 154

斯芬克斯 182
《四足兽的历史》182
算命的茶杯 160

☆ T
泰国占卜手册 152—153
天球仪（文森佐·科罗内利与让·巴普蒂斯特·诺林 制）132
天文学杂集 130
《通过茶叶看未来》162—163

☆ W
微缩太阳系仪 133
《乌拉尼亚之镜》139
《巫术论述》110

☆ X
西比尔·特里劳尼教授 146
西弗勒斯·斯内普教授 42
西普顿修女 148
小天狼星布莱克 130
星盘 131
驯蛇人 172

☆ Y
妖精 196
《药物全史》52
《蚁群》175
鹰头马身有翼兽（出自路德维科·阿里奥斯的作品）213
鹰头马身有翼兽巴克比克 212
游戏书 227
园艺工具 78

☆ Z
占卜如尼文 34
占卜纸牌 150—151
蜘蛛（玛丽亚·西比拉·梅里安 绘）211

摄影 © 黛布拉·赫福德·布朗 © J K 罗琳

J.K. 罗琳

J.K. 罗琳是畅销作品"哈利·波特"系列小说的作者。1990年的一天，罗琳在一列延误的火车上萌生了有关哈利·波特的构想。随后，她勾画出7本书的情节走向，开始动笔，并于1997年在英国出版了该系列的第一部《哈利·波特与魔法石》。又过了10年，直到2007年《哈利·波特与死亡圣器》出版，整个系列才宣告完结。

J.K. 罗琳还为慈善组织撰写过3部"哈利·波特"系列的衍生作品，包括《神奇的魁地奇球》和《神奇动物在哪里》（用于为喜剧救济基金会和"荧光闪烁"慈善组织筹集款项），以及《诗翁彼豆故事集》（用于为"荧光闪烁"慈善组织筹集款项）。她还参与创作了《哈利·波特与被诅咒的孩子》舞台剧剧本，并以剧本书的形式出版。

她的儿童文学作品还包括《伊卡狛格》和《平安小猪》，分别于2020年和2021年出版，均十分畅销。她也为成人读者创作过不少作品，包括一系列十分畅销的犯罪小说。

J.K. 罗琳因其作品获得了许多奖项和荣誉。她通过自己的"沃朗"公益信托基金支持着许多事业，也是儿童慈善机构"荧光闪烁"的创始人。

若要进一步了解J.K. 罗琳，请访问jkrowlingstories.com。

大英图书馆策展人

朱利安·哈里森

朱利安·哈里森是大英图书馆的"哈利·波特：一段魔法史"展览的首席策展人。他是中世纪和早期现代手稿的专家，曾经策划过"大宪章"（2015年，大英图书馆）和"威廉·莎士比亚"（2016年，伯明翰图书馆）等主题的重要展览。他还负责撰写和编辑大英图书馆的中世纪手稿博客，该博客在2014年被评为英国年度艺术与文化博客。

亚历山大·洛克

亚历山大·洛克是大英图书馆现代档案和手稿收藏的策展人，也是"哈利·波特：一段魔法史"展览的联合策展人。他是现代历史手稿的专家，也是"大宪章：法律，自由与遗产"展览（2015年，大英图书馆）的首席研究员。他最近的著作《启蒙时代的天主教、身份与政治》于2016年由博伊德尔与布鲁尔出版社出版。

塔妮亚·科克

塔妮亚·科克是大英图书馆1601至1900年印刷遗产收藏的首席策展人，也是"哈利·波特：一段魔法史"的联合策展人。她是珍稀书籍和英国文学方面的专家，已经策划了六个文学展览，包括最近的"十幕莎士比亚"（2016年）和"恐怖与遐想：哥特式想象"（2014／2015年）。她编辑了鬼故事集《闹鬼的图书馆》，于2016年由大英图书馆出版。

乔安娜·诺丽奇

乔安娜·诺丽奇是当代文学与创作档案收藏的首席策展人，也是大英图书馆展览"哈利·波特：一段魔法史"的联合策展人。她在专业领域训练有素，负责大英图书馆文学与戏剧档案的保管与研究。

大英图书馆

　　大英图书馆是英国国立图书馆，也是世界上最大的学术图书馆之一。大英图书馆经过二百五十余年的收藏积累，拥有超过一亿五千万件独立藏品，展现了有文字记载以来各个历史时期的文明，包括书籍、期刊、手稿、地图、邮票、音乐、专利证书、照片、报纸和录音，涵盖了所有已知的语言。在大英图书馆的藏品中，最为珍贵的是两份1215年《大宪章》的副本、《林迪斯芳福音书》、列奥纳多·达·芬奇的笔记本、1788年3月18日发行的第一版《泰晤士报》、披头士乐队的歌词手稿，以及纳尔逊·曼德拉在庭审现场的演讲录音。藏品中最古老的物品是足以追溯到三千多年前的中国甲骨，而最现代的物品则是今天的报纸和网站。

图片版权

17，24—52，27，31，48—49，62，66—67，75，99，104，106，107，108（上），124，125，171，176—177，196，197—199，201（上下），202—203，224—225，238—239，240—241 所有物品 © J.K. 罗琳

26 © 爱丽丝·牛顿 - 雷克丝

34—35 私人收藏，照片经苏富比拍卖行允准使用

34（下）35 巫术与魔法博物馆，康沃尔郡博斯卡斯尔

45 © 大英博物馆理事会

51 科学博物馆／惠康图片

53 © 科学博物馆／科学与社会图像图书馆

54（上）科学博物馆／惠康图片

60 照片 © 法国国家博物馆联合会 - 巴黎大皇宫美术馆（克鲁尼博物馆，即法国国立中世纪博物馆）／杰拉德·布洛特

63 伯明翰博物馆和美术馆

64—65 德比博物馆／布里治曼艺术图书馆

70 © 乔治·怀特

78 巫术与魔法博物馆，康沃尔郡博斯卡斯尔

91（下）© 科学博物馆／科学与社会图像图书馆

95 花园博物馆，伦敦

110（上）巫术与魔法博物馆，康沃尔郡博斯卡斯尔

117 巫术与魔法博物馆，康沃尔郡博斯卡斯尔

120 欧洲航天局—M. 科尔，2009年

131 © 大英博物馆理事会

133 © 科学博物馆／科学与社会图像图书馆

143 巫术与魔法博物馆，康沃尔郡博斯卡斯尔，照片 © 莎拉·汉纳

149 巫术与魔法博物馆，康沃尔郡博斯卡斯尔

150—151 © 大英博物馆理事会

154（上）巫术与魔法博物馆，康沃尔郡博斯卡斯尔，照片 © 莎拉·汉纳

154（下）巫术与魔法博物馆，康沃尔郡博斯卡斯尔

158 巫术与魔法博物馆，康沃尔郡博斯卡斯尔，照片 © 莎拉·汉纳

160 巫术与魔法博物馆，康沃尔郡博斯卡斯尔

165 © 泰特美术馆，2017年，伦敦

166 © NMP 直播有限公司

173（上下）巫术与魔法博物馆，康沃尔郡博斯卡斯尔

181（下）© 大英博物馆理事会

186 © 泰特美术馆，2017年，伦敦

187 巫术与魔法博物馆，康沃尔郡博斯卡斯尔，照片 © 莎拉·汉纳

223 © 大英博物馆理事会

233 照片，曼努埃尔·哈兰摄

234 照片，霍珀·纳什摄

235 私人收藏

242—244 私人收藏

245 照片，www.studio68b.com

247（上）照片，布雷特·J. 巴纳基斯摄

247（下）照片，曼努埃尔·哈兰摄

250 照片，黛布拉·赫福德·布朗摄 © J.K. 罗琳

252 乔安娜·诺丽奇照片，托尼·安东尼奥摄

大英图书馆排架号

Title page G.10992
9 Or.11390, f. 57v
10–11 Cotton MS Tiberius B V/1, f. 37r
12 452.f. 2
15 Sloane MS 278, f. 47r
36 Sloane MS 2523B
37 IB.344
39 8905.a.15
43 IB.344
44 IA.5209
46–7 Royal MS 12 D XVII, ff. 41v–42r
50 Sloane MS 1977, f. 49v
52 7511.c.30
55 Additional MS 25724, f. 50v
56–7 Sloane MS 2523B
58 Harley MS 3469, f. 4r
59 Additional MS 17910, ff. 13v–14r
61 8905.a.15
68 Additional MS 22332, f. 3r
69 Harley MS 5294, f. 22r
71 10.Tab.29
76–7 1601/42
79 Additional MS 22332, f. 3r
80–1 Harley MS 5294, ff. 21v–22r
82–3 Sloane MS 4016, ff. 37v–38r
84–5 35.g.13
86 Additional MS 78334, f. 3r
87 10.Tab.29
88 452.f. 2
89 10.Tab.40
91 (top) Or.3366, f. 144v
92–3 Harley MS 3736, ff. 58v–59r
96–7 Or.13347B, ff. 6v–7r
98 Additional MS 36674, f. 10r
101 Additional MS 32496, f. 49r
108 (bottom) Additional MS 36674, f. 10r
110 (bottom) Additional MS 32496, f. 49r
111 1078.i.25.(5.)
114 Papyrus 46 (5)
115 Royal MS 12 E XXIII, f. 20r
116 Or.11390, f. 97r*
118 Maps C.6.d.5
119 Maps C.44.a.42.(2.)
121 Maps G.55
126–7 Or.8210/S.3326
128–9 Cotton MS Tiberius B V/1, ff. 36v–37r
130 Cotton MS Tiberius C I, f. 28r
131 (bottom) Additional MS 24189, f. 15r

132 Maps G.55
134–5 Arundel MS 263, f. 104r + f. 107v
136 48.f. 7
137 Maps C.6.d.5
138–9 Maps C.44.a.42.(2.)
140 C.194.a.825(2)
141 Or.4830, ff. 20–21
147 Or.7694/1595
148 117.d.44.(2.)
152–3 Or.4830 , ff. 20–21
155 YA.1988.a.9195
156–7 Royal MS 12 C XII, ff. 106v–107r
159 C.194.a.825.(2.)
161 8633.c.9
162–3 8633.eee.31
164 43.k.3–10
166 16084.d.15
172 Royal MS 12 C XIX, f. 67r
174 43.k.3–10
175 3835.c.26
179 Additional MS 82955, f. 129r
180 1256.d.9
181 (top) 16084.d.15
182 435.h.6
183 (left and top) Or.12859
183 (bottom) Or.9178
184–5 Or.11390, ff. 57v–58r
188 37.h.7
189 G.10992
191 N.L. Tab.2
195 32.k.1
204–5 38.g.10
207 N.L. Tab.2
208 460.c.1
209 505.ff. 16
211 649.c.26
213 C.7.d.7
214–15 461.b.11.(1.)
216 Burney MS 97, f. 18r
217 37.h.7
220 Harley MS 4751, f. 45r
221 G.10992
222 Additional MS 15241, f. 64r
226 Sloane MS 278, f. 47r
227 Additional MS 57312

致　谢

感谢 J.K. 罗琳，允许我们展示她的私人收藏物品；
以及吉姆·凯和奥利维娅·洛米内科·吉尔，允许我们使用他们的插画。

特别贡献

38a 工作室的曼迪·阿切尔；

布鲁姆斯伯里出版社的史蒂芬妮·阿姆斯特、玛丽·贝利、伊莱恩·康诺利、伊莎贝尔·福特、
克莱尔·格蕾丝、萨斯基亚·格温和布朗文·奥瑞利；

大英图书馆出版社的罗伯特·戴维斯、艾比·戴和萨利·尼克尔斯；

布莱尔公司的罗斯·弗雷泽。

书籍设计：萨利·格里芬
封面设计：詹姆斯·弗雷泽